Jessica
Die Liebe endet nie

Ashley Carrington

Jessica
Die Liebe endet nie

Roman

Weltbild

Besuchen Sie uns im Internet:
www.weltbild.de

Genehmigte Lizenzausgabe für Verlagsgruppe Weltbild GmbH,
Steinerne Furt, 86167 Augsburg
Die Originalausgabe des Romans *Die Liebe endet nie* von
Ashley Carrington erschien 1992 in der Droemerschen Verlagsanstalt
Th. Knaur Nachf. GmbH & Co. KG, München
Copyright der Originalausgabe © 1992 by Rainer M. Schröder, vertreten
durch AVA international GmbH, Germany. www.ava-international.de
Umschlaggestaltung: *zeichenpool, München
Umschlagmotiv: mauritius images, Mittenwald (© Urbanlip);
www.shutterstock.com (© Vibrant Image Studio; SNEHIT; EcoPrint)
Druck und Bindung: CPI Moravia Books s.r.o., Pohorelice
Printed in the EU
ISBN 978-3-86365-026-1

2016 2015 2014 2013
Die letzte Jahreszahl gibt die aktuelle Ausgabe an.

Für R. M. S.
Für alles, was war
und was noch vor uns liegt.

AUSTRALIEN

Februar 1811

1

Kein noch so schwacher Wind kam vom Meer und wehte über die weite Bucht von Sydney zum Friedhof herüber, der auf der anderen Seite der Stadt an der Landstraße nach Parramatta lag. Das Wasser zwischen den Lagerhallen und Schiffsmasten am Hafen war glatt wie Glas, und die Helligkeit des Himmels bereitete den Augen Schmerzen wie ein Blendspiegel.

Ian McIntosh war schon fast zwei Jahrzehnte in diesem sonnendurchglühten Land, und er hatte so manch unerträglich heißen Sommer erlebt, in dem der ausgedörrte Boden aufgeplatzt war wie rissiges Leder und der pulvertrockene Busch sich selbst entzündet und die Kolonie New South Wales mit verheerenden Bränden heimgesucht hatte. Er konnte sich jedoch nicht erinnern, einmal derart geschwitzt und sich so in Atemnot befunden zu haben wie an diesem Tag bei der Beerdigung von Captain Ben Bellow. Ihm klebten die Sachen klatschnass am Körper, und der Schweiß rann ihm nur so über das Gesicht.

Selbst Reverend Turner schien Mühe zu haben, seine Stimme in der flirrenden Luft zu erheben und die hinteren Reihen der Trauergemeinde zu erreichen, die sich um das offene Grab versammelt hatte. Nach jedem Satz legte er eine Atempause ein und fixierte den Sarg vor ihm, als müsste er für den nächsten Satz erst neue Kraft sammeln. »Gott ist Licht ...

und keine Finsternis ist in ihm ... Denn Gott der Herr ist Sonne und Schild ... Er schenkt Gnade und Herrlichkeit ...« Und wieder löste sich ein Schweißtropfen von seiner Nasenspitze und fiel auf die Bibel, die er aufgeschlagen in seinen schwitzigen Händen hielt.

Ian McIntosh konnte sich beim besten Willen nicht auf Reverend Turners Grabrede konzentrieren. Er schob einen Finger hinter den Kragen, der ihn zu strangulieren schien, und versuchte, ihn zu dehnen, um sich etwas mehr Luft zu verschaffen. Der verdammte Kragen brachte ihn noch um! Er verfluchte seine Dummheit, dem idiotischen Gebot des Anstands gefolgt und zu dieser Beerdigung in Anzug mit steifem Kragen und Krawatte erschienen zu sein. Bei dieser Hitze wären ein locker sitzendes Hemd und ein Strohhut mit breitem Rand die einzig vernünftige Kleidung gewesen, und der Tote hätte dafür mehr als Verständnis gehabt – nur leider manche von den Lebenden nicht.

Ian schaute zu Captain Patrick Rourke hinüber, der auf der anderen Seite des Grabes stand, ein Kleiderschrank von einem Mann mit kaum gebändigtem, wild gelocktem Haar und einem Vollbart, der wie polierter Kupferdraht schimmerte. Sein Freund, den er zum ersten Mal in einem Anzug sah, schien nicht weniger zu leiden, war er es doch gewohnt, sein Schiff mit ärmelloser Schaffelljacke über der nackten Brust und einer verwegenen Mütze aus Opossumfell auf dem Kopf zu kommandieren und an Land nicht weniger unkonventionell herumzulaufen. Patrick fing seinen Blick auf, machte eine gequälte Miene und öffnete den Mund wie ein Fisch, der an Land geworfen worden ist und spürt, wie ihn die Lebenskraft mehr und mehr verlässt.

Endlich kam Reverend Turner zum Ende. »... und geht den

Weg allen Fleisches.« Er bückte sich nach der kleinen Grab-schaufel. »Asche zu Asche, Staub zu Staub. Mögest du in Frie-den ruhen und Gottes Gnade und Barmherzigkeit teilhaftig werden, Amen.«

»Amen«, antwortete die Trauergemeinde im Chor, während die harten Erdbrocken dumpf auf den Sarg polterten. Ian reihte sich in die Schlange der Leute ein, die Captain Bellow die letzte Ehre erweisen wollten, und wünschte, manche wür-den etwas weniger lang vor dem Grab verweilen. Als er endlich vorgerückt war, ignorierte er den Friedhofsgehilfen, der ihm eine sandgefüllte Schaufel hinhielt. Er griff in die Jackenta-sche und warf eine Handvoll Muscheln auf Captain Bellows Sarg. Er war ein aufrechter Mann der See gewesen, und die Muscheln wurden ihm und seinem Leben mehr gerecht als die harte rote Erde.

Patrick Rourke wartete schon vor der Kutsche auf ihn. »Eine Seebestattung, eingewickelt in ein einfaches Stück Segeltuch, wäre dem alten Bellow zehnmal lieber gewesen, als hier in der Erde verscharrt zu werden«, sagte er und zerrte die Krawatte auf. »Zum Teufel mit den Verwandten und ihren guten Ab-sichten!«

»Nicht immer geht es nach unseren Wünschen, Patrick.«

»Das können Sie laut sagen. Diese verdammte Zwangsjacke hätte mich fast umgebracht«, stöhnte der Captain, befreite sich mit einer Hand so heftig vom gestärkten Kragen, dass der Knopf absprang, und riss mit der anderen den Kutschenschlag auf. »Bitte, nach Ihnen.«

Ian zog rasch das Jackett aus und stieg ein. Kaum im Wagen, erlöste auch er sich von der Qual der Krawatte und des steifen Kragens, der ihm den Hals fast wund gerieben hatte.

»Zum Hafen, Kutscher! BRADING PIER!«, rief Patrick dem

Kutscher zu. »Und wenn Sie uns schnell dort hinbringen, wird es Ihr Schaden nicht sein.«

»Werde tun, was ich kann, Mister«, versprach der Kutscher und ließ die Peitsche über den Köpfen der beiden müden Braunen knallen.

»Kann es einfach nicht erwarten, den Kopf in einen Eimer Wasser zu stecken und diese Klamotten vom Leib zu bekommen«, sagte Patrick und sank Ian gegenüber auf die Sitzbank. »Ich habe dem alten Bellow ja eine Menge zu verdanken, aber dass er ausgerechnet in diesen brütend heißen Tagen auf seine letzte große Fahrt gegangen ist, könnte ich ihm fast übel nehmen.«

Ian lächelte. »Ich denke, da, wo Captain Bellow jetzt ist, kümmert ihn das wenig.« Er kannte Patrick zu gut, um nicht zu wissen, wie sehr ihn der Tod von Captain Bellow in Wirklichkeit berührte.

»Auch sonst hätte der alte Haudegen nichts darum gegeben«, erwiderte Patrick und öffnete das Hemd bis zum Bauchnabel hinunter.

Ian wischte sich den Schweiß vom Gesicht. »Was für ein Tag. Wenn in ein paar Stunden ein schweres Gewitter aufzieht, wird mich das gar nicht wundern.«

»Ein Vorgeschmack auf die Hölle, Ian. Bin ich vielleicht froh, wenn ich wieder die Planken der Southern Cross unter meinen Füßen habe und morgen auf See bin.«

»Und ich am Hawkesbury«, sagte Ian McIntosh, der Verwalter von Seven Hills, der größten und ertragreichsten Farm am Hawkesbury River. An solch extrem heißen Tagen, besonders nach vielen Sommermonaten ohne Regen, erfüllte es ihn mit Unruhe, wenn er nicht auf der Farm war. Er wusste nur zu gut um die Gefahren eines Buschbrandes, der jederzeit aufflammen und innerhalb eines Tages, ja einer Stunde alles vernichten konnte, was man dem Land in vielen Jahren harter Arbeit abgerungen hatte. Wenn ihn nicht wirklich wichtige und unaufschiebbare Geschäfte nach Sydney gezwungen hätten, hätte er die Farm auch nicht verlassen. Aber Mister Scowfield hatte darauf bestanden, die Verhandlungen in Sydney und nirgendwo sonst zu führen.

»Ich kann's Ihnen nachfühlen, Ian. Zu dieser Zeit nicht auf der Farm zu sein, stelle ich mir so vor, als müsste ich bei einem Sturm untätig unter Deck bleiben.«

»Damit treffen Sie den Nagel auf den Kopf, Patrick«, bestätigte Ian, während die Kutsche die High Street in Richtung Hafen hinunterratterte, dabei schwer beladene Ochsenfuhrwerke überholte und auch an mehreren *street gangs* vorbeikam, wie die Arbeitskommandos von zerlumpten, angeketteten Sträflingen unter bewaffneter Aufsicht genannt wurden. Ein Anblick, an den sich Ian niemals gewöhnen würde. Zu klar und schmerzlich waren die Erinnerungen an jene grausame Zeit vor beinahe zwanzig Jahren, als auch er in Ketten an dieser damals noch wilden Küste von Bord eines Sträflingsschiffes gegangen und der Willkür der Soldaten vom New South Wales Corps ausgesetzt gewesen war. Ein Schicksal, das er mit Patrick Rourke und auch mit Jessica Brading teilte und das sie alle niemals vergessen würden, auch wenn sie ihre Freiheit als Emanzipisten längst wiedergewonnen und diese Kolonie zu ihrer neuen Heimat gemacht hatten.

»Aber wenn ich Sie recht verstanden habe, konnten Sie Ihre Geschäfte ja zu einem erfolgreichen Abschluss bringen«, fuhr Patrick fort und erhaschte an der nächsten Kreuzung, als ihre Kutsche einen Trupp Soldaten vorbeilassen musste, einen flüchtigen Blick auf das eindrucksvolle Backsteingebäude von

BRADING'S, dem ersten und exklusivsten Kaufhaus der ganzen Kolonie.

»Ja, das ist richtig«, sagte Ian und fächelte sich mit dem Kragen Luft zu.

»Ausgezeichnet. Dann haben Sie ja gute Nachrichten für Jessica, wenn sie hoffentlich bald zurückkommt.«

»Diese Geschäfte hatten mit Jessica und SEVEN HILLS nichts zu tun. Das war etwas Privates«, sagte Ian, obwohl seine Verhandlungen mit Scowfield indirekt sehr viel mit Jessica zu tun hatten, mehr als ihm eigentlich lieb war. Aber darüber wollte er jetzt nicht schon wieder in finstere Grübelei verfallen.

Patrick zeigte nicht die geringste Spur von Neugier. Er kannte Ian als einen Mann, der Jessica seit vielen Jahren mehr als nur ein erstklassiger Verwalter war, nämlich ein treuer Freund, auf den sie sich in allen Lebenslagen blind verlassen konnte. Und manchmal vermochte er sich des Eindrucks nicht zu erwehren, dass Ian viel mehr als nur freundschaftliche Gefühle für Jessica empfand. Aber das war eine persönliche Vermutung, für die er bisher noch keine sichere Bestätigung gefunden hatte.

»Jessica kann sich wahrhaft glücklich schätzen, einen Mann wie Sie zu haben, der sich während ihrer langen Abwesenheit so gewissenhaft ihrer vielfältigen geschäftlichen Unternehmungen annimmt.«

Ians Gesicht verschloss sich ein wenig. »Jessica war klug genug, die Last auf die Schultern von verschiedenen Männern mit außerordentlichen Fähigkeiten verteilt zu haben, zu denen natürlich auch Sie gehören, Patrick. Immerhin liegt das Kommando der BRADING RIVER LINE in Ihrer kundigen Hand, während Mister Pickwick sein scharfes Auge auf das Kaufhaus hier in Sydney und die Filiale in Parramatta hält«, wehrte er das Lob ab. Zudem war da ja auch noch Mister Hutchinson, Jessicas Anwalt und Vermögensverwalter.

»Gut und schön, aber das Herzstück ist und bleibt die Farm SEVEN HILLS«, meinte Patrick. »Und da haben Sie ja eine geradezu goldene Hand bewiesen.«

Ian zuckte mit den Schultern. »Ich liebe nun mal das Land«, erwiderte er schlicht.

»Das haben Sie mit Jessica gemein«, sagte Patrick scheinbar leichthin.

»Wenn man will, kann man es so sehen«, entgegnete Ian mit einem reservierten Unterton.

Patrick runzelte die Stirn. »Habe ich etwas Falsches gesagt?«

Ian zwang sich zu einem Lächeln. »Nein, ich bin heute nur ein wenig reizbar, Patrick. Das liegt am Wetter und an meiner inneren Unruhe.« Doch das stimmte nicht. In Wirklichkeit lag es an Jessica und was sie ihm angetan hatte. Er fühlte sich von ihr verraten.

2

Der Kutscher bahnte sich mit seiner Droschke einen Weg durch das dichte, lärmend geschäftige Treiben am Hafen und hielt schließlich vor der kurzen Pier der BRADING RIVER LINE, zu der ein Lagerhaus gehörte. Es bedurfte dringend einiger Ausbesserungen, erfüllte aber noch immer seinen Zweck.

Die beiden Männer griffen zu den Kleidungsstücken, die sie gleich nach der Beisetzung abgelegt hatten, und stiegen aus. Patrick entlohnte den Kutscher und steuerte auf die Gangway zu, die an Bord der SOUTHERN CROSS führte, eines schmucken, hochseetüchtigen Schoners, der am Kai vertäut lag.

Ian folgte ihm. Die drei Tage, die er in Sydney verbracht hatte, hatte er auf der SOUTHERN CROSS logiert. Patrick hatte ihn nicht erst groß zu überreden brauchen. Er hatte den Schoner auch dem besten Hotel am Ort vorgezogen, weil er in den heißen Nächten an Deck unter freiem Himmel hatte schlafen können, wie er es auch auf SEVEN HILLS tat, wenn die nächtlichen Temperaturen die stickige Enge eines Zimmers unerträglich werden ließen.

Die SOUTHERN CROSS war ein schönes Schiff, das Captain Patrick Rourke jeden Tag aufs Neue mit Stolz erfüllte – und mit Dankbarkeit. Sie stellte sogar die COMET in den Schatten, die vor gut zwei Jahren vor der Küste auf Felsen aufgelaufen und gesunken war. Er hatte damals vom Untergang kaum etwas mitbekommen, weil er im Fieberdelirium in seiner Kajüte gelegen hatte, sich aber dennoch für das Unglück verantwortlich gefühlt, denn das Schiff hatte zur Hälfte Jessica gehört. Der Untergang war für ihn, besonders aber für Jessica ein schwerer Verlust gewesen, hatte die COMET doch über zwanzigtausend Pfund Wolle geladen gehabt. Wolle von SEVEN HILLS, deren Verkaufserlös fällige Kredite hatte tilgen sollen. Jessica hatte danach finanziell mit dem Rücken zur Wand gestanden und beinahe ihr gerade eröffnetes Kaufhaus in der Pitt Street verkaufen müssen. Dennoch hatte sie ihn nicht fallen lassen, sondern zu ihm gehalten und schließlich sogar genug Geld zusammengekratzt, um eine kleine Schaluppe zu erstehen, der sie in der Hoffnung auf bessere Zeiten den Namen SHAMROCK gegeben hatten. Damit hatten er und Lew Kinley wieder auf dem Hawkesbury River die sehr einträgliche Flussschiffahrt aufnehmen können. Viele hatten damals darüber gelächelt, dass Jessica die Brading River Line gegründet hatte.

»Eine Reederei, die nur eine lächerliche Schaluppe vorzuweisen hat? Das ist ja so, als würde der Besitzer eines Esels seinen Stall ein Gestüt nennen!« So und ähnlich hatte man sich lustig gemacht. Aber die spöttischen Stimmen waren sehr schnell verstummt, als der Walfänger Pacific, an dem Jessica eine zwanzigprozentige Beteiligung hielt, von einer erfolgreichen Fangfahrt zurückgekommen war und Jessica in die Lage versetzt hatte, ihn, Captain Rourke, mit dem Kauf eines richtigen Schiffes zu beauftragen. Das Geld, das sie ihm vor ihrer so überstürzten und geheimnisvollen Reise nach England anvertraut hatte, hätte er gar nicht besser investieren können. Sie würde so stolz sein wie er – nicht allein auf die schnittige Southern Cross!

Patrick hatte seinen Fuß noch nicht an Deck gesetzt, da rief er einem jungen Burschen auch schon zu: »Zwei Pütz Wasser, Dick! Aber ein bisschen flott!«

»Aye, aye, Captain!« Die nackten Füße des Schiffsjungen klatschten über die Planken, als er zum Vorschiff rannte, sich zwei Holzeimer schnappte, sie in eine große Wassertonne tauchte und die gefüllten Eimer mittschiffs zur Gangwaypforte schleppte.

»Jetzt haben Sie endlich mal die Gelegenheit, mir einen kalten Guss zu verpassen«, sagte Patrick, beugte sich vor und ließ sich von Ian einen Eimer Wasser über den Kopf gießen. Es kümmerte ihn nicht, dass dabei auch Hemd und Hose ordentlich was abbekamen. Mit einem wohligen Seufzer begrüßte er den Wasserguss. Prustend und mit triefendem Haar richtete er sich auf. »Welch ein Genuss!«

»Kommen Sie, revanchieren Sie sich!«, sagte Ian und erhielt

im nächsten Moment die gleiche willkommene Abkühlung. Das Wasser spülte Schweiß und Staub von seinem Gesicht und rann ihm Brust und Rücken hinunter. Er strich sich das nasse Haar aus der Stirn und erwiderte Patricks fröhliches Grinsen. »Das war keine schlechte Idee. Da fühlt man sich gleich besser.«

»Ja, zumindest halbwegs lebendig«, spottete der Captain. »Sagen Sie, wann wollen Sie zurück nach SEVEN HILLS, Ian?«

»Bei Einbruch der Dunkelheit. Es ist zu mörderisch, bei der Hitze durch den Busch zu reiten. Das muss ich weder mir noch meinem Pferd antun.«

»Sehr vernünftig. Dann bleiben uns ja noch ein paar Stunden. Aber wenn Sie nichts dagegen haben, will ich erst einmal diese elenden Klamotten ausziehen und wieder Mensch werden.«

Ian grinste. »Auch ich wüsste nicht, was ich lieber täte, Patrick.«

»Na prächtig! Dann sehen wir uns gleich achtern unter dem Sonnensegel«, sagte der Captain und rief einem kleinwüchsigen Mann am Bug zu: »He, Jared, sieh zu, dass in ein paar Minuten ein Krug mit kühler Zitronenlimonade bereitsteht.«

Jared Lead, der schon auf der COMET Schiffskoch gewesen war, nickte und rief seinen Gehilfen, damit dieser mit ihm das Netz an Deck hievte, das mit einem guten Dutzend verkorkter Flaschen unterschiedlichsten Inhalts zum Kühlen weit unter Kieltiefe im Wasser hing.

Patrick und Ian stiegen indessen den Niedergang hinunter und begaben sich in ihre Kabinen, um die ihnen leidige formelle Kleidung gegen bequeme Sachen zu vertauschen. Sie hielten sich keinen Augenblick länger als unbedingt nötig in den stickigen Räumen auf und kehrten sehr schnell an Deck zurück, wo sie es sich achtern unter dem Sonnensegel bequem machten, Zitronenlimonade mit einem dezenten Schuss Rum genossen und sich über die wirtschaftliche Entwicklung der Kolonie unterhielten.

»Fast wäre es den verfluchten Offizieren vom New South Wales Corps tatsächlich gelungen, die Kolonie mit ihrem verbrecherischen Rum-Monopol und ihrer hemmungslosen Korruption zu strangulieren …«

»Ja, dieses Pack im Offiziersrock des Königs hat die Kolonie beinahe wirtschaftlich ausbluten lassen«, pflichtete Ian ihm bei. »Man mag zu unserem neuen Gouverneur Lachlan Macquire stehen, wie man will, aber er hat in den vierzehn Monaten, die er jetzt im Amt ist, gehörig aufgeräumt. Und seine Bemühungen, die gesellschaftliche Kluft zwischen uns Emanzipisten und den freien Siedlern zu überbrücken, kann man nur als überaus mutig und fortschrittlich bezeichnen. Natürlich ist auch er nicht ohne Eitelkeit, aber …«

Ian brach ab, denn Patrick hörte ihm nicht mehr zu. »Entschuldigen Sie, doch wenn mich nicht alles täuscht, kommt da ein Schiff«, sagte er, während er sich erhob und an die Steuerbordreling trat.

Ian stand ebenfalls auf und folgte seinem Blick. Er kniff die Augen zusammen, doch er vermochte jenseits der Sydney Cove nichts als eine flimmernde Wasserfläche auszumachen.

»Wo sehen Sie ein Schiff, Patrick?«

»Da, im Südosten, wo Garden Island liegt. Zwei Masten. Es können auch drei sein.«

Ian strengte sich an, konnte jedoch noch immer keine Masten entdecken, denn wegen der Krümmung der Erde war das ja das Erste, was man von einem Segelschiff zu sehen bekam. »Irren Sie sich auch nicht? Wie soll denn ein Schiff Fahrt machen?«, fragte er skeptisch. »Wir haben doch fast völlige Windstille.«

Patrick verzog das Gesicht. »Mit der reinen Muskelkraft seiner Mannschaft.« Er wandte sich um, erblickte seinen Steuermann und rief: »Lew, bring mir mal das Fernrohr!«

Augenblicke später schaute er durch das ausgezogene Messingrohr und erklärte nicht ohne Genugtuung: »Ein stolzer Dreimaster, hab ich's doch gesagt. Hier, schauen Sie.«

Durch das Fernrohr sah Ian ganz deutlich die hohen Masten und die Segel, die wie schlaffe Tücher von den Rahen hingen, ohne dass sich in ihnen auch nur ein Windhauch fing. Die Nationalität war nicht zu erkennen, dafür hätten die Flaggen im Wind wehen müssen.

Ganz langsam nur wurde der Dreimaster im Fernrohr größer. Die eleganten Linien des Schiffes nahmen Kontur an. Doch von Ruderbooten, die der Captain zum Schleppen des Schiffes ausgesetzt hatte, war noch lange nichts zu sehen. Aber dann waren vier dunkle Punkte ein gutes Stück vor dem Bug zu erkennen.

Patrick schüttelte mit grimmiger Miene den Kopf und reichte Ian wieder das Fernrohr. »Sehen Sie sich das an! Der Captain hat seine Mannschaft tatsächlich in die Boote geschickt und lässt sie das Schiff pullen! Und das bei dieser elenden Hitze. Sie werden noch Stunden brauchen, bis sie den Hafen erreicht haben. Seine Männer werden ihn hassen wie die Pest.«

»Verdammter Menschenschinder!«, sagte Ian und schob das Fernrohr mit einer zornigen Bewegung zusammen, bevor er es zurückgab. »Ich bin wahrlich kein Freund von Auspeitschungen. Davon gibt es in unserer Kolonie auch heute noch viel zu viele, und fast immer trifft es die Falschen. Aber was dieser

Captain da macht, also dafür gehört dem Kerl ein Dutzend Schläge mit der Neunschwänzigen verpasst!«

»Nur die wenigsten können der Versuchung der Macht, wie sie ein Captain oder ein Offizier besitzt, widerstehen und sich vor ihrem Missbrauch hüten«, klagte Patrick.

»Und der Zwillingsbruder der Macht ist die Grausamkeit«, fügte Ian mit finsterer Miene hinzu.

Sie begaben sich wieder in den Schatten des Sonnensegels, während Lew Kinley das Fernrohr an sich nahm und in den Ausguck aufenterte.

Ihr Gespräch kreiste eine Weile um gemeinsame Bekannte, die bevorstehende Ernte und den seit Jahren zunehmenden Strom freier Siedler, die England verließen, um im fernen Australien ihr Glück zu machen.

»Ich begrüße diese Entwicklung im Prinzip sehr. Je mehr freie Siedler, Handwerker und Händler in die Kolonie kommen, desto besser wird es unserer Wirtschaft gehen, denn mit Sträflingen allein kann man eine Kolonie in diesen Breiten nicht in ein blühendes Land verwandeln, auch nicht mit Zehntausenden von ihnen«, sagte Ian, der zu den Pionieren im Siedlungsgebiet am Hawkesbury River zählte. »Doch was ich mir wünsche, sind weniger Träumer und gescheiterte Existenzen, die meinen, dass man sich hier ohne große Anstrengungen im Handumdrehen ein kleines Königreich von ein paar als Arbeiter zugeteilten Sträflingen aufbauen kann. Was wir brauchen, sind ganze Kerle, Farmer mit zähem Arbeitswillen und der unerschütterlichen Entschlossenheit, sich von diesem doch noch immer wilden Land nicht auslaugen und niederringen zu lassen.«

»Sie sagen es«, stimmte Patrick ihm zu. »Von den kurzatmigen Glücksrittern hat New South Wales neuerdings mehr als genug. Aber ein Buschbrand oder eine Überschwemmungs-katastrophe, und diese Schwächlinge sind gebrochen wie ein Strohhalm und geben auf.«

Ian dachte unwillkürlich an Scowfield.

»Um in England erfolgreich eine Farm zu bewirtschaften, bedarf es sicherlich auch viel harter Arbeit und einigen Sach-verstandes«, fuhr Patrick fort. »Aber man muss wohl schon aus einem ganz besonderen Holz geschnitzt sein, um in New South Wales in den Busch zu ziehen und ihm eine ertragreiche Farm abzuringen.«

»Mit Sicherheit«, sagte Ian ohne falsche Bescheidenheit. »Wer da draußen bestehen will, Patrick, muss so eisenhart wie Eukalyptus sein und dem Land mehr als nur Blut und Schweiß zu geben bereit sein.«

»Ich gestehe ein, dass mir die Planken eines Schiffes und eine steife Brise…«, setzte Patrick zu einer Erwiderung an, kam jedoch nicht mehr dazu, sie zu beenden.

Denn in dem Augenblick schallte Lew Kinleys Stimme aus dem Ausguck zu ihnen herunter: »Captain, es ist die ARTE-MISIA!«

Ian zuckte zusammen, sprang auf und stürzte förmlich zur Reling. Der Dreimaster war jetzt auch mit bloßem Auge zu sehen, wenn auch nur als vage Silhouette. Sein Herz raste mit einem hämmernden Schlag.

Auch Patrick war augenblicklich auf die Beine gekommen und schrie seinem Steuermann im Großmast zu: »Bist du dir auch sicher, dass es die ARTEMISIA ist?«

»So sicher, dass ich eine Jahresheuer darauf verwetten würde!«, kam es von oben zurück. »Das ist die ARTEMISIA. Und nur einer wie Captain Leggett jagt seine Crew an so einem Tag in die Boote!«

Patrick klatschte vor Freude in die Hände, ging zu Ian hinüber und schlug ihm freundschaftlich auf die Schulter. »Es ist wirklich die Artemisia, und auf ihr reist Jessica!«

Im Januar war mit der Montevideo ein Brief aus Kapstadt von Jessica eingetroffen, in dem sie ihnen mitgeteilt hatte, dass sie und ihre Zofe Anne sich an Bord der Artemisia befänden und hofften, bald in Sydney einzutreffen. Ihr Schiff war vor der Südspitze Afrikas in einen schweren Sturm geraten. Die Schäden, zu denen ein gesplitterter Fockmast gehörte, hatten sie gezwungen, ihre Reise in Kapstadt für die Dauer der Reparaturen zu unterbrechen. Leider waren auf der gerade auslaufenden Montevideo keine Kabinen mehr frei gewesen, sonst hätten sie das Schiff gewechselt.

Ian starrte stumm und mit verschlossenem Gesicht über das Wasser. Jessica! Fast anderthalb Jahre waren vergangen, seit sie an Bord der Sultana nach England gesegelt war. Vierzehn quälende lange Monate.

»Mein Gott, sie ist endlich zurück! In ein paar Stunden haben wir sie wieder!«, rief Patrick mit übersprudelnder Freude. »Ist das nicht eine wunderbare Nachricht?«

»Ja, sehr beruhigend«, antwortete Ian trocken und ohne jede Begeisterung.

Verwundert sah Patrick ihn an. »Beruhigend? Also von Ihnen hätte ich wirklich eine etwas enthusiastischere Reaktion erwartet.«

»Manchmal erwartet man eben zu viel. Deshalb sollte man mit seinen Erwartungen an seine Mitmenschen besser auf dem Boden bleiben«, sagte er und wandte der Reling und damit dem sich schleichend nähernden Schiff den Rücken zu.

Patrick fand die Reaktion seines irischen Freundes äußerst

rätselhaft. »Vermutlich setzt mir die Sonne heute zu heftig zu, vielleicht werde ich auch alt, wie auch immer, ich verstehe nicht, was plötzlich in Sie gefahren ist. Ich dachte, Sie könnten Jessicas Rückkehr noch viel weniger erwarten als ich, da Sie sich doch so besonders nahestehen.«

»So, tun wir das?«, fragte Ian mit einem sarkastischen Lächeln. »Nun ja, vermutlich tun wir das wirklich. Aber anderthalb Jahre sind eine lange Zeit, Patrick. Da kann man viel nachdenken.«

»Nachdenken? Worüber?«, fragte Patrick mit wachsender Verwunderung.

»Über das, was man will und was man nicht will – oder besser gesagt: was man nicht *mehr* will«, antwortete Ian. »Aber lassen wir das. Ich glaube, es wird Zeit, dass ich meine Pferde aus dem Mietstall hole und mich auf den Rückweg nach Seven Hills mache.«

»Sie wollen nicht bleiben und Jessica bei ihrer Ankunft begrüßen?«, fragte Patrick ungläubig.

»So ist es.«

»Also jetzt verstehe ich gar nichts mehr. Erst haben Sie sich so sehr darüber erregt, dass sie überhaupt diese Reise nach England angetreten hat. Und jetzt, da sie nach so langer Abwesenheit endlich wieder zurück ist, wollen Sie nicht zu ihrer Begrüßung bleiben. Darauf kann ich mir nun gar keinen Reim machen!«

»Ich ziehe es vor, Jessica auf Seven Hills zu begrüßen«, erwiderte Ian mit ausdruckslosem Gesicht. »Und gerade weil sie anderthalb Jahre fort war, kommt es jetzt auf zwei, drei Tage mehr oder weniger wohl auch nicht mehr an.«

Patrick schüttelte verwundert den Kopf. Er spürte, dass da etwas nicht stimmte, doch er wusste, dass er jetzt nichts

Dümmeres tun konnte, als von Ian eine Erklärung erzwingen zu wollen.

»Sie müssen es ja wissen, Ian.«

»Das tue ich, glauben Sie mir.« Ian holte sein Gepäck an Deck, bedankte sich für die herzliche Gastfreundschaft während der letzten drei Tage und sagte dann zum Schluss: »Tun Sie mir einen Gefallen, Patrick, und erwähnen Sie bitte nicht, dass ich in der Stadt gewesen bin und nicht auf ihre Ankunft im Hafen gewartet habe.«

Patrick schüttelte erneut verständnislos den Kopf, drückte ihm jedoch in freundschaftlicher Verbundenheit kräftig die Hand und versprach: »Wenn das Ihr Wunsch ist, dann wird darüber auch kein Wort über meine Lippen kommen.«

Ian lächelte, doch es war kein fröhliches Lächeln. »Danke, Patrick. Wie schön zu wissen, dass es immer noch Wünsche gibt, die sich erfüllen.«

Sorgenvoll blickte Patrick ihm nach.

3

Captain Nathan Leggett war von großer, schlanker Gestalt und vermittelte stets den Eindruck eines Mannes, der unter ständiger Anspannung stand. Anne hatte ihn mal sehr treffend mit einem straff gespannten Tau im Rigg verglichen, das bei starkem Wind so hell wie eine Klaviersaite sirrt. Jede seiner Bewegungen hatte etwas ebenso Kraftvolles wie Kontrolliertes an sich. Er verlangte von seiner Mannschaft, die Offiziere eingeschlossen, absoluten Gehorsam und Einsatz bis zur Selbstaufgabe. Das einzige Buch, das er neben seinem Logbuch zur

Hand nahm, war die Bibel, von der er aber allein das Alte Testament gelten ließ. Von alttestamentarischer Art waren auch seine Strenge und sein Zorn.

In makelloser Uniform, breitbeinig, die Fäuste in die Hüften gestemmt und den Zorn des Gerechten in den Augen, stand er auf dem Achterdeck vor seinem Ersten Offizier und fauchte ihn mit schneidender, weithin hörbarer Stimme an. »Was heißt hier Hitze! Wer hat Sie überhaupt nach Ihrer unmaßgeblichen Meinung gefragt, Mister Griffin?«

»Niemand, Sir!«

»Richtig, niemand, Mister Griffin. Also behalten Sie Ihre unausgegorenen Meinungen für sich und konzentrieren Sie sich gefälligst darauf, Ihre Pflicht zu tun, und die besteht darin, darüber zu wachen, dass meine Befehle so ausgeführt werden, wie ich sie erteilt habe!«

Wie ein kleiner Junge stand der Erste Offizier, ein gut aussehender Mann von zweiunddreißig Jahren, vor dem Captain, mühsam beherrscht und im vollen Wissen seiner totalen Ohnmacht. Die Macht eines Captain auf seinem Schiff überstieg die eines jeden Fürsten, ja Königs. Sein Wort war Gesetz, und jede Auflehnung konnte als Meuterei geahndet werden.

Captain Leggett sagte man nach, schon zweimal aufsässige Matrosen kurzerhand als Meuterer an der Rahe aufgeknüpft zu haben. Er galt als unerbittlich. Doch seltsamerweise hatte er nie Schwierigkeiten, vor jeder neuen Fahrt eine erstklassige Mannschaft zusammenzubekommen, vom Decksjungen bis zum Ersten Offizier. Denn er war auch noch für etwas anderes bekannt, nämlich für sein legendär schnelles Schiff, für dessen jederzeit tadellosen Zustand er keine Kosten und Mühen scheute, für seine seemännische Brillanz und traumwandlerische Sicherheit in gefährlichen Situationen und für seine gute Heuer, die ihresgleichen suchte. Wer auf der Artemisia anheuerte, brauchte sich um eine gute Heuer, anständiges Essen und eine sichere Schiffsführung nicht zu sorgen, und dafür nahmen viele Seeleute alles andere in Kauf. Und wer als Offizier mehrere große Fahrten unter ihm durchstand, der lernte bei ihm mehr als auf der besten Akademie. Jeder Erste Offizier, der zwei Jahre unter Captain Leggett gefahren war, konnte sich danach sein eigenes Kommando unter einer Vielzahl von guten Angeboten auswählen. Nathan Leggett zerbrach seine Offiziere oder formte sie zu Abbildern seiner selbst. Dazwischen gab es nichts. Für Edward Griffin war es die erste Fahrt unter ihm, und noch stand nicht fest, zu welcher Gruppe er am Schluss gehören würde.

»Machen Sie ihnen gefälligst Feuer unter dem Hintern, Mister Griffin!«, fuhr Captain Leggett mit Donnerstimme fort. »Die verdammten Faulpelze sollen sich in die Riemen legen und pullen! Wir veranstalten hier doch keinen gemütlichen Ausflug über einen Dorfteich. Dies ist ein Schiff, falls Sie das noch nicht bemerkt haben, Mister Griffin, und ein Schiff ist dazu da, dass es sich von A nach B bewegt. *Bewegt!* Sofern es nicht vor Anker liegt. Aber wie man sieht, liegen wir nicht vor Anker. Wenn ich das gewollt hätte, hätte ich die Mannschaft doch wohl auch eher ans Ankerspill als in die Boote geschickt, nicht wahr?«

»Aye, aye, Sir!«

»Gut, dass wir uns darüber einig sind. Aber wenn wir nicht vor Anker liegen, ist doch die logische Folgerung, dass wir uns auf dem Weg von A nach B befinden. Würden Sie mir auch darin zustimmen, Mister Griffin?«, fragte der Captain mit ätzendem Hohn.

Stocksteif, mit blassem Gesicht und angespannten Kiefermuskeln bejahte der Erste Offizier auch diese rhetorische Frage.

»Na wunderbar! Und nun ein wenig Navigationshilfe, Mister Griffin. Unsere jetzige Position ist A, und der Hafen von Sydney ist B«, sagte er und ließ seine Stimme anschwellen wie eine Sturmbö. »Und wenn es der Wind nicht tut, dann wird uns eben die Mannschaft dorthin bringen, und zwar noch vor Sonnenuntergang, Mister Griffin! Sorgen Sie dafür, sonst können Sie sich in Sydney ein neues Schiff suchen!«

»Aye, aye, Sir!«

»Wegtreten!«

Jessica wie auch die anderen Passagiere, die sich an Deck aufhielten und jeden noch so dürftigen Schatten von Takelage, Masten und Rahen suchten, waren von dieser Szene peinlich berührt, gleichzeitig aber auch widerwillig fasziniert, wie der Captain gestandene Männer wie Edward Griffin in seinen Händen zu Wachs werden ließ.

»Hat der Mann denn ein Herz aus Stein? Die ARTEMISIA von den Seeleuten in vier Ruderbooten und dann auch noch bei dieser Gluthitze ziehen zu lassen, ist grausam!«, raunte Anne an ihrer Seite empört.

Jessica nickte und beschattete mit einer Hand ihr Gesicht. »Ja, das ist es. Und doch ist es nichts im Vergleich zu den Torturen, die viele Deportierte auf den Sträflingsschiffen zu erdulden haben, bevor sie diese Küste erreichen«, erwiderte sie, und Erinnerungen an jenen heißen Sommer vor vielen Jahren, als sie selbst als Sträfling mehr tot als lebendig an diese Küste geworfen worden war, bedrängten sie. Niemals hätte sie damals geglaubt, dass sie eines Tages dieses Land, in das man sie unschuldig verbannt hatte, nicht nur als neue Heimat annehmen, sondern mit ganzem Herzen und ganzer Seele lieben würde. Und hätte man ihr vor einem Jahrzehnt gesagt, dass sie einmal über eine der größten Farmen der Kolonie und mehrere andere geschäftliche Unternehmungen gebieten würde, sie hätte nicht einmal darüber gelacht, so absurd war diese Vorstellung gewesen.

Doch es war so gekommen. Und als Jessica ihren Blick unverwandt auf den Küstenstrich um Sydney gerichtet hielt, kam es ihr wie ein Wunder vor, dass sie als vermögende Frau in einem eleganten Kleid an Deck dieses Schiffes stand, mit ihrer getreuen Zofe an ihrer Seite, und es nicht erwarten konnte, wieder australischen Boden zu betreten, ihre Kinder Edward und Victoria in die Arme zu schließen, stundenlang über die Ländereien von Seven Hills zu reiten und sich ihrer vielfältigen Geschäfte anzunehmen. Sie brannte förmlich darauf, sich in die Arbeit zu stürzen.

»Bald haben wir es geschafft, Anne«, sagte sie mit einem glücklichen Lächeln.

»Ich kann es nicht erwarten, Ma'am. Wenn wir doch bloß schon im Hafen wären!«, wünschte sich die Zofe. »Die zwei Wochen, die wir in Kapstadt gelegen haben, sind mir nicht so lang vorgekommen wie der heutige Tag.«

Ein Lächeln glitt über Jessicas Gesicht. »Mir ergeht es nicht viel anders. Ich glaube, die letzten Stunden einer so langen Reise sind immer die schlimmsten.«

Anne seufzte. »Anderthalb Jahre. Was ist in dieser Zeit nicht alles geschehen. Wenn ich jetzt darüber nachdenke, kann ich gar nicht glauben, dass mir das alles passiert ist – und dass ich es wirklich gewagt habe, mit Ihnen über das Meer nach England zu segeln, dort so lang zu bleiben und die gleiche weite Strecke wieder an Bord eines Schiffes zurückzulegen.« Sie schüttelte den Kopf und lachte verwundert über sich selbst.

»Ich, die ich doch die ersten achtzehn Jahre meines Lebens über die Grenzen der Farm kaum hinausgekommen bin.«

Jessica warf ihr einen warmherzigen Blick zu. »Du hast allen Grund, stolz auf dich zu sein. Ich weiß, wie schwer es für dich war, die Kolonie zu verlassen und mit mir in ein Land zu reisen, das dir genauso fern und fremd war wie einem Londoner Kindermädchen unser Australien. Ich weiß, ich habe dir sehr viel zugemutet, und ich bin stolz, dass du dich so wunderbar gehalten hast und mir eine so große Stütze in meiner schweren Zeit gewesen bist.«

Anne lächelte versonnen. Sie war als unsicheres und von vielen geheimen Ängsten geplagtes Mädchen an Bord der Sultana gegangen und kehrte nun mit der Artemisia als junge Frau von zwanzig Jahren zurück, die Selbstsicherheit und Vertrauen in die eigene Stärke gewonnen hatte.

»Ja, ich hatte damals wirklich Angst«, gab sie offen zu. »Aber jetzt bin ich froh, dass ich mit Ihnen gegangen bin und all das mit meinen eigenen Augen gesehen habe. Plymouth, London und Ihre alte Heimat. Ich glaube nicht, dass ich jemals wieder eine Reise antreten werde, die länger ist als von Seven Hills nach Sydney. Aber ich weiß doch auch, dass ich die Reise nach England niemals vergessen werde.«

»Das wird wohl keiner von uns beiden«, pflichtete Jessica ihr leise bei, und der heitere Ausdruck wich aus ihren Zügen. Wie ein Schleier legte sich die Bedrückung über ihr Gesicht. Die schwere Schuld, die sie auf sich geladen hatte, würde sie bis an ihr Lebensende quälen. Und wenn sie sich tausendmal vor ihrem eigenen Gewissen rechtfertigte, dass sie gar nicht anders hatte handeln können, so würde sie dennoch ewig darunter leiden, ihr eigen Fleisch und Blut verraten zu haben. Das Kind, das sie heimlich in England zur Welt gebracht und sogleich nach der Geburt weggegeben hatte, war zweifellos das unselige Ergebnis einer entsetzlichen Tat gewesen, bei der sie das wehrlose Opfer gewesen war. Doch das Kind selbst war frei von jeder Schuld gewesen. Es war in ihrem Leib herangewachsen, doch sie, seine Mutter, hatte dieses wunderschöne Baby aus ihrem Leben verstoßen. Es fand nun die Pflege und Liebe bei einem ehrenwerten Ehepaar, dem die Natur eigene Kinder verwehrt hatte, und würde niemals wissen, dass seine leiblichen Eltern im fernen Australien wohnten. Doch sie, Jessica Brading, würde niemals vergessen, dass sie neben Edward und Victoria noch eine Tochter hatte, die in einem kleinen Haus in Davenport bei Plymouth heranwuchs. Und immer wieder würde sie grübeln und sich fragen, wie es ihrem Kind wohl ging, ob es gesund war und auch die Liebe und Fürsorge erhielt, deren es bedurfte.

»Sie haben getan, was Sie konnten, Ma'am. Bessere Eltern hätten Sie für die Kleine kaum finden können. Es hatte so sein müssen«, sagte Anne einfühlsam und berührte ihre Herrin, mit der sie längst eine tiefe Freundschaft verband, sanft am Arm. »Weinen Sie nicht. Es geht ihr gut.«

Jessica bemerkte erst jetzt, dass ihr zwei Tränen über die Wangen gelaufen waren.

»Hier, nehmen Sie mein Taschentuch.«

»Danke, Anne«, sagte Jessica mit belegter Stimme, tupfte sich die Tränen vom Gesicht und schnäuzte sich. »Manchmal überfällt die Erinnerung mich einfach, und dann ist mir, als wäre es erst gestern gewesen. Dann sehe und spüre ich wieder, wie ich mein Baby in den Händen halte und an mich drücke … seine zarte Haut und seine kleinen Händchen …« Ihre Stimme versagte, und schnell schloss sie die Augen, um weitere Tränen zurückzuhalten.

»Sie dürfen sich keine Vorwürfe machen«, redete Anne gedämpft, aber eindringlich auf sie ein. Gottlob standen die anderen Passagiere ein gutes Stück von ihnen entfernt. »Ich weiß, dass Sie es sich nicht leicht gemacht haben. Sie hatten jedoch gar keine andere Wahl. Es muss für Sie sehr schwer sein, doch denken Sie immer daran, dass Sie alles getan haben, was in Ihrer Macht stand. Ja, das haben Sie wirklich. Sie haben für alle das Beste getan.«

»Manchmal ist das Beste immer noch nicht gut genug.«

»Denken Sie daran, was geschehen wäre, wenn Sie das Kind hier zur Welt gebracht hätten«, sagte Anne. »Die Folgen wären katastrophal gewesen, nicht nur für Sie, sondern auch für viele andere, an deren Wohlergehen Ihnen liegt. Und haben Sie mir nicht selbst gesagt, dass Sie Ihr Kind nicht mit dem unauslöschlichen Makel des Bastards der Grausamkeit dieser Welt ausliefern wollten? Waren das nicht Ihre eigenen Worte?«

»Doch, das waren sie«, sagte Jessica.

»Und gelten sie heute vielleicht nicht mehr?«

»Sie werden wohl leider noch viel länger Geltung haben, als wir und unsere Kinder und Kindeskinder leben«, räumte sie niedergeschlagen ein.

»Dann haben Sie das Richtige getan und keinen Grund, sich mit Selbstvorwürfen zu quälen«, stellte Anne nüchtern fest.

Jessica fuhr sich noch einmal mit dem Taschentuch über die Augen. Dann atmete sie tief durch und straffte sich. »So einfach wird mein Gewissen es mir wohl kaum machen, doch damit werde ich leben müssen. Ich danke dir aber für deinen lieben Zuspruch. Er bedeutet mir sehr viel, bist du doch die Einzige, mit der ich darüber sprechen kann.«

»Ich werde immer für Sie da sein, Ma'am«, versicherte Anne treuherzig.

Jessica bezweifelte das, behielt ihre Sorge jedoch für sich, weil es ihrer Zofe gegenüber nicht fair gewesen wäre. Und sie wollte jetzt auch nicht darüber nachdenken. »Das würde mich freuen.«

Anne reckte plötzlich den Kopf, und ein aufgeregtes Strahlen trat in ihre Augen. Sie streckte die Hand aus und wies auf die Hafenstadt, die ganz langsam heranrückte. »Sehen Sie doch, Ma'am! … Jetzt kann man schon die ersten Häuser erkennen und die Windmühlen auf den Hügeln! … Ich kann sogar Fort Phillip über der Stadt erkennen. Ob Sydney noch mehr gewachsen ist, während wir weg waren?«

»Ganz bestimmt«, versicherte Jessica. »Wir haben ja seit gut einem Jahr einen neuen Gouverneur, und die Zeit der skrupellosen Ausbeutung durch die Offiziere vom Rum-Corps ist ein für alle Mal vorbei.« Für einen kurzen Moment flackerte der Gedanke an ihren verhassten Halbbruder, Lieutenant Kenneth Forbes auf, und sie fragte sich, ob auch er zur Rechenschaft gezogen worden war. »Das ist gut für die Siedler wie für die Kaufleute, denn jetzt lohnt es sich noch viel mehr, in unsere Kolonie zu investieren. Ich bin überzeugt, wir werden Sydney kaum wiedererkennen.«

»Am meisten freue ich mich auf SEVEN HILLS.«

»Ich auch«, sagte Jessica, und die freudige Erregung kehrte nun wieder zurück, dass die strapaziösen Monate auf See und das Kapitel England endgültig ihr Ende gefunden hatten. Mit aller Kraft verdrängte sie aus ihren Gedanken, was sie in ihrem Innersten quälte, und blickte voraus.

Ja, das war es: Sie musste vorausschauen, statt den Blick immer wieder in die Vergangenheit zu richten. Das Rad der

Geschichte ließ sich nicht zurückdrehen. Deshalb musste sie ihre ganze Kraft auf die Bewältigung der Gegenwart und die Sicherung der Zukunft konzentrieren. Sie trug eine große Verantwortung für ihre Kinder, aber auch für ihre Leute auf SEVEN HILLS und für ihre Geschäftspartner, die sie lange genug mit ihren Problemen allein gelassen hatte. Sie konnte es nicht erwarten, sich den Herausforderungen zu stellen und sich in die Arbeit zu stürzen. Bestimmt hatte sich eine Menge Arbeit angesammelt. Es konnte gar nicht genug Arbeit sein. Diese anderthalb Jahre unfreiwilliger Abstinenz von jeder geschäftlichen Tätigkeit hatten nicht unwesentlich dazu beigetragen, dass sie so häufig in depressive Stimmungen verfallen war. Wenn sie erst ihr gewohntes arbeitsreiches Leben in New South Wales wieder aufgenommen hatte, würde alles ins Lot kommen.

Jessica blickte mit einem zuversichtlichen Lächeln nach Sydney hinüber, doch in ihren Augen schimmerten noch immer die Tränen.

4

Rosetta Forbes zögerte. Die Tür zum Ankleidezimmer ihres Mannes in ihrem Haus in der Marlborough Street stand einen Spalt offen. Sie sah, wie Kenneth gerade die Perlmuttknöpfe seines blütenweißen Hemdes zumachte und zur Krawatte griff. Seinen Bewegungen war eine sparsame, aber höchst wirkungsvolle Eleganz zu eigen, als er das Krawattentuch aus goldbrauner Seide um den Kragen legte und es zu einem perfekten Knoten band. Dass sein rechter Arm als Folge der schweren Schussverletzung vor beinahe zwei Jahren nur noch sehr beschränkt seine Aufgaben erfüllen konnte, fiel nur einem sehr aufmerksamen Betrachter auf.

Rosetta musste ihm mit widerwilliger Bewunderung zugestehen, dass er die Prophezeiung des Arztes, dass er seinen Arm nie wieder richtig würde gebrauchen können, durch verbissenes Training widerlegt hatte. Er hatte sich zum Linkshänder umerzogen und gelernt, aus seiner Behinderung eine scheinbare Marotte zu machen. O ja, auf dem Gebiet der Täuschung und der Selbstdarstellung konnte ihm keiner das Wasser reichen. Darin war er schon immer ein Meister gewesen.

Kenneth fuhr mit einem Schlenker seiner rechten Schulter in die rehbraune Seidenweste, knöpfte sie zu und kontrollierte noch einmal den Sitz der Krawatte, bevor er sie mit einer perlengeschmückten Nadel fixierte. Dabei zeigte er sich ihr mit seinem unverschämt klassisch schönen Profil: ein großer, schlanker Mann mit vollem Haar, schwungvollen Augenbrauen, langen Wimpern und Gesichtszügen, die von makellos männlicher Harmonie waren, wie man sie bei einer formvollendeten Statue eines jungen römischen Gottes fand. Nur wenige ahnten, welch dunkle Charakterzüge sich unter dieser Maske der Schönheit verbargen.

Es versetzte Rosetta einen schmerzlichen Stich, während sie im Halbdunkel des Flurs stand und ihren Mann beobachtete. Nicht einmal sie vermochte sich nach all den bitteren Jahren als seine Ehefrau seiner ungewöhnlichen Ausstrahlung und Wirkung, die er auf Frauen ausübte, zu entziehen. Dabei hatte sie wohl schon tausendmal und mehr den Tag verflucht, an dem sie sich von seinem Charme hatte betören lassen und seine Frau geworden war. Doch wie hatte sie auch ahnen können, dass sie der körperlichen Liebe zwischen Mann und Frau, diesem animalischen Akt aus schmerzhaft heftigem Stoßen, nichts als grenzenlosen Ekel entgegenbringen würde? Kenneth hatte sich jedoch nicht um ihre Gefühle geschert und sich sein Recht mit Gewalt genommen, bis er der Abwehr und Kälte ihres Körpers schließlich leid geworden war und sich seine sinnlichen Bettfreuden bei anderen, willigen Frauen geholt hatte.

Ja, ihre Ehe war in dieser Hinsicht eine Qual gewesen. Und dennoch konnte und wollte sie sich nicht vorstellen, im Leben ohne ihren Mann dazustehen, auch wenn ihre heimliche Liebe und Leidenschaft dem indischen Mädchen Maneka galt, das Kenneth bei ihrer Ankunft in New South Wales als Dienerin in ihr Haus gebracht hatte, ohne zu wissen, was für eine Lawine von bisher verschütteten Gefühlen er dadurch in ihr auslösen würde. Sie hatten ein für beide Seiten akzeptables Arrangement getroffen, das ihre Ehe erträglich machte und ihr die gesellschaftliche Anerkennung sicherte, auf die sie nicht verzichten wollte.

Eine Zeitlang war auch alles gut gegangen, doch seit jenem fatalen Duell mit Captain Whittaker, der dabei den Tod gefunden und Kenneth am Arm verwundet hatte, und dem darauf folgenden Skandal spürte sie bei ihrem Mann eine Veränderung, die ihr Angst machte. Lavinia Whittaker, die Frau, mit der er ein Verhältnis hatte und wegen der er sich hatte duellieren müssen, hatte ihren Mann verändert. Lavinia wurde zu einer ernst zu nehmenden Gefahr!

Ken wandte sich nach links, um seine goldene Taschenuhr von der Kommode zu nehmen. Dabei fiel sein Blick auf seine Frau. Er lächelte ihr selbstsicher und überhaupt nicht überrascht zu.

»Ich dachte, du würdest noch in deinem Zimmer ruhen,

Rose«, sagte er in einem beiläufigen Tonfall, der verriet, dass es ihm im Grunde genommen völlig gleichgültig war, was sie tat und womit sie ihre Tage ausfüllte.

Sie schob die Tür weiter auf und trat ein. Es war an der Zeit, ein klares Wort mit ihm zu reden. Sie durfte nicht zulassen, dass Kenneth völlig unter den Bann dieser Frau geriet.

»Du siehst gut aus, Ken«, sagte sie freundlich.

»So, findest du?« Er streifte das sandfarbene Jackett vom Kleiderbügel.

»Ja, sehr elegant. Missis Whittaker wird entzückt sein, dass du dir derart viel Mühe gemacht hast, dich ihr so zu präsentieren«, sagte sie spitz. »Obwohl der Aufwand doch in keinem Verhältnis zum Zweck steht, denn wie ich dich kenne, wirst du diese hübschen Sachen im Handumdrehen abgelegt haben, kaum dass du mit ihr allein bist.«

»Rose, bitte!«, mahnte er mehr gelangweilt als verärgert. »Solche Bemerkungen liegen doch weit unter dem Niveau einer so gebildeten Frau wie dir.«

»Ich versuche nur, mich deinem niederen Niveau anzupassen!«, konterte sie. »Und es ist ja wohl äußerst geschmacklos, das Verhältnis mit der Witwe des Mannes fortzuführen, dem man nicht nur Hörner aufgesetzt, sondern den man auch noch im Duell erschossen hat!«

»Komm mir nicht damit!« Seine Stimme war nun kalt und scharf. »Er hat das Duell gewollt, nicht ich! Und er hat bekommen, wonach er verlangt hat!«

»Das ändert nichts daran, dass es geschmacklos ist, das Verhältnis mit ihr fortzusetzen!«, fuhr sie ihn an. »Ganz besonders nach dem Skandal, den es gegeben hat. Oder hast du schon vergessen, wie man dich in Offizierskreisen plötzlich geschnitten hat?«

Kenneth lächelte geringschätzig. »Diese verdammten Heuchler haben mir damit einen großen Gefallen getan, wie sich doch hinterher herausgestellt hat. Der Skandal hat uns alles in allem mehr Vorteile als Nachteile gebracht, ich denke, darin sind wir uns einig.«

Rosetta wischte seine Erwiderung mit einer unwilligen Handbewegung zur Seite. »Ich rede von etwas ganz anderem, und das weißt du!«, fauchte sie ihn erbost an.

»Du wirst doch wohl nach all den Jahren nicht plötzlich Anwandlungen von Eifersucht bekommen, Rose?«, fragte er sarkastisch. »Das sollte mich schon sehr wundern, meine Liebe. Ich war jedenfalls bisher der festen Überzeugung, mich dir gegenüber von außerordentlicher Großzügigkeit zu zeigen, indem ich dich von deinen ehelichen Pflichten entbinde.«

Eine leichte Röte stieg ihr ins Gesicht. »Deine sogenannte Großzügigkeit hat ihren Preis gehabt, Ken«, erwiderte sie und spielte damit auf ihr Arrangement an.

»In der Tat, meine Liebe. Und deshalb verbitte ich mir deine Vorhaltungen!«, sagte er gereizt. »Du hast damals deine Wahl getroffen, und seitdem geht es dich nichts mehr an, welcher Frau ich das Vergnügen meiner besonderen Aufmerksamkeit schenke.«

»Du irrst, Ken!«, widersprach sie zornig. »Es geht mich sehr wohl etwas an.«

»Ich habe keine Lust, mir meine gute Stimmung durch dein zänkisches Gejammer verderben zu lassen. Wie man sich bettet, so liegt man. Und jetzt lass mich gefälligst vorbei!«

Rosetta versperrte ihm die Tür. Sie dachte nicht daran, ihn so einfach gehen zu lassen. Eine so günstige Gelegenheit, ihm ihre Meinung zu sagen und dabei auch heftig werden zu können, ohne auf neugierige Ohren im Haus Rücksicht nehmen zu müssen, bot sich so schnell nicht wieder. Das Haus war so gut wie leer. Die Köchin hatte ihren freien Nachmittag, ihre Zofe Kate Mallock war zu einer ihrer unsäglichen Freundinnen von der Mission zum Tee eingeladen, das Kindermädchen saß mit dem dreijährigen Wesley hinter dem Haus im Schatten der Bäume und strickte, während der Junge mit seinen Bauklötzen spielte, und Maneka, ihre so wunderbar zärtliche Geliebte und die Sonne ihres Lebens, erledigte Einkäufe.

»Nein, du wirst mir gefälligst zuhören, Ken!«, bot sie ihm mit heftiger, entschlossener Stimme die Stirn.

Spöttisch zog er die Brauen hoch. »Rose, was für ein Temperamentsausbruch. Mir scheint, die wochenlange Hitze bringt sogar dein kaltes Blut in Wallung«, höhnte er. »Vielleicht sollten wir es ja doch noch einmal miteinander versuchen.«

»Spar dir deine geschmacklosen Bemerkungen!«, herrschte sie ihn an. »Wir haben eine Abmachung getroffen, und ich habe mich für meinen Teil daran gehalten. Ich habe dir den Sohn geschenkt, den du von mir verlangt hast.«

»Gewiss, nur könntest du ihm eine etwas bessere Mutter sein. Du beachtest ihn kaum.«

Sie wich seinem Blick aus. »Lenk nicht ab!«

Doch es stimmte, was er ihr da vorwarf. Sie empfand für das Kind nicht einmal ein schwaches Gefühl der Zuneigung, sondern verabscheute es in ihrem Innersten sogar, auch wenn sie versuchte, sich das niemals anmerken zu lassen. Denn Wesley war nicht der Sohn, für den Kenneth ihn hielt. Er war noch nicht einmal ihr Kind. Sie hatte die Schwangerschaft damals nur vorgetäuscht und ihrem Mann, der ja so selten bei ihr in Sydney gewesen war, das Neugeborene einer anderen Frau, die nicht einmal sie, sondern nur ihre gerissene Zofe kannte, als ihr Kind untergeschoben. Nach ihren vielen Fehlgeburten war es der einzige Weg gewesen, um seine Forderung nach einem Stammhalter und Erben zu erfüllen – und sich von seiner sexuellen Gier zu befreien, die für sie zu einer immer unerträglicheren Qual geworden war und ihr beinahe den Lebenswillen geraubt hätte.

»Schenk mir endlich einen Sohn, und ich werde dich nicht mehr anrühren!«, hatte er ihr versprochen. Kate hatte den verruchten Plan gehabt und auch seine Ausführung übernommen. Von der Erniedrigung, dem Ekel und den Schmerzen des Aktes mit ihrem Mann für ewig erlöst zu sein, war ihr jeden Preis wert gewesen – auch die Albträume, mit denen ihr Gewissen sie nachts immer häufiger verfolgte, und die Tatsache, dass Kate Mallock sie nun bis an ihr Lebensende in ihrer Hand hatte.

Aber das war hier nicht das Thema. Was Kate betraf, so würde sich zu gegebener Zeit schon eine Lösung für dieses Problem finden. Jetzt ging es erst einmal darum, der Gefahr zu begegnen, die Lavinia darstellte.

»Was willst du?«, fragte Kenneth ungeduldig.

»Ich will, dass du Lavinia Whittaker aufgibst!«, antwortete sie ohne Umschweife. »Und ich will es nicht nur, sondern ich *verlange* es von dir!«

»Mach dich nicht lächerlich, Rose. Du hast überhaupt nichts zu verlangen. Ich denke gar nicht daran, Lavinia aufzugeben. Und jetzt Schluss mit dem Gerede. Allmählich beginnst du, ernsthaft meinen Unwillen zu erregen«, sagte er drohend.

Sie ließ sich nicht einschüchtern. Die Zeiten hatten sich geändert. »Wir haben damals ein Abkommen getroffen, das du mit deinem Ehrenwort besiegelt hast, Ken. Ich habe dir zugebilligt, dass du dich mit anderen Frauen amüsierst …«

»Welch Großzügigkeit von einer Frau, die so steif wie ein Brett und so sinnlich wie ein toter Fisch im Bett ist!«, sagte er mit ätzendem Hohn.

Rosetta zuckte unter dieser Schmähung leicht zusammen, fuhr jedoch fort: »Doch du hast mir versprochen, dass du diskret bist und deine Affären nicht in die Öffentlichkeit trägst. Dieses Versprechen hast du mit Lavinia Whittaker gebrochen.«

»Nein, ich nicht, Rose. Ihr versoffener, schlappschwänziger Ehemann hat das getan, indem er glaubte, im Duell etwas verteidigen zu müssen, was er schon längst verloren hatte«, entgegnete er.

»Das tut jetzt nichts mehr zur Sache. Jedermann in Sydney weiß, was zwischen dir und Lavinia gewesen und wieso es zu diesem unseligen Duell gekommen ist. Das ist schon schlimm genug. Doch dass du das Verhältnis mit ihr fortführst und dich kaum noch um Diskretion bemühst, das kann ich nicht länger tolerieren! Damit brichst du unser Abkommen.«

»Ach, zum Teufel damit!«, rief er ärgerlich. »Was schert mich das dumme Gerede!«

»Mich schert es!«, schrie Rosetta ihn nun wutentbrannt an. »Denn mich treffen die mitleidigen Blicke auf der Straße und bei Gesellschaften! Hinter meinem Rücken macht man gehässige Bemerkungen. Ich bekomme zu spüren, dass du dir ein absolut geschmackloses Verhältnis mit dieser Frau erlaubst. Und das lasse ich mir nicht länger bieten.«

Er zuckte mit den Schultern. »Hör nicht hin«, schlug er mit aufreizender Gleichgültigkeit vor.

Sie funkelte ihn an. »Ich habe lange Angst vor dir gehabt, Ken, vor deiner Brutalität, deiner völligen Skrupellosigkeit und deiner Macht als Offizier. Aber diese Zeiten sind vorbei, mein Lieber!«, zischte sie. »Und zwar in mehrfacher Hinsicht!«

Sein Gesicht verfinsterte sich. »Spiel dich bloß nicht so auf, nur weil dir überraschenderweise eine große Erbschaft in den Schoß gefallen ist und dieser Londoner Advokat es durch Rechtsverdrehung geschafft hat, mir den Zugriff auf dieses Vermögen zu verwehren!«

Rosetta lächelte selbstsicher. »Es ist nicht nur das Geld, Ken, und das weißt du sehr gut. Es gibt da einige Dinge, die du als ehemaliger Offizier des berüchtigten New South Wales Corps zu verantworten hast, die unserem neuen Gouverneur doch wohl besser nicht zu Ohren kommen sollten, findest du nicht auch?«

Zornesröte ließ sein Gesicht aufflammen, und er hob die Hand zum Schlag.

»Wage es ja nicht!«

Er besann sich und ließ die Hand sinken. »Und du wage es nicht, mir drohen zu wollen, Rose!«, stieß er in zorniger Erregung hervor.

»Ich drohe dir nicht, ich warne dich«, sagte sie mit kühler Stimme. »Ich lasse mich nicht demütigen, und was du da tust, ist eine Demütigung. Ich habe nichts dagegen, dass du mit anderen Frauen herumhurst. Meinetwegen kannst du jede Nacht in das Bett einer anderen steigen und dir beweisen, was für ein toller Mann du bist. Aber ich dulde nicht, dass du ein Verhältnis unterhältst, welches mich zum Gespött der Leute macht – und unsere gesellschaftliche Stellung gefährdet. Ich sage dir noch einmal: Du kannst tun und lassen, wonach dir der Sinn steht, solange du nach außen hin das Gesicht wahrst. Solltest du das nicht tun und damit unser Arrangement aufkündigen …« Sie machte eine bedeutsame Pause.

»Nur heraus damit! Was ist dann?«, forderte er sie grimmig auf.

»Dann werde ich die nötigen Konsequenzen ziehen!« Sie sah ihm scharf und ohne mit der Wimper zu zucken in die Augen. »Und ich garantiere dir, sie werden dir noch viel weniger gefallen als alles, was du dir im Augenblick vorstellen kannst. Also überleg dir gut, wofür du dich entscheidest!« Ohne eine Antwort abzuwarten, wandte sie sich um und ließ ihn stehen.

Kenneth tobte innerlich vor Wut, als er wenig später in eine Mietdroschke stieg und den Kutscher anwies, in die untere Castlereach Street zu fahren. Sein Zorn war umso größer, weil seine Frau bedauerlicherweise wirklich nicht länger das kränkliche und leicht zu beherrschende Geschöpf war, das sie während der ersten Jahre ihrer Ehe gewesen war. In letzter Zeit begann sie, nicht nur scharfe Krallen zu entwickeln, sondern sie auch einzusetzen. Und seit sie vor wenigen Monaten ihren Onkel beerbt hatte und auf ein eigenes, ansehnliches Vermögen bauen konnte, war es noch schlimmer geworden.

Die Hinterhältigkeit, mit der Rosetta es geschafft hatte, das Erbe vor seinem Zugriff zu schützen, brachte ihn innerlich jedes Mal zur Weißglut, wenn er daran dachte. Sie hatte schon seit Langem gewusst, dass ihr Onkel nach dem plötzlichen Tod seines einzigen Kindes sie zu seiner Alleinerbin eingesetzt hatte. Sie hatte mit ihm korrespondiert, und ihr Onkel hatte sich – auf ihren Wunsch hin, dessen war er sich ganz sicher – mit Hilfe seiner Anwälte einen raffinierten juristischen Schachzug einfallen lassen, der verhinderte, dass er, ihr Ehemann, auch nur einen Penny davon zu sehen bekam.

Aber er dachte nicht daran, das tatenlos hinzunehmen. Er hatte sofort eine erstklassige Anwaltskanzlei in London mit der Wahrung seiner berechtigten Interessen und Ansprüche beauftragt. Die juristische Lage schien kompliziert, wie er inzwischen erfahren hatte, aber wohl doch nicht unlösbar. Nur

41

musste er sich vorerst in Geduld üben und warten, was bei der aufwendigen Prüfung und dem Prozess, den er gegen die Testamentsvollstrecker zu führen gedachte, herauskam. Und bis dahin war es wohl ratsam, seine Frau nicht über Gebühr zu reizen.

Er stieg vor dem Kontor von James Shepard aus, entlohnte den Kutscher und ging mit grimmiger Miene die Seitenstraße hinauf, die an einem langen Lagerhaus aus leuchtend rotem Backstein entlangführte. Er hätte mehr als ein Dutzend Gründe nennen können, warum er den neuen Gouverneur Lachlan Macquire nicht ausstehen konnte, doch dass nach seiner Amtsübernahme die Kolonie ein wahrer Bauboom erfasst hatte, konnte nicht einmal er abstreiten.

Die Gasse mündete in einem kleinen Platz, der von einer Trauerweide beherrscht wurde. Im Schatten des Baums stand ein Fass, das mit Wasser gefüllt war. Ein struppiger Hund schmiegte sich gegen die kühle Wandung der Tonne. Zwei kleinere Werkstätten, ein Kerzenzieher und ein Flickschuster, ein Mietstall sowie ein halbes Dutzend einfacher Holzhäuser gruppierten sich um diesen sandigen Platz.

Zügigen Schrittes durchquerte Kenneth den Schatten der Trauerweide und verschwand im schmalen Durchgang zwischen zwei Häusern. Im nächsten Moment war er durch eine Hintertür verschwunden.

»Lavinia!«, rief er und fühlte sich wie verwandelt, als sie die Treppe heruntereilte. Dabei rauschte die Seide ihres Morgenrocks, der reich mit Spitze besetzt war. »Endlich! Was ist mir der Tag lang geworden!«

Er verschlang sie förmlich mit seinen Augen. Das Alter war das Einzige, was sie mit seiner Frau gemeinsam hatte. Lavinia war eine Schönheit mit üppigen Proportionen. Sie besaß wunderbares dichtes blondes Haar, das einen deutlichen Stich ins Rötliche aufwies, und diese dichte rotblonde Fülle bedeckte auch ihren Schamhügel. Von ebenso erregender Üppigkeit waren ihre herrlich geformten Brüste. Ihr Körper, obwohl nicht eben gertenschlank zu nennen, war für ihn ein Wunder an sinnlicher Lust.

»Mein Geliebter!«, rief sie leise und kam in seine Arme. Ihr voller Mund verschmolz mit seinen Lippen zu einem langen, leidenschaftlichen Kuss, und schon bei der ersten Berührung schoss ihm das Blut wie eine heiße Woge des Verlangens in die Lenden.

Er konnte nicht mehr verstehen, dass es einmal eine Zeit gegeben hatte, in der er sich mit käuflichen Frauen eingelassen und mit aller Macht versucht hatte, Jessica zu zwingen, ihre alte Jugendliebe noch einmal zum Leben zu erwecken und seine Geliebte zu werden. Er war von dieser Idee geradezu besessen gewesen und war noch nicht einmal vor brutaler Vergewaltigung zurückgeschreckt. Seit er Lavinia kannte, fühlte er sich von dieser wahnwitzigen Obsession befreit. Dies war die Frau, die er liebte, die seine feurige Leidenschaft mit atemberaubender Hingabe erwiderte und ohne die er sich ein Leben gar nicht mehr vorstellen konnte. Sie hätte seine Ehefrau und Mutter seiner Kinder sein sollen. Sie war ihm kostbarer als alles andere auf der Welt.

Lavinia aufgeben?

Niemals!

5

Die Nachmittagssonne stand schon so tief, dass sie auf den Zinnen von Fort Phillip zu ruhen schien, als die ARTEMISIA endlich den Hafen von Sydney erreichte. Auf der breiten Pier hatte sich mittlerweile eine Menge aus Zöllnern, Schaulustigen, Frachtagenten, Kaufleuten, Straßenhändlern, Schauerleuten sowie Freunden, Verwandten und Familienangehörigen der Passagiere eingefunden. Auch einige Taschendiebe hatten sich unter die Menschenmenge gemischt, um ihren Vorteil aus der Ankunft des stolzen Dreimasters zu ziehen, dessen Anlegemanöver mit viel fröhlichem Willkommenslärm begrüßt wurde. Die Ankunft eines Schiffes aus England war noch immer ein großes Ereignis, das im Hafen genug Leute auf die Beine brachte, aus den unterschiedlichsten Motiven.

»Ma'am, schauen Sie doch!«, rief Anne aufgeregt. »Da sind ja Captain Rourke und Mister Pickwick!«

Jessica lachte, Patrick war auch ohne seine Felljacke und Opossummütze nicht zu übersehen. Wie ein Bär ragte er aus der Menge heraus. Welch ein Kontrast zu Glenn Pickwick, ihrem fähigen, aber von der Gestalt her eher schmächtigen Geschäftsführer von BRADING's, den sie nie anders als in untadeliger, dezent konservativer Kleidung gesehen hatte. Doch sie entdeckte noch zwei weitere vertraute Gesichter in der Menge.

»Mister Hutchinson und Mister Talbot sind auch gekommen«, stellte sie mit freudiger Überraschung fest. Dass sich ihr langjähriger Anwalt sowie Arthur Talbot, der ihr als Architekt beim Entwurf und Bau ihres kleinen Kaufhauses in der Pitt Street zu Diensten gewesen war, eingefunden hatten, rührte sie sehr.

»Wie schön, wieder zu Hause zu sein«, sagte Anne mit

Tränen in den Augen und dachte im Stillen, wie schön es doch gewesen wäre, wenn jetzt auch jemand allein wegen ihr dort unten gestanden und auf sie gewartet hätte. Ob Frederick Clark, der Stallbursche auf SEVEN HILLS, noch immer so tief für sie empfand wie vor ihrer Abreise?

»Ja, das ist es«, stimmte Jessica ihr zu, innerlich genauso stark bewegt, und erwiderte das Winken ihrer Freunde. Patrick schwenkte seine Fellmütze und brachte dabei Glenn Pickwicks sorgfältig gescheiteltes Haar durcheinander. Doch sie sah beide lachen.

Jessica konnte es genauso wenig wie alle anderen Passagiere erwarten, von Bord zu gehen. Ihr Gepäck stand schon an Deck zum Abtransport bereit. Doch es dauerte noch eine geraume Weile, bis man die Gangway angelegt hatte und die Formalitäten erledigt waren. Ein letzter Abschied von einigen der Passagiere, mit denen sie sich während der langen Reise angefreundet hatte, ein letztes Versprechen, Kontakt zu halten und sich gegenseitig zu besuchen, und dann war es endlich so weit: Sie ging von Bord der ARTEMISIA, schritt die Gangway hinunter, die ein wenig nachfederte – und setzte den Fuß auf australischen Boden, auf die Erde, die für sie zu ihrer wahren Heimat geworden war.

Wie lange hatte sie diesem Tag, diesem Augenblick entgegengefiebert. Eigentlich schon von dem Tag an, an dem die SULTANA Segel gesetzt hatte und zu ihrer Reise rund um den halben Globus nach England aufgebrochen war.

»Jessica!«, rief eine dröhnende Stimme, die alle anderen Stimmen und Geräusche mühelos übertönte.

Patrick bahnte sich einen Weg durch die Menge, indem er seine Arme wie ein Schwimmer einsetzte, der das Wasser vor sich mühelos teilt und zur Seite schiebt, und sozusagen in seinem Kielwasser folgten Glenn Pickwick, Arthur Talbot und William Hutchinson.

»Patrick!«

Er streckte ihr die Hand hin, besann sich jedoch im nächsten Moment eines anderen. »Der Teufel soll mich holen, wenn ich Sie nach so langer Zeit nicht wenigstens umarme!«, sagte er mit einer Mischung aus freudigem Überschwang und scheuer Verlegenheit, breitete die Arme aus und drückte sie herzhaft an sich.

Jessica lachte und hatte im nächsten Moment das Gefühl, in einen Schraubstock geraten zu sein.

»Wenn Sie Missis Brading zerquetschen, bekommen Sie es mit uns zu tun!«, warnte ihn Glenn Pickwick fröhlich.

»Zu dritt sollten wir zumindest den Hauch einer Chance haben«, merkte Hutchinson trocken an, ein hagerer und blassgesichtiger Mann Mitte fünfzig, der mit Vorliebe schwarze, schlecht sitzende Anzüge trug und mit seinen schlaffen Gesichtszügen und dem gewöhnlich verschleierten Blick einer müden Eule den Eindruck erweckte, als Anwalt bestenfalls einfachste Routineangelegenheiten bewältigen zu können. In Wirklichkeit besaß er einen messerscharfen Verstand, der sich aufs Vortrefflichste mit bestem fachlichen Wissen und wachem Geschäftssinn paarte. Und was seine Menschenkenntnis anging, so war diese so ausgezeichnet wie die von Glenn Pickwick.

»Verehrter Captain, ein bisschen mehr schickliche Mäßigung, wenn ich doch bitten darf!«, machte sich Talbot mit sanftem Tadel bemerkbar und tippte Patrick mit dem Silberknauf seines eleganten Spazierstocks auf die Schulter. Er befand sich wie Hutchinson im fünften Lebensjahrzehnt, war im Gegensatz zu ihm jedoch eine sehr attraktive und stets äußerst gepflegt gekleidete Erscheinung. »Dies soll doch wohl eine angemessene Begrüßung und kein Ringkampf sein, wenn ich mich nicht sehr irre.«

»Ach was, Jessica ist doch nicht aus Zuckerwatte!«, erwiderte Patrick mit ausgelassener Unbekümmertheit, gab sie jedoch wieder frei. »Das musste einfach sein. Warum hat sie uns auch so lange auf ihre Rückkehr warten lassen.«

»Weil man nach England etwas länger braucht als den Hawkesbury hinauf«, sagte Hutchinson humorig und beschränkte sich darauf, Jessicas Rechte in beide Hände zu nehmen und herzlich zu drücken. »Willkommen daheim, Missis Brading. Wir danken Gott, dass er uns Sie und Ihre Zofe wieder bei bester Gesundheit zurückgebracht hat.«

Anne, die sich im ersten allgemeinen Trubel spürbar zurückgesetzt fühlte, freute sich sichtlich, auch zur Kenntnis genommen zu werden. Patrick schüttelte ihr nun die Hand.

»In der Tat, von Herzen willkommen!« Talbot schob sich mit diesen Worten vor. »Und wenn ich mir die Bemerkung erlauben darf, verehrte Missis Brading, so scheinen Sie mir gar nicht in England gewesen zu sein …«

Jessica hob belustigt die Augenbrauen. Sie ahnte, dass Talbot damit eine seiner galanten Bemerkungen einleitete. »Nein, wo dann? Bitte klären Sie uns doch alle auf.«

»Der Ort ist mir persönlich leider unbekannt, aber dort muss der legendäre Jungbrunnen stehen«, fuhr Talbot fort und bestätigte damit ihre Mutmaßung. »Denn Sie sehen noch bezaubernder aus, als wir Sie alle in Erinnerung gehabt haben. Und dabei lehrt die Erfahrung, dass die Wirklichkeit zumeist nicht den Bildern unserer verklärten Erinnerung gerecht wird. Auf Sie trifft jedoch das Gegenteil zu.«

Jessica lachte herzhaft. »Sie alter Schmeichler.«

»Nein, nein, Sie tun ihm unrecht. Jedes Wort ist wahr!«, versicherte Patrick.

»Wenn es sein muss, stehe ich für eine prozesstaugliche Beglaubigung zur Verfügung«, warf Hutchinson auf seine trockene Art ein.

»Nicht nötig, Mister Hutchinson. Auf unsere Augen ist ja noch sehr gut Verlass«, sagte Glenn Pickwick und bedachte Jessica mit einem strahlenden Blick. Talbot hatte ganz und gar nicht übertrieben. Er, Glenn, liebte seine Frau Constance, doch das hinderte ihn nicht daran, Jessica Brading zu bewundern, nicht nur als tatkräftige und risikofreudige Geschäftsfrau, sondern auch als Privatperson. Jessica war eine Frau von aparter Schönheit. Ihrer schlanken, erregend weiblichen Figur sah man nicht an, dass sie schon Kinder zur Welt gebracht hatte. Blondes, leicht gelocktes Haar rahmte ein zart geschnittenes Gesicht ein, das von ausdrucksstarken Augen beherrscht wurde. Ihre ungewöhnliche Farbe, die an Smaragde erinnerte, übte einen ganz besonderen Zauber aus. So mancher Mann war ihnen schon verfallen.

»Mein Gott, ich bin ja überwältigt!«, rief Jessica, bewegt von der tief empfundenen Freude und Herzlichkeit, mit der sie begrüßt wurde. »Was für ein einzigartiges Empfangskomitee! Ich weiß gar nicht, wie ich Ihnen danken und was ich sagen soll.«

»Dass Sie froh sind, wieder zurück zu sein, wie wir dem Herrgott dankbar sind, dass Sie wieder hier sind«, schlug Patrick vor.

»Weiß Gott, das bin ich!«, versicherte Jessica und legte einen Arm um ihre Zofe. »Und Anne ebenso. Ohne ihren treuen und aufopfernden Beistand wäre ich heute nur noch ein Schatten meiner selbst … und stünde vermutlich jetzt gar nicht hier vor Ihnen.«

Anne erhielt nun ihren Teil an herzlichen Willkommens-grüßen, und die Aufmerksamkeit tat ihr gut, auch wenn sie sich insgeheim wünschte, ihr Frederick wäre jetzt hier. Dann schickte Patrick zwei seiner Männer, die etwas abseits gestanden und auf das Zeichen ihres Captains gewartet hatten, auf die Artemisia, damit sie sich um das Gepäck der beiden Frauen kümmerten.

»Ihr wisst, wohin ihr die Sachen zu bringen habt. Und passt bloß auf, sonst lasse ich euch kielholen!«, rief er ihnen nach, und zu Jessica gewandt sagte er: »Dank der Flaute hatten wir Zeit genug, uns auf Ihre Ankunft einzurichten. Kommen Sie, es ist schon alles vorbereitet. Wir gehen am besten zu Fuß. Ich denke, gegen ein wenig Bewegung werden Sie nichts einzu-wenden haben. Wir haben es auch nicht weit.«

»Würden Sie die Güte haben, mir zu verraten, wohin Sie mich entführen?«

»Zur Brading Pier, wo die Southern Cross vertäut liegt!«, antwortete Patrick stolz.

»Ich war der Ansicht, Sie und Miss Howard würden es vor-ziehen, zuerst einmal Ihr Privatquartier in der Pitt Street aufzu-suchen«, sagte Glenn Pickwick mit einem Anflug von Unmut. »Meine Frau hat auch dafür gesorgt, dass Sie dort alles zu Ihrer größten Zufriedenheit antreffen werden. Aber Captain Rourke war ja nicht davon abzubringen, dass Ihr erster Gang Sie zum Schoner führen müsse. Als ob Sie nach den langen Monaten der Überfahrt nicht schon Zeit genug auf einem Schiff ver-bracht hätten!«

»Mein lieber Mister Pickwick, die Southern Cross ist nicht irgendein x-beliebiges Schiff, sondern das prächtige Flaggschiff der Brading River Line!«, belehrte Patrick ihn.

Die leichten Eifersüchteleien zwischen Patrick und Glenn

Pickwick amüsierten Jessica. »Ich gebe zu, dass mich beides gleichermaßen reizt. Ich kann es genauso wenig erwarten, das Kaufhaus zu betreten und von meinen Privaträumen wieder Besitz zu ergreifen, wie, den Schoner zu sehen«, antwortete sie diplomatisch.

»Ich habe kurz vor der Jahreswende eine neue Kanzlei bezogen, jedoch nicht die Absicht, Sie mit einer Einladung in mein neues Domizil in noch größere Schwierigkeiten zu bringen, wem Sie den Vorzug Ihres ersten Besuchs geben«, sagte Hutchinson spöttisch.

Arthur Talbot lachte lauthals, während Patrick Rourke und Glenn Pickwick einen verlegenen, schuldbewussten Eindruck machten.

Über den Kauf des Schoners war Jessica schon unterrichtet. Patrick hatte es sich nicht nehmen lassen, ihr eine seitenlange Lobeshymne auf die SOUTHERN CROSS nach England zu schicken. Doch dass es eine Pier gab, die ihren Namen trug, war ihr neu. »Wie komme ich zu einer Pier, Patrick?«

»Es ist die alte NICK CLINTON PIER da drüben«, erklärte er, während sie um die Ecke bogen und an einer langen Reihe von Lagerhallen vorbeigingen. »Clinton war in Schwierigkeiten, und da habe ich ihm ein Angebot gemacht. Wir haben die Pier weit unter Preis bekommen.«

Hutchinson bestätigte das durch ein Nicken. Ohne seine Zustimmung wäre aus dem Kauf nichts geworden, dafür hatten Jessicas sehr detaillierte Vollmachten gesorgt.

»Die Fahrten nach Van Diemen's Land haben einen hübschen Profit abgeworfen. Ich dachte, er wäre in einem eigenen Pier mit einer Lagerhalle bestens investiert. Mister Hutchinson war auch dieser Meinung.«

»Und ich dachte, Sie hätten Ihr längst überfälliges Vorhaben, das abgebrannte Farmhaus auf SEVEN HILLS wiederaufzubauen und Ihrer Familie damit ein standesgemäßes Heim zu geben, nicht noch weiter auf die lange Bank geschoben«, bemerkte Arthur Talbot und wies damit auf seine Interessen hin.

»Das habe ich auch nicht. Wir werden schon bald darüber reden«, beruhigte Jessica ihn.

»Unsere BRADING's-Filiale in Parramatta ist übrigens noch besser angelaufen, als wir erwartet haben«, warf Glenn Pickwick ein, als hätte er Angst, bei diesem Wettstreit der Interessen zu kurz zu kommen.

Jessica schmunzelte. »Ich wusste, dass ich mich auf Sie verlassen konnte«, lobte sie und fügte dann mit Nachdruck hinzu: »Auf Sie *alle*, Gentlemen! Ich bin stolz und dankbar, dass ich meine geschäftlichen Unternehmungen in Ihre Hände gelegt habe und in meinem Vertrauen in Ihre besonderen Fähigkeiten über Erwarten bestätigt worden bin.«

Sie hoffte damit dem Konkurrenzdenken, auch wenn es nicht bösartig gemeint war, vorerst ein Ende bereitet zu haben, und so war es dann auch.

6

Wenige Minuten später schritten sie über die Bohlen der BRADING PIER, die eine Länge von gut hundertzwanzig Fuß besaß. Jessica kannte den Preis nicht, den Patrick in ihrem Namen für den Landungssteg mit dem Lagerschuppen bezahlt hatte. Aber da Hutchinson seine Zustimmung gegeben hatte, konnte sie davon ausgehen, mit dieser Erwerbung ein gutes Geschäft getätigt zu haben.

Und da lag die SOUTHERN CROSS!

»Nun sagen Sie doch selbst, ist sie nicht ein prächtiges Schiff?«, rief Patrick mit erwartungsvoller Begeisterung. Seine Augen strahlten wie ein rettungslos verliebter Mann beim Anblick seiner Angebeteten. »Sie ist schnell und wendig wie eine Schwalbe. Bei einer steifen Brise schaffte sie ihre elf bis zwölf Knoten und bringt es dabei doch auf hundertzwanzig Tonnen! Und mit nur fünf Fuß Tiefgang hat sie auch in seichten Gewässern keine Schwierigkeiten.«

Jessica hatte in den Jahren ihrer Zusammenarbeit viel von ihm über Schiffe und Boote gelernt und einen Blick für Details entwickelt, die ihr früher völlig entgangen wären oder nichts gesagt hätten. Die SOUTHERN CROSS gefiel ihr auf Anhieb. Die geschmeidige Form ihres Rumpfes, die leichte, nach achtern gerichtete Neigung der beiden Masten, der flache Decksaufbau zwischen Ruder und Niedergang, das System von Rigg und Takelage sowie der makellose Anstrich – dunkelgrün der Rumpf bis zur Wasserlinie, darüber war die Bordwand schwarz mit einem breiten weißen Streifen im unteren Drittel, der rund um das Schiff lief, und weiß waren auch die drei Kajütenfenster abgesetzt, die sich zu beiden Seiten am Heck befanden –, all dies ließ ihr Herz höher schlagen.

Es erfüllte sie mit Stolz und Freude, dass ihr dieser elegante Schoner gehörte, zumindest zu achtzig Prozent, denn sie hatte Patrick ja zu einem Fünftel an der BRADING RIVER LINE beteiligt. Gegen seinen Willen. Er hatte ihr Angebot nicht annehmen wollen, weil er sich trotz allem für den Untergang der COMET verantwortlich gefühlt und kein eigenes Kapital für einen Neubeginn gehabt hatte. Doch sie hatte darauf bestanden, dass sein Wissen und Können ihr Kapital genug war, um ihn zum Teilhaber zu machen.

»Sie ist wunderschön, Patrick!«

Er strahlte überglücklich, wählend Glenn Pickwick und Arthur Talbot einen scherzhaft gequälten Blick tauschten.

»Willkommen an Bord Ihres Schiffes, Jessica!«, sagte er, bot ihr seinen Arm und führte sie auf die SOUTHERN CROSS. Unter dem Sonnensegel war eine große, festlich gedeckte Tafel aufgebaut, und aus der Kombüse zog ein wohlriechender Bratenduft herauf.

»Was sehe ich denn da!«, rief Jessica freudig überrascht.

»Um Ihre Rückkehr mit einem fröhlichen Festmahl zu begehen, gibt es bei diesen Temperaturen in der ganzen Kolonie wohl keinen besseren Ort als das Deck dieses Schiffes!«, verkündete Patrick selbstbewusst und überhörte geflissentlich Glenn Pickwicks Bemerkung, dass die Räume von BRADING'S, das ja aus solidem Backstein errichtet sei, angenehm kühl seien. »Und wie gesagt, wir wussten die vielen Stunden zu nutzen, die die armen Kerle von der ARTEMISIA brauchten, um das Schiff in den Hafen zu bringen.«

Jessica hütete sich, es auszusprechen, weil sie Glenn Pickwick nicht verletzen wollte, doch Patricks Idee, dieses kleine Willkommensfest unter freiem Himmel hier auf der SOUTHERN CROSS zu veranstalten, fand ihren Beifall. Obwohl die Sonne mittlerweile hinter die Mauern des Forts gesunken war und der Hafen in abendlichem Schatten lag, hatte die Hitze erst wenig von ihrer lähmenden Kraft eingebüßt. Zu wenig, um sich jetzt schon freiwillig in einen geschlossenen Raum zu begeben.

Es wurde ein sehr vergnüglicher Abend, den Jessica und Anne an Deck des Schoners in Gesellschaft der vier Männer verbrachten, auch wenn Jessica mehrmals das irritierende Gefühl hatte, dass irgendetwas fehlte, um das Zusammensein perfekt abzurunden. Aber die Unterhaltung war so lebhaft, dass sie keine Zeit fand, sich Gedanken darüber zu machen. Es gab ja so viel, was sich während ihrer langen Abwesenheit in der Kolonie zugetragen hatte und was sie zu erfahren dürstete. Dabei standen die politischen Veränderungen im Vordergrund.

»New South Wales ist gar nicht wiederzuerkennen, seit Colonel Macquire in den Gouverneurspalast eingezogen ist und mit den kampferprobten 73. Highlandern das korrupte Gesindel vom New South Wales Corps ersetzt hat, das höchstens vom Salutschießen her wusste, wie Pulverdampf riecht«, versicherte ihr Patrick mit grimmiger Genugtuung.

Hutchinson pflichtete ihm bei. »Das Rum-Monopol der Offiziere, mit dem sie die Kolonie so lange ausgebeutet haben, existiert nicht mehr. Die Zeit, als Rum die wahre Währung war, gehört endlich der Vergangenheit an.«

»Der Gouverneur hat sich gleich eine Menge Feinde geschaffen«, warf Glenn Pickwick ein, »denn eine seiner ersten Amtshandlungen bestand darin, sich das Lasterviertel drüben auf den *Rocks* vorzunehmen. Er hat für über vierhundert der übelsten Spelunken die Schanklizenz nicht erneuert. Zudem müssen jetzt alle Schenken an Sonntagen geschlossen bleiben, und der Kirchgang für Sträflinge ist Pflicht geworden.«

»Feinde hat er sich nicht nur bei den Rumhändlern und Tavernenwirten geschaffen, sondern bei noch vielen anderen, die es jahrelang mit den Offizieren vom Rum-Corps gehalten haben«, sagte Arthur Talbot. »Diesen Parasiten hat er – dem Herrgott sei es gedankt – einen schweren Schlag versetzt. Kaum im Amt, widerrief er nämlich alle zivilen und militärischen Ernennungen, Begnadigungen, Pacht- und Landüberschreibungsverträge, die zwischen dem 26. Januar 1808, dem

Tag der Rum-Rebellion gegen Gouverneur Bligh, und seiner eigenen Ankunft vorgenommen oder bestätigt worden sind. All diese Vorgänge werden nun gewissenhaft auf ihre Rechtmäßigkeit geprüft.«

»Was bedeutet, dass viele, die mit der Bande gemeinsame Sache gemacht und sich allzu dreist bereichert haben, ein böses Erwachen erleben werden«, fügte Hutchinson hinzu.

»Ja, hier weht jetzt ein ganz anderer Wind«, fuhr Patrick fort. »Er hat sehr deutlich zu erkennen gegeben, dass er die bisher übliche Praxis, Sträflingsarbeit als legitime Quelle der Bereicherung für Offiziere und einige privilegierte Siedler anzusehen, nicht duldet.«

Hutchinson nickte bekräftigend. »Ich hatte erst vor wenigen Wochen die Gelegenheit, anlässlich einer Abendgesellschaft in seinem Haus mit ihm darüber zu sprechen. Die Deportierten sollen sehr wohl ihre Strafe verbüßen, ließ er mich wissen, aber auch durch ihre Arbeit schon während der Strafverbüßung Gelegenheit bekommen, sich wieder in die Gesellschaft einzugliedern.«

»Das sind ja wahrhaftig ganz neue Töne, die meinem Ohr sehr wohltun«, sagte Jessica erfreut.

»Dagegen klingen sie in den Ohren vieler Merinos empörend vulgär und unerträglich liberal«, sagte Glenn Pickwick mit unüberhörbarer Schadenfreude.

»Merinos?«, fragte Jessica verständnislos, die unter dieser Bezeichnung nur die gleichnamigen Schafe kannte, die sich hervorragend in diesem Land bewährt hatten und die beste Wolle lieferten.

Die Runde am Tisch, die jetzt im Licht der Schiffslaternen lag, lachte fröhlich. »Oh, die Bezeichnung Merinos hat sich in letzter Zeit für diejenigen Kolonisten eingebürgert, die als Freie nach New South Wales gekommen sind, sich für die geistige wie gesellschaftliche Elite halten und weder mit Sträflingen noch mit uns Emanzipisten etwas zu tun haben wollen«, erklärte Patrick.

»Und da kommt ausgerechnet der neue Gouverneur daher und macht es sich zur Gewohnheit, zu allen Anlässen auch Emanzipisten in den Gouverneurspalast einzuladen und ihnen sein aufmerksames Ohr zu schenken. Das hat unter unseren Merinos zu einem Aufschrei der Empörung geführt«, berichtete Talbot genüsslich. »Eine Zeitlang konnte man hinter vorgehaltener Hand hören, dass man solche Feste und Gesprächsrunden, zu denen auch Emanzipisten Einladungen erhielten, boykottieren werde. Doch letztlich haben sie dann klein beigegeben, weil sie fürchteten, durch einen Boykott noch mehr ins Hintertreffen zu geraten.«

Jessica und Anne fanden, dass das sehr erfreuliche Nachrichten und Veränderungen waren. Dieser neue Gouverneur würde der Zukunft von New South Wales sehr zum Vorteil gereichen, sofern es ihm gelang, seine Vorstellungen auch auf Dauer durchzusetzen.

Dazu meinte Hutchinson: »Ich bin überzeugt, dass ihm das gelingen wird, auch wenn er seine Fehler hat.«

»Als da wären?«, fragte Jessica.

»Nun, er ist zweifellos ein Mann, der zu Selbstgerechtigkeit und dickköpfiger Eitelkeit neigt«, lautete die Einschätzung des Anwalts. »Damit ist er ein Musterbeispiel eines Schotten. Sein Vater war übrigens Pächter auf den Hebriden, und über seine Mutter ist er mit dem schottischen Hochadel verwandt. Als Karriereoffizier hat er sich zwanzig Jahre in Indien und im Mittleren Osten ausgezeichnet. Er kann organisieren, ist jedoch sofortigen Gehorsam gewöhnt und leicht verärgert, wenn man ihn kritisiert. Aber…«, Hutchinson legte eine bedeutsame Pause ein, »…er hat ein scharfes Auge für die Bedürfnisse der Menschen in seinem Machtbereich und ist entschlossen, seine Macht einzusetzen, um seinem patriarchalischen Sinn für Gleichbehandlung Geltung zu verschaffen. Und das wird letztlich den Ausschlag geben.«

»Darauf trinke ich«, rief Patrick.

An diesem Abend wurde noch viel über den neuen Gouverneur, seinen glücklosen Vorgänger Bligh und die Rum-Rebellen gesprochen, und es wurde allgemein bedauert, dass Colonel Macquire einen ganz wichtigen Auftrag, mit dem ihn die Krone nach Australien geschickt hatte, nicht hatte ausführen können. Er hatte die Order gehabt, die Anführer der Rum-Rebellion – John MacArthur und den stellvertretenden Kommandeur des Corps, den aufrührerischen Major George Johnstone, der Bligh festgenommen und das Kommando über die Kolonie an sich gerissen hatte – in Ketten zu legen und ins Mutterland zurückzuschicken, damit ihnen dort der Prozess gemacht werden konnte. Als Macquire eintraf, waren die beiden Anführer bereits nach England aufgebrochen, um der Regierung ihren Fall vorzutragen. Johnstone und MacArthur verstanden sich auf geschickte Schachzüge und waren Männer, die sich nicht nur der Kraft des Wortes zu bedienen wussten, sondern auch ihrer einflussreichen Freunde und Gönner in London.

»Beide werden mit lächerlich geringen Strafen davonkommen, darüber ist sich die Presse einig«, teilte ihnen Jessica mit, die in England den Fall Johnstone und MacArthur sehr intensiv verfolgt hatte. »Man spricht davon, dass Major Johnstone nicht mit der Todesstrafe wegen Rebellion gegen den Stellvertreter des Königs zu rechnen hat, sondern nur mit unehrenhafter Entlassung aus der Armee.«

»Als Strafe für offene Rebellion? Das wäre ein Witz!«, erregte sich Talbot. »Wo man sonst für einen lausigen Diebstahl am Galgen enden kann!«

»Ein gewöhnlicher Dieb hat nun mal nicht den Einfluss eines MacArthur«, gab Jessica bitter zu bedenken. »Die ganze Baumwollindustrie steht geschlossen hinter ihm und seiner Marionette Major Johnstone, und welche Macht die Industriellen haben, auch bei Hofe, brauche ich Ihnen ja nicht zu erklären. Sie werden mit einer milden Strafe davonkommen!«

»Sie hätten miterleben sollen, wie eilig es viele unserer großkotzig-arroganten Offiziere hatten, ihren Abschied noch vor Eintreffen des neuen Gouverneurs zu nehmen und aus freien Stücken aus der Armee auszutreten!«, sagte Patrick mit grimmigem Zorn. »Und hinterher wollte keiner etwas mit den Schweinereien der vergangenen beiden Jahre zu tun gehabt haben. Da haben sie alle bloß Befehle ausgeführt, die ihnen angeblich gegen den Strich gegangen sind.«

»Ja, die haben Kreide bis zum Erbrechen gefressen«, bestätigte Talbot.

Der Gedanke an ihren verhassten Halbbruder Lieutenant Forbes flammte sofort in Jessica auf. Sie sah zu Hutchinson hinüber, der erriet, was ihr in diesem Moment durch den Kopf ging.

Er nickte auf ihren fragenden Blick hin. Auch Lieutenant Forbes hatte sich den militärischen Machtbefugnissen von Gouverneur Macquire entzogen, indem er rechtzeitig seinen Abschied eingereicht hatte. Seinesgleichen durch ein ziviles Gerichtsverfahren zur Verantwortung ziehen zu wollen hatte wegen der komplizierten Rechtslage und der Besetzung der Gerichte mit offiziersfreundlichen Richtern keine Aussicht auf Erfolg. »Es ist eine Schande, dass sich so viele Offiziere auf diese Weise davor drücken konnten, für ihr Tun Rechenschaft ablegen zu müssen, und nun unbelästigt ihre großen Farmen bewirtschaften können. Und machen wir uns doch nichts vor: Wer damals clever vorgegangen ist, braucht heute nicht zu befürchten, dass er wieder einen Teil dessen herausrücken muss, was er sich als Offizier ergaunert hat.«

Talbot nickte. »Das befürchte ich auch. Unser Gouverneur kann gewiss eine Menge bewegen, aber wir sollten nicht erwarten, dass es eine große Abrechnung und Wiedergutmachung gibt. Dafür hat man die Rum-Rebellen auch zu lange gewähren lassen. Immerhin hat die Regierung in London sehr lange gebraucht, um die Absetzung von Gouverneur Bligh zu verurteilen und die nötigen Konsequenzen zu ziehen. Geschlagene zwei Jahre hat London das Rum-Corps gewähren lassen. Das schafft gewisse vollendete Tatsachen, die sogar ein aufrechter Mann wie unser neuer Gouverneur wohl nur in den wenigsten Fällen revidieren kann.«

Kenneth ist also sicher in seinem stattlichen Haus in Sydney sowie auf seiner großen Farm MIRRA BOOKA bei Parramatta, stellte Jessica in Gedanken bitter fest. Er wird wieder einmal ungestraft davonkommen. Von wegen Verbrechen machen sich nicht bezahlt!

Bis in die tiefe Nacht und bei sich nur allmählich abkühlenden Temperaturen saßen sie an Deck der SOUTHERN CROSS und redeten. Natürlich mussten auch Jessica und Anne ausführlich über ihre Reise und ihre Zeit in England berichten. Sie hatten damit gerechnet und die letzten Wochen an Bord der ARTEMISIA vorausschauend genutzt, um sich über das, was sie bei ihrer Rückkehr erzählen würden, genau abzusprechen, damit keiner von ihnen ein folgenschwerer Fehler unterlief. Und so vermochten sie die Fragen auch flüssig und sehr unterhaltsam zu beantworten, ohne sich in ein Netz unüberschaubarer und widersprüchlicher Lügen zu verstricken. Ihre Neuigkeiten aus dem Herzen des britischen Empire, obwohl inzwischen auch schon fast vier Monate alt, wurden von ihren Zuhörern begierig aufgenommen. Und keiner fragte nach, was das denn für geschäftliche Interessen waren, die sie zu dieser Reise bewogen hatten.

Schon bei ihrer Abreise hatte Jessica unmissverständlich zu erkennen gegeben, dass sie darüber nicht zu sprechen gedenke. Allein Hutchinson besaß eine vage Ahnung von den wahren Gründen, die Jessica nach England getrieben hatten. Doch er war zu loyal und verschwiegen, um diesen Punkt auch nur andeutungsweise anzusprechen.

Sosehr Jessica das Zusammensein auch genoss, schließlich drängte sie doch zum Aufbruch. »Wir haben noch zwei anstrengende Tage mit der Kutsche vor uns und müssen morgen früh aus den Federn«, sagte sie zu ihrer Entschuldigung, und jeder am Tisch verstand, dass sie nach einer so langen Abwesenheit so schnell wie möglich nach Seven Hills und zu ihren Kindern wollte.

Glenn Pickwick hatte schon dafür gesorgt, dass eine Mietkutsche für sie bereitstand. Patrick zögerte den Abschied noch etwas hinaus. Er glaubte, dazu ein gutes Recht zu haben. Immerhin würde er, sowie Wind aufkam, die Küste nach Newcastle hinaufsegeln und anschließend eine Fahrt nach Van Diemen's Land unternehmen, die große Insel vor der Südostspitze Australiens, die manche Siedler lieber nach dem Namen ihres Entdeckers Tasmanien nennen wollten. Für Patrick bedeutete das, dass er Jessica frühestens in vier Wochen wiedersehen würde, falls ihn dann ein Frachtauftrag den Hawkesbury hinaufführte.

»Wenn es Ihnen recht ist, werde ich Ihnen in anderthalb Wochen einen Besuch auf SEVEN HILLS abstatten, Missis Brading. Ich habe einige Pläne ausgearbeitet, die Sie sicherlich interessieren werden«, sagte Arthur Talbot, während er sie zusammen mit Patrick und Hutchinson zur Kutsche begleitete.

»Gern, Mister Talbot. Doch ich erwarte, dass Ihre Kostenberechnungen genauso detailliert ausfallen wie Ihre Pläne«, erwiderte Jessica.

Hutchinson begnügte sich mit einem herzlichen Händedruck. Er wollte ihr nicht auch noch mit seinen Punkten, die geklärt werden mussten, schon am ersten Abend in den Ohren liegen. Sie war ja jetzt nicht mehr aus der Welt. Auf einige Wochen mehr oder weniger kam es nun auch nicht mehr an – und das galt ebenfalls für Talbots Pläne, wie er fand.

Jessica, Anne und Glenn Pickwick stiegen schließlich in die Kutsche und fuhren vom Hafen in die Pitt Street, wo ihr Kaufhaus mit seinen beeindruckenden Ausmaßen von fünfundsechzig Fuß Straßenfront und fünfundvierzig Fuß Tiefe auf einem Eckgrundstück aufragte. Es war ein stattliches Backsteingebäude, in dessen voll ausgebautem Obergeschoss eine sehr geräumige und geschmackvoll eingerichtete Wohnung auf Jessica wartete, wann immer sie in Sydney zu tun hatte.

»Danke für Ihre Begleitung«, sagte Jessica. »Den Rundgang durch das Geschäft hebe ich mir für morgen auf, dann habe ich mehr davon.«

Glenn Pickwick ließ sich seine Enttäuschung nicht anmerken. »Natürlich, Missis Brading.«

Jessica bedankte sich noch einmal herzlich und begab sich mit Anne über den privaten Hintereingang nach oben. Die Räume waren gelüftet und befanden sich in einem tadellosen

Zustand, so als wäre sie nur einen Tag und nicht anderthalb Jahre weg gewesen. Die Betten waren bezogen und aufgedeckt, die Kannen im Waschkabinett waren mit frischem Wasser gefüllt, und Handtücher lagen bereit.

Anne versuchte mühsam, ein Gähnen zu unterdrücken, doch ihre Augen glänzten. Sie hatte den Abend sehr genossen, denn man hatte sie nicht einmal spüren lassen, dass sie nur Jessicas Bedienstete war. »Es war ein schönes Willkommen. Und wie viel Mühe sie sich gemacht haben!«, schwärmte sie. »Und wenn ich Captain Rourke mit Captain Leggett vergleiche, ist das ein Unterschied wie Tag und Nacht.«

Jessica pflichtete ihr bei. »Gute Freunde und verlässliche Geschäftspartner sind mit Gold gar nicht aufzuwiegen. Ich weiß sehr wohl, wie glücklich ich mich schätzen kann. Und es geht nichts darüber, nach Hause zu kommen und zu spüren, dass man sehr vermisst worden ist.«

Annes Blick wurde sehnsüchtig verträumt. »Ja, das hoffe ich von Frederick auch.«

»Ihm wird das Glück aus den Augen leuchten, wenn er dich übermorgen aus der Kutsche steigen sieht.«

»Meinen Sie wirklich? Ich habe manchmal so schreckliche Angst, dass er nicht auf mich gewartet hat, wie er es versprochen hat.«

»Ach was, Frederick ist doch kein Dummkopf. Eine Frau wie du ist ein wenig Warten schon wert, und das weiß er«, machte Jessica ihr Mut. »Er wird höchstens Angst haben, dass er dir nicht mehr genügt, nachdem du nun so viel von der Welt gesehen hast.«

Anne schüttelte lachend den Kopf. »Es war aufregender und atemberaubender, als ich es mir in meinen kühnsten Träumen vorgestellt hatte, ich meine vor allem England und dieses London! Mein Gott, fast hätte mich der Schlag getroffen. Da geht es ja zu wie in einem Ameisenhaufen!« Sie verdrehte die Augen in Erinnerung des Schocks, den sie damals erlitten hatte, als sie in dieser Weltmetropole eingetroffen waren. »Ich werde es nie vergessen, Ma'am, aber niemals würde ich tauschen und dort leben wollen. Nichts liebe ich mehr als das Land am Hawkesbury.«

Jessica lächelte. »Ja, so empfinde ich auch. Aber jetzt bin ich müde, Anne, und ich denke, wir haben auch allen Grund dazu. Es war ein langer Tag, und die zweitägige Fahrt nach SEVEN HILLS wird bei dieser Hitze sehr strapaziös sein. Sehen wir also, dass wir so schnell wie möglich ins Bett kommen.«

Als Jessica eine halbe Stunde später endlich in die weichen Kissen sank, nur mit einem dünnen Batistnachthemd bekleidet und das Überlaken wegen der Wärme zurückgeschlagen, fiel ihr plötzlich ein, wen sie an diesem Abend, von ihren Kindern einmal abgesehen, unbewusst vermisst hatte.

Natürlich Ian McIntosh!

Kein Wunder, dass sie bei der Willkommensfeier an Bord der SOUTHERN CROSS, so gelungen sie auch gewesen war, das unbestimmte Gefühl gehabt hatte, dass irgendetwas fehlte.

Ian hatte ihr gefehlt.

Sie verschränkte die Hände hinter dem Kopf, lauschte dem Zirpen der Grillen und stellte sich vor, wie sie mit Ian über ihre Ländereien am Hawkesbury ritt. Die schweren, bitteren Jahre schmerzlicher Verluste und Enttäuschungen sowie die qualvolle Zeit der Erpressung und der Angst lagen endgültig hinter ihr.

Ein tiefes Gefühl der Wärme durchströmte sie, und sie lächelte. Die Zukunft erschien ihr so verheißungsvoll wie ein neuer Morgen im Licht eines herrlichen Sonnenaufgangs.

Und alles war möglich.

7

Von einer starken inneren Unruhe getrieben, die sie auch im Schlaf nicht verließ, war Jessica schon nach wenigen Stunden wieder hellwach. Noch vor Sonnenaufgang war sie auf den Beinen und weckte Anne. Ihre Zofe hätte gern noch etwas länger geschlafen, verstand die Ungeduld ihrer Herrin jedoch sehr gut. Und als sie richtig zu sich gekommen war, sprang die Unruhe auch auf sie über.

Jessica begnügte sich mit einem schnellen Frühstück, das sie im Stehen einnahm. Dann schickte sie Anne zum Mietstall, dessen Dienste sie immer in Anspruch nahm, wenn sie nicht mit ihrer eigenen Kutsche in Sydney war.

Glenn Pickwick und seine Frau Constance trafen, als hätten sie es geahnt, schon zwei Stunden früher als sonst im großen Backsteinhaus in der Pitt Street ein.

»Ich möchte so zeitig wie möglich aufbrechen, Mister Pickwick«, sagte Jessica, nachdem sie und Constance sich begrüßt hatten. »Ich habe Anne schon nach der Kutsche geschickt. Wir können daher nur einen kurzen Rundgang machen.«

»Ich verstehe. Nun ja, was Sie am meisten interessieren dürfte, finden Sie ja auch in den Rechnungsbüchern«, erwiderte er und ging mit ihr nach unten.

Brading's bestand aus vier Verkaufsabteilungen, vier hintereinanderliegenden Räumen. Zwei befanden sich rechts vom Eingang, zwei links. An den Maßstäben Londoner Geschäfte gemessen, war Jessicas sogenanntes Kaufhaus nicht mehr als ein mittelgroßer Laden mit einem recht ordentlichen Angebot. Doch New South Wales war nicht England, wie Sydney nicht London war, und eine bessere Einkaufsadresse als Brading's gab es in der ganzen Kolonie nicht. Darauf war

Jessica stolz. Sie hatte hart gearbeitet, viel riskiert und große Opfer auf sich genommen, um dieses Geschäft allen Widrigkeiten und bösartigen Intrigen zum Trotz aufzubauen und zu dem zu machen, was es jetzt darstellte. Und Glenn Pickwick, der ihr von Anfang an zur Seite gestanden hatte, zunächst als Verkäufer in ihrem ersten kleinen Laden und dann als Geschäftsführer von BRADING's, empfand denselben Stolz.

Gemeinsam gingen sie durch die Räume, deren Wandregale, Vitrinen und Verkaufstheken Jessica mit Waren gut gefüllt vorfand. Die Stoffabteilung war ihr die liebste. Nie konnte sie sich an der Vielfalt dieser herrlichen Stoffe sattsehen. In den tiefen Wandregalen lagerten unzählige Ballen Spitze, Musselin, Brokat, Atlas, Samt und Seide, die darauf warteten, auf den blank polierten Tischen ausgebreitet zu werden und ihre Schönheit zu entfalten. Und dann die große Auswahl an Kopftüchern, Handschuhen, Borten und Bändern aller Art.

Jessica empfand es als wahre Lust, ihren Blick über das reichhaltige und verlockende Angebot schweifen zu lassen sowie hier und da mit den Fingerspitzen über einen Ballen Atlas oder Taft zu streichen.

Glenn gab ihr in jeder Abteilung in knappen Sätzen einen Überblick, was sich während ihrer Abwesenheit im Kaufverhalten der Kunden und im Warenangebot verändert hatte, welche Produkte den höchsten Gewinn abwarfen und wie er den Verkauf von Waren ankurbelte, die zu Ladenhütern zu werden drohten.

»Ich wünschte, ich hätte mehr Zeit«, bedauerte Jessica, als sie ihren Rundgang mit einer kurzen Inspektion des gut sortierten Lagers beendeten. Die Führung eines Unternehmens wie BRADING's mit seiner Vielfalt an Aufgaben und Problemen bedeutete zwar viel Arbeit, übte jedoch auch eine ganz besondere Faszination aus. Sie freute sich schon jetzt darauf, dass sie sich bald wieder aktiv um ihre diversen Geschäfte kümmern konnte.

»Meine Frau und ich würden uns auch sehr freuen, Sie nun wieder öfter hier in Sydney zu sehen«, sagte ihr Geschäftsführer.

»Freuen Sie sich mal nicht zu früh, Mister Pickwick. Nach anderthalb Jahren völliger Selbstständigkeit wird es Ihnen womöglich gar nicht so sehr schmecken«, warnte sie ihn scherzhaft.

»Die Befürchtung habe ich nicht, ganz im Gegenteil«, erwiderte er, wohl wissend, dass seine mit weitreichenden Kompetenzen ausgestattete Vertrauensstellung nicht im Mindesten in Gefahr war. »Manche Entscheidungen lassen sich nämlich leichter tragen, wenn sie mit Ihnen abgesprochen sind. Ich denke da zum Beispiel an die Geschichte mit den einhundert fünfarmigen Leuchtern vor neun Monaten, als ich nächtelang nicht schlafen konnte, weil ich nicht wusste, ob ich die ganze Partie kaufen sollte oder nicht.«

»Erzählen Sie uns auf der Fahrt, was daraus geworden ist«, sagte Jessica und drängte nun zum Aufbruch. Ihre Kutsche wartete schon hinter dem Haus.

»Da gibt es mehr als nur diese eine Geschichte, die sich zu erzählen lohnt«, versicherte Glenn und holte seine Reisetasche, in der obenauf die Rechnungsbücher lagen. Dass er Jessica mit ihrer Zofe nach Parramatta begleiten und ihr dort die erste Filiale von BRADING's präsentieren würde, die er in ihrem Auftrag gegründet hatte, war für ihn von vornherein klar gewesen und hatte auch keiner großen Absprache bedurft.

Über vierzig Meilen trennten Sydney und das Siedlungsgebiet am Hawkesbury River, wo sich die Ländereien von SEVEN HILLS über viele tausend Morgen erstreckten. Vierzig Meilen wildes Buschland. Die Straßen, die zu den Siedlungen und Gehöften führten, waren schlecht und manchmal als solche nur für den Einheimischen erkennbar.

Einige Wege wurden so selten befahren, dass die Pferdehufe und Räder der Fuhrwerke kaum Spuren im struppigen Gras hinterließen. Wer mit dem Weg weniger gut vertraut war, musste sein Augenmerk dann auf die sandigen Stellen richten und sich anhand der Spurrillen orientieren, die in die rotbraune Erde deutlichere und länger erkennbare Furchen gruben.

Parramatta, die zweitgrößte Siedlung der Kolonie und der Sommersitz des Gouverneurs, lag etwa auf halber Strecke. Bis dort war die Straße, für die eine Gebühr entrichtet werden musste, noch vergleichsweise passabel. Sie führte, häufig in Sichtweite des stark gewundenen Parramatta River, durch eine Landschaft von wilder Schönheit. Eukalypten, Akazien, Weiden und Rauchbäume beherrschten das Bild. Immer wieder erlebte man, wie grüne Wolken von Wellensittichen über das Wasser flogen und ein Schwarm weißer Kakadus mit lautem Flügelschlag aus einem Baum aufstieg.

Mit dem Flussboot brauchte man von Sydney nach Parramatta bei gutem Wind einen Tag. Der gewöhnliche Reisende machte in dieser Siedlung, die im Gegensatz zu Sydney von Anfang an systematisch geplant worden war und daher einen geordneten Grundriss besaß, Station, bevor er die letzte Strecke in Angriff nahm und den beschwerlichen Weg nach Westen antrat, wo er erst wieder am Hawkesbury auf Siedlungen traf.

Bei der brütenden Hitze, die in diesen Wochen die Kolonie

heimsuchte, war die Fahrt eine noch größere Strapaze, als es sonst schon der Fall war. Und so wie es vor der Glutsonne, die vom Himmel brannte, keinen Schutz gab, so konnten sie sich auch nicht vor dem Staub schützen, den die Pferde aufwirbelten.

»Wir haben die Wahl, ob wir bei geschlossenen Fenstern den Hitzetod sterben oder bei offenen Gefahr laufen, am Staub zu ersticken«, stellte Glenn spöttisch fest.

Sie waren sich jedoch darin einig, dass ihre Chancen, Parramatta in körperlich noch einigermaßen annehmbarer Verfassung zu erreichen, bei geöffneten Fenstern um einiges höher sein dürften, als wenn sie die Fenster verschlossen, um dem Staub zu entgehen.

Bei jeder Wasserstelle legte der Kutscher eine kurze Rast ein, um den Pferden eine Atempause zu gönnen und ihnen Gelegenheit zum Saufen zu geben. Jessica, Anne und Glenn taumelten dann, benommen von der Hitze und staubbedeckt, aus der Kutsche und kühlten sich Arme und Gesicht mit feuchten Tüchern.

Die Kleider klebten ihnen schweißnass am Leib, und der Staub der Landstraße drang in Augen, Ohren, Mund und Nase. Draußen flirrte die Luft über dem Buschland, und die Zeit schien unter der lähmenden Hitze einen neuen, quälend langsamen Takt zu schlagen. Wann immer Glenn den Deckel seiner Taschenuhr aufspringen ließ, weil er meinte, nun wieder eine Stunde überstanden zu haben, verhöhnten ihn die Zeiger, die kaum einmal mehr als zwanzig Minuten vorgerückt waren. Bald gab er es auf.

Jessica versuchte der Qual der Gluthitze und des Staubes mental zu entfliehen, indem sie sich die Rechnungsbücher vornahm und in die Eintragungen vertiefte. Es gelang ihr auch, jedoch nur für eine kurze Zeit. Ihre Konzentrationsfähigkeit ließ erschreckend schnell nach. Dazu kam das Gerüttel der Kutsche. Die Zahlen tanzten bald vor ihren Augen, sodass ihr beinahe schlecht wurde.

»Es bringt nichts«, sagte sie schließlich und reichte die Bücher zurück. »Damit werde ich mich ein andermal befassen. Erzählen Sie uns lieber, was Sie mit den einhundert Kerzenleuchtern angestellt haben, Mister Pickwick.«

»Es waren holländische Kerzenleuchter aus Kapstadt, und sie hatten eine etwas ungewöhnliche Form, aber ich konnte sie sehr preiswert vom Ersten Offizier der Batavia erstehen«, begann Glenn.

»Seit wann betätigen sich Schiffsoffiziere auch als Händler?«, fragte Anne verwundert.

Jessica lachte. »Oh, das tun sie schon seit der Gründung der Kolonie.«

Glenn nickte. »Mit ihren Nebengeschäften verdienen die Offiziere und auch viele einfache Matrosen häufig mehr, als sie an Heuer bekommen. Und immer geht der Captain mit gutem Beispiel voran. Der Captain hatte diesmal ein halbes Dutzend Merinos anzubieten, mit denen ich natürlich nichts anfangen konnte. Aber die Kerzenleuchter seines Ersten Offiziers wollte ich mir nicht entgehen lassen.«

»Einhundert Stück sind eine etwas große Partie, sogar für unser Geschäft«, meinte Jessica und bemerkte zwei Dingos, die nahe der Straße im dürftigen Schatten einer Akazie lagen. Auch ihnen setzte die Hitze offenbar sehr zu, denn sie hoben nur träge den Kopf, statt tiefer in den Busch zurückzuweichen.

»Das sah ich auch so, doch ich wollte wiederum nicht, dass ein Teil davon bei unserer Konkurrenz auftauchte«, fuhr Glenn fort. »Deshalb ging ich das Risiko ein, im Vertrauen darauf, dass mir schon etwas einfallen würde, diese Kerzenleuchter unserer Kundschaft als etwas besonders Exklusives schmackhaft zu machen.«

»Und wie ist Ihnen das gelungen?«, wollte Jessica wissen.

»Sie fragen nur nach dem *wie* und überhaupt nicht, *ob* mir das gelungen ist?«

»Ich kenne Sie zu gut, als dass ich daran Zweifel hätte.«

Er lächelte geschmeichelt. »Danke für Ihr Vertrauen, Missis Brading, es ehrt mich. Aber wie ich heute Morgen schon sagte, hatte ich dann doch einige schlaflose Nächte, weil mir der rechte Verkaufsdreh einfach nicht einfallen wollte. Doch dann führte mich eine glückliche Fügung mit Mister Charles Wheeler zusammen, den Gouverneur Macquire zu seinem Butler gemacht hat. Da zu Wheelers Aufgaben auch der reibungslose organisatorische Ablauf der Gesellschaften im Haus des Gouverneurs gehört und ich ihm schon zweimal aus einer Verlegenheit helfen konnte, hielt ich es nur für recht und billig, mich dieses Kontakts nun einmal zum besonderen Vorteil von Brading's zu bedienen.«

»Da bin ich aber gespannt«, sagte Jessica.

»Wheeler berichtete mir von den Vorbereitungen für das Fest im Gouverneurspalast, mit dem der Geburtstag unseres Monarchen gebührend gefeiert werden sollte. Was in der Kolonie Rang und Name hat, war dazu eingeladen. Und da kam mir plötzlich die rettende Idee. Ich überließ Wheeler fünf Kerzenleuchter, ohne dass er dafür einen Penny aus seiner Haushaltskasse zu nehmen brauchte.«

»Sie haben ihn also bestochen«, stellte Jessica belustigt fest.

»Ich sehe das mehr als einen Freundschaftsdienst auf Gegenseitigkeit«, meinte Glenn vergnügt. »Auf jeden Fall zierten sie bei dem großartigen Fest im Juni die Tafel. Und Wheeler sorgte durch gezielte Indiskretionen dafür, dass einige der weiblichen Gäste mit besonderen gesellschaftlichen Ambitionen und ausgeprägtem Geltungsdrang erfuhren, dass diese exquisiten Leuchter in den Häusern der Vornehmen und Begüterten in England der letzte Schrei seien – und dass Brading's vielleicht noch zwei, drei zu verkaufen habe. Und raten Sie mal, was tags darauf passierte?«

»Sie bekamen Besuch von einigen Damen, die ihre eigene Tafel nun auch mit diesen Leuchtern, wie sie der Gouverneur und die feine englische Gesellschaft angeblich schätzen, schmücken wollten«, mutmaßte Jessica.

»Ja, so war es. Die Leute haben mir fast den Laden eingerannt. Sie waren ganz verrückt nach den Dingern! Aber natürlich war ich nicht so dumm, jetzt die restlichen fünfundneunzig Leuchter aus dem Lager zu holen und innerhalb weniger Tage zu verkaufen.«

Jessica schmunzelte. »Nein, für so dumm habe ich Sie auch nicht gehalten.«

»Ich habe gute zwei Dutzend verkauft, aber immer nur einen Leuchter pro Kundin. Die meisten wollten jedoch mehr als nur einen. Tja, und da mir nichts wichtiger ist, als die Wünsche meiner Kundschaft zu befriedigen, habe ich angeboten, eine Bestellung für weitere zwei, drei Stück aufzunehmen, und zudem schnelle Lieferung bis spätestens Jahresende garantiert.«

Anne lachte herzhaft über diese geschäftstüchtige Raffinesse. »Na, diese Garantie ist Ihnen bestimmt nicht schwergefallen.«

Er zwinkerte ihr zu. »Sie sagen es. Nach zwei Wochen standen in meinem Auftragsbuch Bestellungen über exakt so viele Leuchter, wie ich noch im Lager liegen hatte. Von da an habe ich dann keine Bestellungen mehr angenommen.«

»Haben Sie denn auch ein Paar für mich verwahrt?«, erkundigte sich Jessica.

»Für so attraktiv, als dass auch Sie wenigstens ein Exemplar hätten haben müssen, habe ich sie nun doch nicht gehalten«, sagte Glenn mit trockenem Humor.

Jessica und Anne amüsierten sich sehr darüber. Glenn Pickwick wusste noch einige andere vergnügliche Geschichten zu erzählen, die er als Geschäftsführer von BRADING's erlebt hatte. Doch je höher die Sonne stieg, desto schwerfälliger wurde ihre Unterhaltung. Schließlich gaben sie den Widerstand gegen die Hitze auf und sanken in ein dumpfes Schweigen, das nur dann und wann von einem Stöhnen und Seufzen unterbrochen wurde. Glenn legte den Kopf in den Nacken, schloss die Augen und ergab sich in das Unabwendbare. Jessica dagegen blickte aus dem Fenster, fixierte einen Punkt in der Ferne und versuchte, der körperlichen Strapaze zu entfliehen, indem sie sich bemühte, an etwas anderes zu denken als an Hitze, Schweiß, stauberfüllte Luft und schmerzende Glieder.

Was sind schon ein, zwei Tage qualvoller Hitze gegen das, was hinter mir liegt? Habe ich nicht schon ganz anderes ertragen? Auch das geht vorbei, sagte sie sich. Sie durfte sich bloß nicht gegen die Hitze wehren, denn dann wurde das Leiden noch schwerer. Sie musste es wieder als Teil ihres Lebens in diesem Land, das sie so sehr liebte, annehmen. Sie war diese Hitze nur nicht mehr gewöhnt. Doch das würde wiederkommen. Sie musste es nur wollen.

Wie mochte es ihren Kindern gehen? Edward war in den anderthalb Jahren bestimmt einen Kopf größer geworden. Und Victoria war wohl noch so verträumt und desinteressiert am Farmleben wie eh und je. Ob Missis Adelaide Rosebrook, die schwergewichtige Hauslehrerin, die Zeit auf SEVEN HILLS nicht zu lang geworden war? Nein, sie hatte ihr Wort sicher nicht gebrochen. Auf diese außergewöhnliche Frau, die sogar ihrem äußerst eigenwilligen und trotzköpfigen Sohn einen gehörigen Respekt abgenötigt hatte, hatte sie sich blind verlassen können – so wie auch auf Ian.

Ach, wenn sie doch nur schon auf ihrer Farm wäre!

Die letzten Meilen waren die schlimmsten. Sie wollten einfach kein Ende nehmen. Völlig zermürbt trafen sie am späten Nachmittag in Parramatta ein. Staubbedeckt, total verschwitzt und mit glühenden Gesichtern entstiegen sie vor dem SETTLER'S CROWN, dem besten Gasthof am Ort, der Kutsche.

Glenn fuhr sich mit dem Taschentuch über das Gesicht, das vor Schweiß glänzte. Das Haar klebte ihm klatschnass am Kopf, als hätte er ihn unter fließendes Wasser gehalten.

»Was für eine Fahrt!«, stöhnte er. »Und ich dachte, ich hätte schon alle Torturen durchgemacht, die diese an Prüfungen nun wahrlich nicht arme Kolonie zu bieten hat.«

»Es gibt noch einige, denen wir uns noch nicht unterziehen mussten, und dafür sollten wir dankbar sein«, sagte Jessica und dachte dabei an jene unglücklichen Kreaturen unter den Deportierten, die nicht wie sie das Glück gehabt hatten, eine gute Arbeitsstelle gefunden zu haben und relativ rasch begnadigt worden zu sein, sondern die bei dieser mörderischen Hitze im Steinbruch oder beim Straßenbau arbeiten mussten, aneinandergekettet und womöglich noch der Peitsche eines sadistischen Aufsehers ausgesetzt. Und noch schlimmer erging es den Männern und Frauen, die sich als Sträflinge erneut eines Verbrechens schuldig gemacht hatten und dazu verurteilt worden waren, ihre Strafe auf der Gefängnisinsel Norfolk zu verbüßen, die sogar unter den abgebrühtesten Verbrechern als die Hölle auf Erden bekannt war.

»Ich weiß, ich weiß, man gewöhnt sich nur allzu schnell an die guten Seiten des Lebens«, räumte Glenn ein.

»Aber dennoch bin ich Ihnen etwas schuldig, dass Sie diese Strapaze auf sich genommen haben«, sagte Jessica.

»Niemals hätte ich es mir nehmen lassen, Sie bei Ihrem ersten Besuch bei BRADING's in Parramatta zu begleiten«, versicherte er und klopfte sich den Staub von der Kleidung, was ein sinnloses Unterfangen war.

»Zu übersehen ist BRADING's auch hier nicht, wie ich zu meiner Freude feststelle«, sagte Jessica, denn ihre Filiale lag gleich schräg gegenüber vom Gasthof und damit mitten im Zentrum. Es war ein kleiner Backsteinbau, der nicht einmal halb so groß wie der in der Pitt Street in Sydney war, und er verfügte auch nur über ein recht bescheidenes Schaufenster. Doch es war ein ansehnliches Haus, und das eingezäunte Grundstück mit zwei hohen Eukalyptusbäumen darauf, das sich rechts davon anschloss, bot jederzeit die Möglichkeit zu einem Ausbau der Geschäftsräume.

»Eine andere als diese erstklassige Lage wäre für Ihr Geschäft auch gar nicht in Frage gekommen, Missis Brading. Das Haus ist zudem solide gebaut, und da auch noch die umzäunte Parzelle dazugehört, steht einer Erweiterung, wenn die Geschäftslage dies einmal sinnvoll erscheinen lassen sollte, nichts im Wege«, erklärte er.

»Und wie sieht die Geschäftslage zurzeit aus?«

»Ich denke, Sie werden recht zufrieden sein, Missis Brading.« Er lächelte zurückhaltend, denn Prahlen war nicht seine Art. »Boyd und Betty Spencer, sie sind Geschwister, führen das Geschäft, und sie machen ihre Sache sehr gut. Ich habe sie drei Monate in Sydney eingearbeitet und ihnen während der ersten vier Wochen hier in Parramatta zur Seite gestanden. Möchten Sie, dass wir jetzt gleich hinübergehen, oder wollen Sie sich erst ein wenig frisch machen und ausruhen?«

Jessica schüttelte den Kopf. »Erst das Geschäft, Mister Pickwick. Ich kann es nicht erwarten, mir alles anzusehen und meine beiden neuen Angestellten kennenzulernen«, sagte sie, und er wäre mit Sicherheit enttäuscht gewesen, wenn sie ihm eine andere Antwort gegeben hätte.

»Das ist mir sehr recht.«

Jessica wandte sich ihrer Zofe zu, die schrecklich mitgenommen ausschaute. Vermutlich sah sie selbst nicht viel besser aus. »Kümmere du dich inzwischen schon mal um unser Gepäck und unsere Zimmer, Anne«, trug sie ihr auf. »Und sorg dafür, dass alles für ein Bad gerichtet ist, wenn wir wiederkommen, auch im Zimmer von Mister Pickwick.«

»Jawohl, Ma'am.«

Jessica folgte ihrem Geschäftsführer über die Straße und in den Laden. Dank der Backsteinmauern, die einen Teil der Hitze abhielten, lagen die Temperaturen im Innern um einige Grad niedriger. Jessica empfand diesen Temperaturunterschied wie ein Geschenk.

Mit einem sachkundigen Blick erfasste sie den großen Raum sowie die gediegene zweckdienliche Einrichtung und Unterteilung. Sie sah sofort, dass Glenn hier wieder einmal ganze Arbeit geleistet hatte. Das Warenangebot war für die Größe des Geschäfts beachtlich, ohne dass Regale, Vitrinen und die Theke jedoch überladen wirkten. Von dem Geschäft ging eine Atmosphäre aus, die förmlich zum längeren Verweilen und damit zum Kaufen einlud.

»Nun, wie finden Sie Ihre erste Filiale?«, fragte Glenn leise und nickte Boyd Spencer zu, einem schlanken, korrekt mit

Hemd und Weste bekleideten Mann, der gerade eine Kundin bediente.

»Sehr gelungen. Mein Kompliment, Mister Pickwick. Aber ich wusste ja, dass ich nicht enttäuscht sein würde«, antwortete Jessica genauso leise.

Er lächelte zufrieden. »Nichts geht über die Bestätigung einer hoffnungsvollen Vermutung.«

Im nächsten Augenblick erschien Betty Spencer, vom Klingeln der Türglocke in den Geschäftsraum gerufen. Sie war von kleiner, fast zierlicher Gestalt, schwarzhaarig wie ihr Bruder und höchstens Anfang zwanzig. Sie besaß ansprechende Gesichtszüge und ein zurückhaltendes, fast zaghaftes Lächeln, mit dem sie Jessica gleich für sich einnahm.

In einem hübschen Baumwollkleid mit fröhlichem Blumenmuster kam sie mit beflissenem Eifer auf sie zugeeilt. »Wie schön, dass Sie wieder einmal nach Parramatta gekommen sind, Mister Pickwick, obwohl die Fahrt bei dieser mörderischen Hitze bestimmt eine arge Plage gewesen ist. Ich kann mich nicht erinnern ...« Sie stutzte bei Jessicas Anblick und führte ihren Satz nicht mehr zu Ende. Ihr Gesicht nahm einen ernsten, respektvollen Ausdruck an. »Entschuldigen Sie die direkte Frage, Ma'am, aber Sie sind Missis Brading, nicht wahr?«

»Ja, die bin ich«, bestätigte Jessica.

Betty knickste vor ihr. »Guten Tag, Ma'am. Ich freue mich, dass Sie wohlauf von Ihrer Reise nach England zurückgekehrt sind und dass ich Ihnen endlich dafür danken kann, dass Sie meinen Bruder und mich angestellt haben«, sagte sie mit großer Dankbarkeit, ohne dass ihren Worten oder ihrem Tonfall so etwas wie aufgesetzte Unterwürfigkeit anhaftete.

»Nicht ich habe Sie und Ihren Bruder eingestellt, sondern Mister Pickwick hat diese Entscheidung getroffen. Wenn Sie also jemandem danken wollen, dann bin ich dafür die falsche Adresse, Miss Spencer.«

»Bitte sagen Sie doch Betty, Ma'am.«

Jessica gab ihr Einverständnis mit einem leichten Nicken. »Wie ich höre, machen Sie und Ihr Bruder Ihre Sache sehr gut, Betty.«

»Wir bemühen uns, Ma'am«, antwortete sie bescheiden. »Es ist ein Vergnügen, in so einem wunderbaren Geschäft arbeiten zu dürfen. Etwas Schöneres kann ich mir gar nicht vorstellen. Wir haben wirklich sehr viel Glück gehabt, dass Mister Pickwicks Wahl auf uns gefallen ist.«

In Jessica regte sich plötzlich ein ungutes Gefühl, das sie nicht benennen konnte. Bettys Lächeln, ihre Dankbarkeit und Lobeshymne, nichts schien übertrieben oder gar aufgesetzt. Und doch war etwas an ihr, was sie irritierte.

Im nächsten Moment wusste sie es. Es waren Bettys Augen. Sie waren groß und dunkel und völlig unberührt von dem Lächeln, das auf ihrem Gesicht lag. Nichts von der Wärme fand sich in ihren Augen. Ihr Blick war vielmehr verschlossen. Und es lag noch etwas anderes in ihnen, das sie aber nicht zu deuten vermochte.

Betty sah zu Boden, als wollte sie sich Jessicas prüfendem Blick entziehen. »Entschuldigen Sie.«

»Wofür?«, fragte Jessica, während die Kundin bezahlte und zur Tür ging.

Betty zuckte verlegen mit den Schultern. »Ich glaube, manchmal rede ich zu viel. Das sagt mein Bruder auch immer. Aber ich bin wohl auch etwas aufgeregt, weil Sie jetzt hier sind, Ma'am.«

»Dazu besteht wirklich kein Grund«, erwiderte Jessica.

Bettys Bruder kam nun zu ihnen. Er musste gut zehn Jahre

älter sein. Sein Gesicht trug die Züge eines energischen, willensstarken Mannes. Auch sein Selbstbewusstsein schien stärker ausgeprägt zu sein. Denn als er von Glenn Pickwick erfuhr, wer die elegant gekleidete und äußerst attraktive Frau an seiner Seite war, zeigte er nicht den geringsten Anflug von Aufgeregtheit, geschweige denn Unsicherheit.

Boyd Spencer strahlte sie entwaffnend an und machte ihr gar ein Kompliment dahingehend, dass er überaus erfreut sei, in den Diensten einer so schönen Frau zu stehen, die zudem auch ihre überragenden Qualitäten als Geschäftsfrau bewiesen habe.

Jessica fand ihn recht sympathisch und konnte sich gut vorstellen, dass er mit seiner galanten redegewandten Art bei der weiblichen Kundschaft sehr beliebt war. In mancher Hinsicht ähnelte er Glenn Pickwick, der ein ganz besonderes Gespür für die Wünsche der Frauen und die Art, wie sie bedient werden wollten, besaß. Es verwunderte sie daher nicht, dass sich das Geschäft in Parramatta unter seiner Führung sehr erfolgreich entwickelt hatte.

Boyd Spencer zeigte ihr alles und setzte sie über ihr Warenangebot, das kleine Lager und die Einnahmen der letzten Monate genau ins Bild. Auf das Ergebnis konnten er und seine Schwester stolz sein, und er hatte auch keine Hemmungen, dies dezent, aber dennoch deutlich genug zum Ausdruck zu bringen.

»Ich denke, wir haben den Laden recht gut in Schwung gebracht, nicht wahr, Schwesterherz?« Er legte seinen Arm um ihre Schulter.

Bettys verlegenes Lächeln verriet, dass sie das Eigenlob für unangebracht und auch ungehörig erachtete. »Boyd, bitte! Wenn Mister Pickwick uns nicht so gewissenhaft unterrichtet hätte ...«

»Natürlich, ohne Mister Pickwicks Vertrauen und Unterrichtung hätten wir das alles nicht halb so gut geschafft«, fiel er ihr freimütig ins Wort, ohne dass dieses Eingeständnis seinem Selbstbewusstsein auch nur einen Kratzer zufügte.

Zehn Minuten später beendete Jessica ihren Besuch. Betty knickste zum Abschied, hielt den Blick aber gesenkt. Ihr Bruder dagegen schenkte ihr ein Lächeln, das Jessica unwillkürlich daran denken ließ, dass sie schon lange nicht mehr in den Armen eines Mannes gelegen und sich sinnlicher Leidenschaft hingegeben hatte.

»Nun, welchen Eindruck haben Sie von den beiden?«, wollte Glenn wissen, als sie das Geschäft verließen und zum Gasthof hinübergingen.

»Sie scheinen ihre Arbeit wirklich sehr gut zu machen.«

»Das ist eine von Bilanzen untermauerte Tatsache, aber das war nicht meine Frage.«

Jessica zögerte. »Nach so einem kurzen Gespräch ist Ihre Frage auch schwer zu beantworten. Er ist sich seiner offenbar sehr sicher und auch recht wortgewandt, was in unserer Branche ja nun wahrlich kein Fehler ist, und aus ihr bin ich in der kurzen Zeit noch nicht recht schlau geworden. Sie macht einen netten, vertrauenswürdigen Eindruck, und doch hatte ich so ein merkwürdiges Gefühl …« Sie stockte.

»Ein merkwürdiges Gefühl?«, fragte er interessiert. »Könnten Sie das etwas präzisieren?«

Sie zuckte ratlos mit den Schultern. »Nein, leider nicht, das ist es ja eben. Ich kann diesem Gefühl keinen konkreten Namen geben.«

Glenn war mit nachdenklicher Miene stehen geblieben. »Sie meinen, mit Betty Spencer hat nicht alles seine Richtigkeit?«, fragte er besorgt, womöglich etwas übersehen zu haben. »Seltsam, dass mir das bisher noch nicht aufgefallen ist.«

»Vielleicht bilde ich mir auch nur etwas ein«, sagte Jessica. »Sie scheinen sich auf jeden Fall gut zu ergänzen und das Geschäft bestens im Griff zu haben, und ich denke, das ist entscheidend.«

»Gewiss, aber ich werde meine überraschenden Kontrollen in Zukunft noch öfter durchführen«, versprach er. »Doch bisher habe ich in ihren Büchern nicht die kleinste Ungenauigkeit gefunden.«

»Nun nehmen Sie sich das doch bloß nicht so zu Herzen!«, erwiderte Jessica und machte sich Vorwürfe, dass sie ihre leichte Irritation überhaupt erwähnt hatte. »Nichts lag mir ferner, als ihre Vertrauenswürdigkeit in Frage zu stellen. Sie wissen doch selbst, wie das ist. Zu manchen Menschen bekommt man gefühlsmäßig sofort Zugang, zu anderen nicht. Aber das sagt überhaupt nichts über den Charakter der Person aus.«

»Ja, das stimmt«, pflichtete er ihr bei, sichtlich erleichtert, dass sie das so sah.

»Sind beide Emanzipisten?«

Er nickte. »Sie sind vor sieben Jahren nach New South Wales gekommen. Als sie sich auf meine Anzeige hin meldeten, waren sie schon seit anderthalb Jahren begnadigt.«

Betty konnte damals kaum älter als fünfzehn, sechzehn gewesen sein. Was also mochte ein Geschwisterpaar bloß begangen haben, um verurteilt und nach Australien deportiert zu werden? »Haben sie Ihnen gesagt, wofür sie deportiert worden sind?« Kaum war Jessica diese Frage über die Lippen gekommen, hätte sie sich am liebsten die Zunge dafür abgebissen.

Glenn Pickwick zuckte förmlich zusammen und sah sie einen Moment lang betroffen an, als könnte er nicht glauben, dass ausgerechnet sie solch eine Frage stellte. »Nein, und ich habe dieses Thema auch nicht angesprochen, denn bisher war es doch Ihr Prinzip, einen Emanzipisten grundsätzlich nicht nach seiner Vergangenheit zu fragen und auch nicht danach zu beurteilen, sondern nur nach dem, was er nach Verbüßung seiner Strafe aus seinem Leben zu machen bereit ist.« Seine Stimme klang unverhohlen vorwurfsvoll. »Aber wenn das nicht mehr gilt, müssen Sie mir das sagen.«

Der Hieb saß, und Jessica spürte, wie ihr das Blut vor Scham heiß ins Gesicht stieg. »Entschuldigen Sie, ich hätte diese Frage nicht stellen dürfen. Ich weiß wirklich nicht, was heute in mich gefahren ist. Die Hitze hat mir offenbar noch mehr zugesetzt als gedacht. Nur so kann ich mir diese Dummheit erklären«, entschuldigte sie sich. »Natürlich gilt das Prinzip noch. Wir alle haben in unserer Vergangenheit einige dunkle Kapitel, doch wir haben hier einen neuen Anfang gemacht, und allein das zählt. Bitte vergessen Sie, was ich gerade gesagt und gefragt habe.«

»Schon gut«, erwiderte er versöhnlich. »Sie waren einfach zu lange fort und sind das Klima nicht mehr gewöhnt. Das Wetter kann einem ganz schön zusetzen. Und jetzt lassen Sie uns aus unseren verschwitzten Kleidern kommen und das Bad genießen, das hoffentlich schon auf uns wartet.«

Wenig später sank Jessica nackt in den Badezuber, streckte mit einem lang gezogenen Seufzer der Wohltat die müden Glieder im lauwarmen Wasser und stützte den Kopf mit geschlossenen Augen auf dem Rand des Bottichs ab.

8

Rosetta blickte von ihrer Handarbeit auf, als Maneka ihr Zimmer betrat. Auch nach so vielen Jahren kam es ihr immer wieder wie ein Traum vor, dass diese wunderschöne junge indische Frau mit dem langen blauschwarzen Haar und der leicht getönten samtweichen Haut ihre Liebe mit so viel Hingabe erwiderte. Maneka war das Kostbarste in ihrem Leben. Hätten sie nicht ihre Liebe zueinander entdeckt, wäre sie, Rosetta, längst an den Erniedrigungen ihres Mannes zerbrochen und rettungslos dem Opium verfallen. Allein Maneka und ihrer geheimen Liebe verdankte sie es, dass sie sich von dieser zerstörerischen Sucht hatte befreien können.

»Ja, mein Liebes?«, fragte Rosetta und schenkte ihr ein zärtliches Lächeln.

Maneka lächelte zurück. »Es ist Besuch für dich da, Rose.«

»Oh, davon habe ich gar nichts gehört. Ich muss wirklich sehr in meine Gedanken versunken gewesen sein. Wer ist denn gekommen?«

»Missis Ryder.«

Rosetta verdrehte die Augen. »Die hat mir zu meinem Glück heute gerade noch gefehlt. Ihre Neugier und ihre ausgeprägte Klatschsucht sind die reinste Zumutung.«

»Soll ich ihr sagen, dass du unpässlich bist und sie heute leider nicht empfangen kannst?«

Rosetta schüttelte den Kopf und seufzte leicht. »Damit ist leider nichts gewonnen. Du weißt doch, wie sie ist. Wenn ich jetzt nicht mit ihr rede, steht sie morgen wieder vor der Tür. Oder sie macht aus meiner Unpässlichkeit gleich eine schwere Depression und setzt Gott weiß welche Gerüchte in die Welt«, erwiderte sie, legte die Handarbeit weg und erhob sich aus dem Polstersessel. »Nein, es ist besser, ich bringe es jetzt gleich hinter mich.«

»Dann sage ich ihr, dass du sofort kommst.«

»Einen Augenblick noch.«

Maneka sah sie erwartungsvoll an. »Ja?«

Rosetta kam zu ihr und schloss die Tür zum Flur. »Dieses Kleid mag ich an dir ganz besonders, mein Schatz«, flüsterte sie und legte ihrer Geliebten die Hand auf die Hüfte. Es war ein einfaches, selbst geschneidertes Baumwollkleid, das Maneka trug, leinenweiß mit apfelgrünen Längsstreifen. Der Ausschnitt war züchtiger, als es auch die strengsten Gebote der Schicklichkeit verlangt hätten. Und doch sah sie für Rosetta darin so frisch und begehrenswert aus, wie andere Frauen nicht einmal in sündhaft teurer und raffiniert dekolletierter Garderobe.

»Ich weiß, Rose«, erwiderte Maneka mit einem zärtlichen Lächeln, das sie sich nur dann erlaubte, wenn sie mit ihr allein war und sich absolut sicher sein konnte, von niemandem gesehen zu werden.

Rosetta war überwältigt von der Liebe, die sie ihr entgegenbrachte, und dem Verlangen, sie zu küssen und ihren erregenden Körper zu streicheln.

»Küss mich, Liebling!«, flüsterte sie und zog sie sanft an sich. »Das wird mir die Kraft geben, den Tratsch von Missis Ryder zu ertragen.«

Maneka beugte sich vor, und ihre Lippen verschmolzen zu einem zärtlichen Kuss, der aber schnell leidenschaftlich wurde. Rosetta umfasste das Gesicht ihrer Geliebten mit beiden Händen, und ein lustvolles Kribbeln ging durch ihren Körper, als sich ihre Zungen trafen.

Es war Maneka, die den innigen Kuss abbrach und sich aus

der Umarmung löste, wenn auch widerwillig. »Wir müssen an uns halten, Rose, sonst vergessen wir uns«, sagte sie mit schnellem Atem, der ihre starke Erregung verriet.

Rosetta lachte leise auf. »Und wie schön, dass es dazu nur eines Kusses von dir bedarf, mein Sonnenstern.«

Manekas Augen strahlten voller Liebe. »Ja, das ist es. Du hast mich ganz zittrig gemacht. Aber jetzt solltest du Missis Ryder nicht länger warten lassen.«

»Du hast recht. Wie sehe ich aus? Muss ich noch Puder auflegen oder mein Haar neu richten?«

Maneka berührte mit den Fingerspitzen ihre Wange. »Nein, es ist alles gut so. Ich habe nichts in Unordnung gebracht.«

»Äußerlich vielleicht nicht, dafür aber innerlich umso mehr«, erwiderte Rosetta, hauchte einen Kuss auf Manekas Fingerspitzen und zwang sich, ihr sinnliches Begehren zu ignorieren und ihre Gedanken auf das Gespräch mit Catherine Ryder zu lenken.

Hager und knochig wie ein knotiger Ast und steif wie ein Ladestock saß Catherine Ryder in einem der mit Chintz bezogenen Sessel, als Rosetta zu ihr in den Salon kam. Sie trug ein altmodisch geschnittenes Kleid aus maronenfarbenem Taft sowie eine gestärkte Haube und schaute aus wie Ende vierzig, obwohl sie doch erst vor einem halben Jahr ihren fünfunddreißigsten Geburtstag gefeiert hatte. Dass diese Frau, die so trocken und unfruchtbar wie ein Wüstenstrich aussah, ihrem Mann drei prächtige Söhne und eine ausgesprochen hübsche Tochter geschenkt hatte, erfüllte Rosetta immer wieder mit Verwunderung – und manchmal auch mit Neid.

»Missis Ryder, wie nett, dass Sie mir mal wieder einen Besuch abstatten«, begrüßte Rosetta ihren Gast, der ein halbes Dutzend Häuser oberhalb von ihr wohnte und mit einem überaus erfolgreichen Geschäftsmann verheiratet war. Allein schon deshalb konnte sie Catherine Ryder nicht die kalte Schulter zeigen.

Catherine Ryder erhob sich ohne Hast. »Ich wollte es doch nicht versäumt haben, Ihnen mitzuteilen, was die Sammlung, die ich zusammen mit Missis Galloway und Missis Witherspoon für das St.-Lucas-Waisenhaus ins Leben gerufen habe, erbracht hat.« Sie machte eine Pause, die wohl eine dramatische Wirkung haben sollte, und sah Rosetta an, als erwartete sie, dass diese vor Spannung fast zerplatzte.

Rosetta dachte gar nicht daran, ihr den Gefallen zu tun. Sie hatte sich mit zwei Pfund, was ja nun wirklich eine großzügige Spende gewesen war, an der Aktion beteiligt. Doch wie viel die Sammlung letztlich erbracht hatte, war nichts, was sie zu erfahren nicht erwarten konnte.

»Das ist sehr reizend von Ihnen«, sagte Rosetta deshalb mit freundlicher Gelassenheit, und statt nach dem Ergebnis zu fragen, wollte sie wissen: »Darf ich Ihnen einen Tee anbieten?«

Ihre Hoffnung, Catherine Ryder möge ablehnen und ihr Besuch kurz sein, erfüllte sich nicht. Sie nahm das Angebot vielmehr mit einem huldvollen Nicken an, als täte sie ihr damit einen großen Gefallen.

Rosetta übte sich in Geduld. Lang und breit berichtete ihr Catherine Ryder beim Tee, den sie wie ein Vogel in winzigen Schlucken trank, von der Sammlung und den anderen Aktivitäten ihres Kreises wohltätiger Damen. Doch die ganze Zeit wurde sie das Gefühl nicht los, als sei all das nur die Einleitung für etwas ganz anderes, was sie zu ihr geführt hatte.

Ihr Gefühl täuschte sie nicht. Nach einer halben Stunde langweiliger Kleinigkeiten wechselte Catherine Ryder plötzlich das Thema, und sie stellte es überaus geschickt an, den

Eindruck zu erwecken, als käme sie scheinbar ganz zufällig auf dieses andere Thema zu sprechen.

»… muss ich Missis Witherspoon einfach recht geben, dass wir die Last einer solch zeitaufwendigen Sammlung, die uns allen sehr viel abverlangt hat, besser noch mit einigen anderen Damen geteilt hätten«, sagte sie, als hätte sie mit ihren beiden Freundinnen durch das Einsammeln von Spendengeldern in den Häusern der besseren Gesellschaft von Sydney eine geradezu heroische Leistung vollbracht.

»Ihr selbstloser Einsatz ist wirklich bewundernswert«, gab sich Rosetta beeindruckt, hatte aber Mühe, den Sarkasmus aus ihrer Stimme herauszuhalten. Es standen ja nicht einmal siebzig Namen auf der Spendenliste! Das bedeutete, dass jede der Frauen in nicht mehr als dreiundzwanzig Häusern vorstellig geworden war, denn Catherine Ryder hatte sich ja damit gebrüstet, dass jeder, den sie angesprochen hatten, sein Scherflein für die gute Sache beigetragen hatte. Dreiundzwanzig Besuche in zwei Monaten! Das war vielleicht löblich, aber gewiss keine Strapaze, die einem viel abverlangte.

Catherine Ryder wehrte vordergründig bescheiden ab, gab mit einem müden Lächeln und einem geseufzten Hinweis auf ihr Pflichtbewusstsein, dem sie einfach nicht entfliehen könne, jedoch zu verstehen, dass auch sie ihren Einsatz für überaus bewundernswert hielt. Und dann fuhr sie fort: »Eigentlich hatte Missis Witherspoon vorgehabt, Missis Hambone anzusprechen und sie um ihre Mitarbeit zu bitten. Gott sei Dank ist das dann aber nicht geschehen. Nicht auszudenken, welch einen Schaden unsere Aktion genommen hätte, wenn wir Missis Hambone in unser Komitee aufgenommen hätten.«

Rosetta kannte Missis Hambone nicht und konnte nun nicht umhin, nach dem Grund zu fragen, weshalb ihre Aufnahme in ihr sogenanntes Komitee sich negativ auf das Ergebnis der Sammlung ausgewirkt hätte.

Catherine Ryder gab sich überrascht. »Ach, Sie wissen noch gar nichts von dem Skandal im Hause der Hambones?«

»Nein, davon weiß ich nichts.«

»Jaja, Sie machen sich auch zu rar, Missis Forbes. Und wo Ihr verehrter Gatte Sie so häufig allein lässt, da bekommt man wohl so manches nicht mit, worüber man doch besser informiert wäre …«

Rosetta stutzte. Schwang da nicht ein mitleidiger Ton mit? Worauf wollte dieses klatschsüchtige Weib bloß hinaus?

»Worum geht es denn bei diesem Skandal?«, fragte sie.

Catherine Ryder beugte sich vor, und ihre Augen nahmen nun einen lebhaften Ausdruck an. »Eine äußerst unappetitliche Angelegenheit. Ich spreche ja wirklich nicht gern darüber, weil mir üble Nachrede einfach nicht liegt …«

Heuchlerin!, dachte Rosetta.

»… aber ich möchte Sie jetzt auch nicht im Unklaren lassen. Wenn ich gewusst hätte, dass Sie von dieser abscheulichen Sache noch nichts wissen, hätte ich die Hambones mit keiner Silbe erwähnt«, versicherte Catherine Ryder, und Rosetta glaubte ihr kein Wort. »Tja, also … ich weiß gar nicht, wie ich anfangen soll, ohne Ihr sittliches Empfinden zu verletzen. Allein schon beim Gedanken an das, was im Haus der Hambones vorgefallen ist, treiben Scham und Abscheu mir die Röte ins Gesicht und lassen mich hilflos nach den rechten Worten für diese unglaubliche Verfehlung suchen.«

»Sie sehen mich gefasst und vollends darauf vertrauend, dass Sie schon die richtigen Worte finden werden«, bemerkte Rosetta äußerlich ruhig, innerlich jedoch höchst angespannt.

»Nun ja, wenn Sie mich so drängen, will ich Sie nicht länger im Zustand der Unwissenheit lassen.« Catherine Ryder räusperte sich. »Also anfangs hat man es ja gar nicht glauben wollen, dass es mit der Ehe der Hambones so schlecht bestellt sein sollte. Erst waren es nur Gerüchte. Er habe eine Geliebte, hieß es. Aber solche Gerüchte kommen ja schnell auf, wenn die Geschäfte einen Mann häufig von seiner Frau trennen, das brauche ich Ihnen ja nicht zu sagen ...«

Rosetta spürte sofort, dass dieser letzte Satz nicht als Floskel zu werten war. Catherine Ryder hatte sich sehr wohl etwas dabei gedacht. In ihrem Magen meldete sich ein unangenehmes flaues Gefühl. Doch sie kämpfte gegen die dunkle Ahnung an und erwiderte: »Ja, mit Gerüchten sind die Menschen allzu schnell und verantwortungslos zur Hand.«

Catherine Ryder nickte nachdrücklich. »Das sage ich auch immer. Doch im Fall von Mister Hambone haben sich die Gerüchte als Wahrheit herausgestellt.« Es klang regelrecht triumphierend. »Er ist wiederholt dabei beobachtet worden, wie er ein Haus in der George Street betreten hat, natürlich durch die Hintertür und im Schutze der Nacht, und er ist in diesem Haus, das von zwei Schwestern mit überaus zweifelhaftem Ruf bewohnt wird, bis zum Morgengrauen geblieben. Alle Heimlichtuerei hat ihm nichts genützt. Sein schändliches Tun ist nun doch ans Tageslicht gekommen. Und stellen Sie sich vor: Er hat seine Frau mit *beiden* Schwestern betrogen, seit über einem Jahr, und die Arme hat bis zuletzt nichts davon gewusst!«

»Entsetzlich«, murmelte Rosetta.

»Na, vielleicht hat sie auch nichts von seinem schändlichen Tun wissen wollen«, fuhr Catherine Ryder genüsslich fort. »Ich vermag mir einfach nicht vorzustellen, dass man wirklich ahnungslos sein kann, wenn der eigene Mann das Gebot der ehelichen Treue auf Dauer missachtet und sich eine Geliebte hält. Ich will der bedauernswerten Missis Hambone ja nicht zu nahe treten, aber wenn Sie meine Meinung wissen wollen, so sollte sie die Schuld an dem gewiss empörenden Verhalten ihres Mannes zuerst einmal bei sich selbst suchen.«

Rosetta erblasste. Sie spürte, dass sie nicht mehr nur über Missis Hambone sprachen, sondern indirekt über Kenneth und seine Geliebte. »Sicher steht es Ihnen frei, so darüber zu denken. Ich nehme jedoch an, dass Missis Hambone das völlig anders sieht«, antwortete sie und bemühte sich, ihre Fassung zu bewahren.

Catherine Ryder lächelte mitleidig. »Wenn ein Mann seine eigene Frau einem solch demütigenden Skandal aussetzt, dann muss sie in ihrer Ehe sehr viel falsch gemacht und ihm allen Grund gegeben haben, sich in die Arme einer Geliebten zu flüchten«, sagte sie nun sehr direkt und sah sie mit einem stechenden Blick an. »Frauen, die einen guten Mann nicht zu halten vermögen, sind wirklich bedauernswerte Geschöpfe.«

Das war eine fast unverblümte Beschuldigung, und in Rosetta krampfte sich alles zusammen. Am liebsten hätte sie ihr augenblicklich die Tür gewiesen, doch damit hätte sie die Sache nur noch schlimmer gemacht. »Wir sollten nicht selbstgerecht über unsere Mitmenschen zu Gericht sitzen, zumal wenn wir nur auf unzulängliche Mutmaßungen angewiesen sind.«

»Sie beschämen mich mit Ihrer Zurückhaltung, Missis Forbes«, gab sich Catherine Ryder beeindruckt und fügte dann scheinbar versonnen hinzu: »Nun ja, wer im Glashaus sitzt, wirft besser nicht mit Steinen ...«

Das war wie eine Ohrfeige, nur konnte Rosetta nicht in der

Art darauf reagieren, wie sie es gern getan hätte. Sie musste all ihre Selbstbeherrschung aufbieten, um ihre Wut und Empörung unter Kontrolle zu halten und sie sich auch nicht anmerken zu lassen. »Ja, richtig, Missis Ryder. Die Selbstgerechten und die Heuchler entgehen nie ihrer gerechten Strafe. Das ist eine tröstliche Gewissheit.«

Catherine Ryder erhob sich mit einem selbstgefälligen Lächeln. »Wie schade, dass ich nicht mehr die Zeit habe, mich eingehender mit Ihnen über Ihre wirklich interessante Weltanschauung zu unterhalten. Leider kann ich Ihre geschätzte Gastfreundschaft nicht länger in Anspruch nehmen, da mich mein Mann erwartet«, sagte sie mit falscher Freundlichkeit. »Aber wir sehen uns ja auf der Abendgesellschaft von Mister und Missis Purdy. Da können wir dann ja wieder anknüpfen, wo wir heute abbrechen mussten. Ich freue mich schon sehr darauf. Die Purdys verstehen es, unvergessliche Feste zu veranstalten. Und gottlob achten sie auch sehr genau darauf, wer bei uns zur guten Gesellschaft gehört und eine Einladung wert ist. Ich nehme doch an, auch Sie haben eine Einladung zu diesem besonderen Fest erhalten.«

Rosetta hatte das Gefühl, im Gesicht zu glühen und dabei doch zu frieren. Übelkeit stieg in ihr auf. Die Purdys hatten ihnen keine Einladung ins Haus geschickt, und jetzt war auch klar, dass sie dieses Jahr mit Sicherheit keine erhalten würden. Catherine Ryder hatte es gewusst, vermutlich von Missis Purdy höchstpersönlich, und sich diesen hinterhältigen Tiefschlag bis zum Schluss aufgehoben.

»Oder etwa nicht?«, bohrte ihre Besucherin nach.

»Mein Mann ist um diese Jahreszeit auf unserer Farm bei Parramatta unabkömmlich, und das weiß Mister Purdy. Es hätte also keinen großen Sinn gemacht, uns zu einem Fest einzuladen, an dem wir bekanntlich nicht teilnehmen können«, log Rosetta und schwor sich, zur Zeit des Festes dafür zu sorgen, dass sie *und* Kenneth sich dann auch tatsächlich auf MIRRA BOOKA aufhielten.

»Aber dennoch hätten Sie eine Einladung bekommen müssen, Missis Forbes. Das gebieten doch schon Respekt und Anstand. Also das ist wirklich merkwürdig.«

»Das mag sein, aber jetzt will ich Sie nicht länger aufhalten«, sagte sie und betätigte den Klingelzug. Im nächsten Augenblick erschien Maneka. »Missis Ryder möchte gehen. Bitte bring sie zur Tür.«

»Es war mir ein Vergnügen, Missis Forbes.«

»Ja, den Eindruck hatte ich auch, Missis Ryder«, verabschiedete sich Rosetta mit versteinertem Gesicht und bewahrte Haltung.

Kaum hatte Maneka die hagere Frau jedoch aus dem Salon geführt und die Tür zur Halle hinter sich geschlossen, da war es mit Rosettas Beherrschung vorbei. Sie sank auf den Teppich und begrub ihr Gesicht in den Kissen eines Sessels, um ihr heftiges Schluchzen zu ersticken. Diese Frau hatte sie verhöhnt und beleidigt, und sie hatte nichts dagegen tun können. Und daran war nur Kenneth schuld, der einfach nicht von seiner Geliebten lassen wollte! Er machte sie damit zum Gespött der Gesellschaft, die für eine Frau wie sie nur Verachtung, bestenfalls Mitleid übrig hatte.

Die Schiebetüren zum Nebenzimmer glitten zurück, und Kate Mallock huschte lautlos wie ein Schatten durch den Raum, eine leicht gekrümmte Gestalt mit aschgrauem Haar, einem zerfurchten Gesicht mit hohen Wangenknochen und grauen Augen unter dünnen Brauen. Sie hatte Rosetta schon als Kindermädchen gedient und war als ihre Zofe mit nach

Australien gereist. Ihr Einfluss auf Rosetta ging jedoch längst über den einer Zofe hinaus.

»Ich war im Nebenzimmer und habe alles gehört«, sagte Kate mit der ihr eigenen rauen Flüsterstimme, die Kenneth so verhasst war. »Das kann nicht so weitergehen. Wir müssen etwas tun!«

»Ja, aber was nur?«, fragte Rosetta unter Tränen.

»Keine Sorge, mir wird schon etwas einfallen«, versicherte Kate. Hier ging es auch um ihre Zukunft, die seit ihrem gerissenen Schachzug mit dem gekauften Baby unentflechtbar mit der von Rosetta Forbes verbunden war. Und wenn es um ihre eigenen Interessen ging, war ihr bisher noch immer etwas eingefallen!

9

Glenn Pickwick blieb noch einige Tage in Parramatta, um dann mit dem nächsten Flussboot nach Sydney zurückzukehren, am besten bei Nacht, wenn man sich an Deck aufhalten konnte, ohne die sengende Sonne fürchten zu müssen. Das Licht des Vollmonds, der in zwei Tagen am Nachthimmel stand, würde den Flussschiffern reichen, um die Fahrt den stark gewundenen Parramatta River flussabwärts auch bei Nacht zu wagen.

Jessica und Anne setzten ihre Fahrt nach SEVEN HILLS ebenfalls bei Nacht fort. Notgedrungen, denn kein Kutscher war bereit, die Strecke von Parramatta zum Hawkesbury, quer durch das ausgedörrte Buschland, bei dieser mörderischen Hitze sich selbst und seinen Pferden zuzumuten.

»Lassen Sie Ihr Geld stecken, Ma'am. Keine Geldbörse kann so dick sein, dass ich dafür meine beiden Braunen zu Tode quäle und mir auf dem Kutschbock den letzten Rest Verstand aus dem Hirn brennen lasse!«, wehrte ihr Kutscher auch Jessicas letzten Versuch ab, ihn mit einer saftigen Prämie umzustimmen. »Wir brechen heute Abend nach Sonnenuntergang auf. Dann sind wir am frühen Morgen auf Ihrer Farm. Wenn Ihnen das nicht passt, zahlen Sie mich besser jetzt sofort aus und sehen sich nach einem anderen um, der Sie zum Hawkesbury bringt. Ich kann auch ganz gut ohne diese elende Buschtour leben.«

Jessica blieb gar keine andere Wahl, als sich dem zu beugen. Der Tag in Parramatta wurde ihr sehr lang, doch sie musste zugeben, dass es bei dieser brütenden Hitze wirklich äußerst unvernünftig gewesen wäre, die Etappe durch den Busch in Angriff zu nehmen. Der Hitzschlag hätte sie getroffen. Nur, je näher sie ihrer Farm war, desto stärker wurde ihre Ungeduld. Dementsprechend quälend langsam verstrichen auch die Stunden zwischen Morgengrauen und Abenddämmerung.

Als der feuerrote Sonnenball endlich am westlichen Horizont zerfloss und den Himmel mit flüssiger Glut überflutete, stieg Jessica mit ihrer Zofe in die Kutsche. Mit dem Sonnenuntergang fielen die Temperaturen um einige Grad, doch es blieb immer noch so warm und drückend, dass ihnen schon bald wieder die Kleider am Körper klebten.

Die Nacht legte sich über den Busch, und der Mond warf sein milchig fahles Licht über die karge Landschaft. Auf den ersten Meilen gab es noch Wegmarkierungen und gelegentliche Schilder, die auf Farmen in der näheren Umgebung von Parramatta hinwiesen. Jessicas freudige Stimmung erhielt für eine Weile einen herben Dämpfer, als ihr Blick zufällig auf ein Schild fiel, das die Abzweigung nach MIRRA BOOKA ankündigte, der Farm ihres verhassten Halbbruders Kenneth Forbes. Das löste in ihr eine Lawine von schmerzvollen Erinnerungen aus. Sie musste mit aller Kraft dagegen ankämpfen und sich wiederholt sagen, dass Kenneth ihr nichts mehr antun konnte und keine Macht mehr besaß, seit Gouverneur Macquire die Kolonie regierte und das New South Wales Corps aufgelöst hatte. Die Vergangenheit musste endgültig ruhen.

Nach gut drei Stunden hielt der Kutscher an. Vor ihnen erstreckte sich das hügelige Land wie ein leicht bewegtes Meer, das jäh inmitten seiner auf und ab rollenden Wogen erstarrt war. Hier und da zeichneten sich die Silhouetten von Eukalypten und Akazien wie schwarze Scherenschnitte vor dem Nachthimmel ab.

»Sie werden jetzt wohl zu mir auf den Kutschbock klettern müssen, wenn Sie wollen, dass wir Ihre Farm auf möglichst direktem Weg erreichen, Ma'am. Von hier an werden Sie mir sagen, wohin ich die Braunen lenken soll, denn ich kann keinen rechten Weg mehr erkennen«, erinnerte der Kutscher sie an ihre Vereinbarung.

»Nein, bleib du nur hier und schlaf weiter«, sagte Jessica, als Anne sich verpflichtet fühlte, ihrer Herrin anzubieten, ihr dort oben Gesellschaft zu leisten. »Zu dritt ist es da auch viel zu eng.«

Der Kutschbock war hart, und als Rückenlehne diente ein einfaches Brett, über das der Kutscher eine alte Pferdedecke gelegt hatte. Ihr neuer Reiseplatz bot jedoch auch so manche Vorteile. So war die Luft um einiges besser als im Innern der Kutsche, auch bei offenen Fenstern, und insbesondere der ungehinderte Blick über das Land entschädigte Jessica für die Unbequemlichkeit. Dazu kam noch, dass der Kutscher kein geschwätziger Bursche war, der die langen Stunden durch unaufhörliches Gerede kurzweiliger zu gestalten versuchte. Er liebte das Schweigen so sehr wie sie, und wenn sie ihn gelegentlich auf einen Hügel oder eine Baumgruppe hinwies, in deren Richtung ihr Weg sie führen musste, bestätigte er ihre Angaben nur mit einem Kopfnicken und einem Grunzlaut.

Jessica war es recht so, und bald nahm sie das Gerucke und Gestoße auf dem Kutschbock gar nicht mehr bewusst wahr. Sie sog die Bilder der Landschaft, die ihr auch bei Dunkelheit so vertraut waren wie die Linien eines geliebten Gesichtes, mit stiller Glückseligkeit in sich ein. Sie hatte das Gefühl, als spräche die Natur auf ihre Weise zu ihr; und war das ferne Dingogeheul und der Schwingenschlag aufflatternder Nachtvögel, die sich zum Beutezug in die Dunkelheit erhoben, nicht genau das Willkommen, das sie in den langen Monaten auf See so sehr herbeigesehnt hatte?

Mit den Stunden kam dann aber auch die Müdigkeit. Mehrmals döste sie im Sitzen ein. Der Kutscher weckte sie jedes Mal nur mit einem Schnalzen, wenn ein Hügelkamm oder ein anderer Wegweiser erreicht war und er neue Direktiven brauchte.

»Wecken Sie mich zum Sonnenaufgang, falls ich dann wieder eingeschlafen sein sollte«, bat Jessica ihn.

»Wie Sie wünschen, Ma'am«, erwiderte der Kutscher, und es waren die ersten Sätze, die sie seit Stunden wechselten.

Sie war wach, als der neue Tag über dem Siedlungsgebiet am Hawkesbury River anbrach. Das Schauspiel von weichender Nacht und vorwärtsdrängender Sonnenflut bewegte sie zutiefst. Welch ein Wunder der Natur dieser ewige Wechsel doch war. Zuerst leuchteten nur die Kronen der höchsten Eukalypten, während die Dunkelheit noch Stamm und Busch umfangen hielt. Rasch jedoch stieg die Morgenröte tiefer, verwässerte die Schwärze und spülte sie schließlich mit Kaskaden flammenden Lichts in die Spalten der rissigen Erde, als sich die Sonne im Osten vom Horizont löste und sich, wie von einer gigantischen Last befreit, in den Himmel erhob.

Jessica lächelte, als die Sonnenstrahlen ihr Gesicht trafen und sie schon jetzt spüren ließen, dass ihnen wieder ein extrem heißer Tag bevorstand. Vor ihnen tauchte eine Wasserstelle auf, die schon seit Monaten ausgetrocknet war, wie man an den tiefen Spalten erkennen konnte, die wie ein Spinnennetz aus Rissen den Muldenboden durchzogen.

Jetzt war SEVEN HILLS nicht mehr weit, höchstens noch zweieinhalb Stunden.

Kurz vor sieben erreichten sie die Anhöhe Macklin's Bulge. Der Weg führte ein gutes Stück unterhalb der Hügelkuppe entlang.

»Halten Sie bitte!«, rief Jessica aufgeregt, stieg vom Kutschbock und holte Anne aus tiefem Schlaf.

Ihre Zofe war sofort munter. »Sind wir schon da?«, fragte sie hoffnungsvoll.

»Noch nicht ganz. Doch wir sind bereits auf Macklin's Bulge«, sagte Jessica und lachte ausgelassen, als Anne augenblicklich ihre Röcke raffte und mit einem Satz bei ihr war. Denn natürlich wusste sie, was es bedeutete, Macklin's Bulge erreicht zu haben: Von hier aus konnte man, wenn man von Parramatta, also aus südöstlicher Richtung kam, zum ersten Mal SEVEN HILLS erblicken.

Sie liefen den Hang hinauf. »Da! … Da ist es!«, rief Anne mit jubilierender Stimme.

»Ja, Anne, ja«, sagte Jessica ergriffen, und dann wurden sie beide ganz still. Sie waren einmal um die Welt gesegelt, und die Sehnsucht nach diesem offenen, weiten Land hatte sie nicht einen Tag verlassen.

Jessica stiegen Tränen in die Augen. Vor ihr, keine drei Meilen entfernt, lag ihr geliebtes SEVEN HILLS, ihr wahres Zuhause, das sie mit jeder Faser ihres Herzens liebte. Stolz und Dankbarkeit erfüllten sie. Weiter als ihr Auge reichte, erstreckte sich ihre Farm.

Sieben sanft ansteigende und abfallende Hügel bildeten das Herzstück der Farm und hatten ihr seinen Namen gegeben. Auf der mit zweihundert Fuß höchsten dieser sieben Erhebungen befand sich, unweit des breiten Hawkesbury, auf der ausgedehnten Kuppe der Hof mit seinen vielen Nebengebäuden und der dahinterliegenden sichelförmigen Siedlung der Farmarbeiter, die in ihrer Mehrzahl Emanzipisten waren. Das Feuer, das gut ein Jahr vor ihrer Abreise hier gewütet hatte, hatte das Herrenhaus und fast alle Schuppen, Scheunen und Stallungen vernichtet. Doch bis auf das Farmhaus, von dem noch immer die Fundamente aus schweren Felssteinen sowie Reste der beiden Kamine standen, waren inzwischen alle Gebäude wieder aufgebaut – und zwar größer und solider, als sie vorher gewesen waren.

Dieser Wiederaufbau war ein Gewaltakt an Arbeit gewesen und hatte viel Geld verschlungen. Nicht zuletzt deshalb hatte sich Jessica damals in gefährlichen Geldnöten befunden, denn gleichzeitig waren in ihr ehrgeiziges Unternehmen BRADING's, das bestsortierte Kaufhaus in der ganzen Kolonie, ebenfalls enorme Summen geflossen. Fast hätte sie sich übernommen und BRADING's schon wenige Tage nach der Eröffnung verkaufen müssen. Diese Krise hatte sie jedoch gemeistert, wenn der Preis auch fast unerträglich hoch gewesen war, den sie dafür hatte zahlen müssen.

Doch das gehörte endgültig der Vergangenheit an, und Jessica verdrängte die Gedanken an die Angst, die Demütigungen und die Schrecken, die hinter ihr lagen. Der entsetzliche Albtraum der letzten zwei Jahre war vorbei, und jetzt hieß es einen neuen Anfang machen und die verworrenen Fäden ihres Lebens in die Hand nehmen und sie entwirren.

Und wie sehr es sich lohnte! Die monatelange Trockenheit hatte das Land zwar schwer gezeichnet, aber es hatte für Jessica doch nichts von seiner wilden Schönheit verloren. Ihr Blick ging über die scheinbar endlose Weite ihres riesigen Besitzes, ließ den Hawkesbury weit hinter sich und erfasste die zerklüfteten Bergzüge der Blue Mountains, die der Kolonie nach Westen hin eine natürliche Grenze setzten. Noch war es keiner Expedition gelungen, einen Weg über die schroffe Bergkette zu finden und damit die Antwort auf die Frage, was wohl hinter den Blue Mountains lag.

»Nichts im Leben ist unerreichbar«, murmelte Jessica leise vor sich hin. »Man muss es nur wollen. Und ich will! Ich will, dass dieses Leben es wert ist, so und nicht anders gelebt zu werden.«

Anne fuhr aus ihren ganz eigenen Gedanken auf. »Was sagten Sie, Ma'am?«

Jessica fühlte eine neue Kraft und unbändige Lebensfreude in sich. Sie lächelte. »Hast du jemals einen Himmel gesehen, der so klar und weit ist wie hier?«

Anne erwiderte ihr Lächeln. »Nein, diesen Himmel gibt es nur am Hawkesbury«, antwortete sie aus tiefster Überzeugung.

Jessica nahm die Hände ihrer Zofe und sah sie an. »Danke

für deine unerschütterliche Treue und deinen mutigen Beistand in meiner schweren Zeit, Anne.«

»Aber Ma'am, ich …«, begann Anne verlegen.

»Nein, sag jetzt nichts. Ich weiß sehr gut, welch ein Opfer es für dich war, diese lange und gefährliche Reise mit mir anzutreten und dich von dem Mann deines Herzens für so viele Monate zu trennen. Nie hast du geklagt. Du warst tapfer und mir nicht nur eine unersetzliche Zofe, sondern du bist mir eine teure Freundin geworden, der ich mehr anvertraut habe als jedem anderen Menschen auf der Welt.«

»Ma'am …«, setzte Anne erneut gerührt zu einer Antwort an.

»Sag nie wieder Ma'am zu mir, Anne«, bat Jessica und zog sie in die Arme. »Lass uns Freundinnen sein und sag bitte Jessica zu mir. Willst du das tun?«

»Ja, sehr gern«, antwortete Anne unter Tränen. »Nur werde ich Zeit brauchen, mich daran zu gewöhnen, Ma'am … oh … Jessica.«

Jessica lachte, drückte sie noch einmal und gab sie dann wieder frei. »Wir sind endlich zu Hause, Anne, nun haben wir alle Zeit der Welt, um das zu tun, was wir wollen!«

Jessica setzte sich jetzt wieder zu Anne ins Innere der Kutsche. Die freudige Erregung ihrer Heimkehr steigerte sich ins Unerträgliche. Die Braunen legten sich noch einmal kräftig ins Geschirr, und doch war es ihnen viel zu langsam. Auf der letzten Meile schlug ihr Herz heftiger als beim schlimmsten Sturm auf See.

Endlich erreichte die Kutsche die sandige und von Natursteinen eingefasste Auffahrt, die in einem anmutig geschwungenen Bogen auf die Anhöhe von SEVEN HILLS hinaufführte. Ein Reiter kam ihnen entgegen. Es war der junge Sean Keaton.

Jessica erkannte ihn schon aus der Entfernung an seinem wilden roten Haarschopf.

Sie beugte sich aus dem Fenster. »Du trägst deine Mähne also noch immer wie ein Dickicht Feuerdorn, Sean Keaton«, rief sie ihm fröhlich entgegen. »Hoffentlich ist das nicht das Einzige, was sich während unserer Abwesenheit nicht verändert hat!«

Sean Keaton traf fast der Schlag. Er riss Mund und Augen auf. »Heilige Muttergottes! ... Missis Brading!«, rief er fassungslos und zügelte sein Pferd. »Sie sind zurück!«

»Ja, wir sind beide zurück.«

Sean Keaton stieß einen kehligen Schrei aus, wie er ihn beim Viehtreiben benutzte, riss sein Pferd herum und galoppierte zum Hof zurück. »Missis Brading!«, schrie er aus vollem Hals. »Sie ist zurück! ... Missis Brading und Anne sind zurück!«

»Was wird das für eine Aufregung geben«, sagte Anne lachend und mit glänzenden Augen. Gleich würde sie ihren Frederick wiedersehen und wissen, ob er sie noch immer liebte und heiraten wollte.

Sean Keatons Geschrei wurde wenig später von anderen Stimmen aufgenommen. Dann ertönte die Glocke auf dem Hof, und Männer, Frauen und Kinder liefen aufgeregt zusammen. Sogar die Arbeiter, die sich auf den Feldern aufhielten und die Bewässerungsanlagen bedienten, ließen alles liegen und stehen, um so schnell wie möglich auf den Hof zurückzukehren und zu erfahren, was es gab. Denn wenn die Bronzeglocke so ausdauernd betätigt wurde, musste etwas Außergewöhnliches vorgefallen sein.

Als die Kutsche die ersten Wirtschaftsgebäude passierte und dann mitten auf dem Vorplatz zum Stehen kam, schwoll das aufgeregte Stimmengewirr und fröhliche Gelärme noch an. Eine unbeschreibliche Euphorie schien die Männer und Frauen von SEVEN HILLS erfasst zu haben, von der sich auch Kleinkinder wie Halbwüchsige anstecken ließen.

»Ich glaube, ein bisschen hat man Sie wohl schon vermisst«, scherzte Anne mit vor Glück strahlenden Augen und war unbeschreiblich stolz auf das großartige Abenteuer, das hinter ihr lag, und die Beliebtheit ihrer Herrin. Denn als Freundin von Jessica Brading konnte sie sich, bei aller Zuneigung und Vertrautheit, einfach noch nicht sehen. Für eine wirkliche Freundschaft trennte sie doch zu viel. Aber das war auch gar nicht so wichtig. Entscheidend war allein, dass Missis Brading ihr ihre Freundschaft ehrlichen Herzens angetragen und sie in ihr Herz geschlossen hatte – so wie sie.

»Und dich«, erwiderte Jessica, als sie Frederick Clark erblickte, der aus dem Stall gerannt kam und sich durch die Mauer aus Menschenleibern nach vorn drängte. »Ich glaube, da ist jemand, der es gar nicht erwarten kann, dich in die Arme zu nehmen.«

Anne warf einen Blick über die Schulter ihrer Herrin nach draußen. »Ja, gebe Gott, dass es so ist, wie Sie sagen!«, stieß sie inbrünstig hervor.

Jessica öffnete den Schlag und blieb auf der Trittstufe unwillkürlich stehen. Plötzlich erstarb der ausgelassene Lärm. Stille breitete sich aus, als erwarteten ihre Leute nach so langer Zeit der Abwesenheit so etwas wie eine Ansprache.

»Tausend Gedanken und Gefühle stürzen auf mich ein«, sagte Jessica in die Stille. »Doch mit einem einzigen Satz kann ich all das zusammenfassen, was ich in diesem Moment empfinde: Ich bin unendlich glücklich und dankbar, jetzt endlich zurück zu sein!«

James Parson, ein reifer Mann von asketischem Aussehen

und sonst eher von stiller Natur, warf seinen verbeulten Stroh-hut in die Luft und brüllte ein herzliches Willkommen, in das gut fünf Dutzend Kehlen lautstark einstimmten, als Jessica vom Tritt stieg.

Und doch hörte Jessica aus dem fröhlichen Willkommens-lärm die Stimme ihrer Tochter Victoria heraus. »Mom! ... Mom! ... Mom!« Sie drehte sich um, und da flog ihr ihre achtjährige Tochter, die ihr blondes Haar geerbt hatte, schon in die Arme.

»Mein Kind! ... Mein Kind!«, rief sie beglückt und drückte den zarten Körper an sich. Vergessen war ihre Sorge, dass Victoria zu wenig Interesse für das Farmleben zeigte und zu verträumt war, um in diesem wilden Land einmal bestehen zu können. Sie war einfach nur glücklich, Victoria in ihren Armen zu halten und zu sehen, dass sie gesund war. Alles an-dere war von nebensächlicher Bedeutung – bis der Alltag sie wieder hatte.

Victoria brachte nur ein einziges Wort über die Lippen, in dem die qualvolle Sehnsucht und Verlassenheit von andert-halb Jahren steckte. »Mom ... Mom ... Mom«, schluchzte sie, und die Tränen liefen ihr nur so übers Gesicht, während sich ihre Finger in das Kleid ihrer Mutter krallten, als wollte Victoria sie nie wieder loslassen.

»Ja, ich bin zurück, mein kleiner Liebling. Und ich gehe auch nie wieder weg. Ich werde euch nie wieder allein lassen«, versprach sie und konnte die Tränen nun auch nicht länger zurückhalten. »Es ist ja gut, mein Kleines ... Mom ist wieder da.«

Als Jessica den Kopf hob, erblickte sie ihren Sohn. Er sah älter als zehn aus. Edward war in den anderthalb Jahren enorm gewachsen und auch in den Schultern breiter geworden. Braun gebrannt und mit dunklem, vollem Haar stand er neben der schwergewichtigen Adelaide Rosebrook, der ungewöhnlich tüchtigen und respekteinflößenden Hauslehrerin ihrer Kinder. Je älter er wurde, desto ähnlicher wurde er seinem Vater, der schon seit vielen Jahren tot und in der Erde von SEVEN HILLS begraben lag. Sein Gesicht wirkte beherrscht, ja fast reserviert. Aber das Zucken seiner zusammengepressten Lippen, sein nervöses Schlucken und seine Hände, die sich öffneten und schlossen, verrieten, wie aufgeregt er innerlich war.

»O Frederick, Frederick!«, hörte Jessica die glückliche Stimme ihrer Zofe, doch sie nahm den Blick nicht von ihrem Sohn.

»Nun geh schon«, raunte Adelaide Rosebrook und stupste Edward leicht an. »Den kühlen Klotz, der sich von der Rückkehr seiner Mutter nach so langer Zeit nicht rühren lässt, nimmt dir ja doch keiner ab.«

Und da lief auch Edward zu ihr und ließ sich umarmen und küssen, was er sonst nicht mit sich machen ließ, weil es ihm unmännlich erschien, und immerhin war er auf SEVEN HILLS ja der junge Master. Tapfer kämpfte er gegen die Tränen an, doch seine Liebe zu seiner Mutter und seine Freude über ihre Rückkehr waren einfach stärker als sein Zorn und die bitteren Vorwürfe, die er all die Zeit in seinem Herzen genährt hatte, weil sie sie verlassen hatte.

Es dauerte eine ganze Weile, bis sie sich alle drei wieder gefasst hatten und Jessica die Willkommensgrüße der anderen entgegennehmen konnte. Die Leute umdrängten sie und wollten ihr die Hand schütteln: Ruth und ihr Ehemann, der Krauskopf Lesley Drummond, Annes Vater William Howard, der alte Jeremy Baker, Jonas Charlock, seines Zeichens Schmied, und sein erster Gehilfe Lucas Patterson sowie Pete

Cowley und Christian Darley, der kahlköpfige Tim Jenkins und der schmächtige Jason Dunbar – alle umdrängten sie. Und natürlich Lisa Reed, ihre bis zur Tyrannei resolute Köchin, die nun förmlich in Tränen schwamm, dabei aber lachte. Wie wunderbar es war, all die vertrauten Gesichter wiederzusehen und zu spüren, wie sehr man vermisst worden war.

Erst als die Leute langsam und nur sehr widerstrebend von ihr abließen und Anstalten machten, an ihre Arbeit zurückzukehren, fiel Jessica auf, dass Ian nicht zugegen war.

Sie wandte sich Frederick zu, der ihr am nächsten stand und ihrer Zofe verliebt in die Augen schaute. »Ist Mister McIntosh nicht auf dem Hof?«

Frederick fuhr wie ertappt zusammen, und das Blut schoss ihm ins Gesicht. »Mister McIntosh? … Nein, der ist auf der Außenweide am Woodland Corner. Er ist heute Morgen schon ganz früh losgeritten, weil er vor der großen Hitze bei Sledge und Fisher sein wollte.«

»Ach so«, sagte Jessica und hatte Mühe, sich ihre Enttäuschung nicht allzu deutlich anmerken zu lassen. Wie sehr hatte sie sich darauf gefreut, Ian endlich wiederzusehen.

Frederick wollte gerade erwähnen, dass der Ire seit seiner Rückkehr aus Sydney kaum noch auf dem Hof anzutreffen war und schon vor Morgengrauen im Sattel saß, um erst lang nach Sonnenuntergang erschöpft und einsilbig von seinen Inspektionstouren zurückzukehren. Doch da sagte schon Tim Jenkins, der ein Kreuz wie ein Bär und einen Kopf so kahl wie eine Kanonenkugel besaß: »Mister McIntosh wird bestimmt nicht vor Einbruch der Dunkelheit zurückkommen. Aber wir werden ihm noch eine Lammkeule und einen ordentlichen Schluck übrig lassen, was meinen Sie, Missis Brading?« Dabei lachte er sie erwartungsvoll an.

Jessica verstand sofort und erwiderte das Lachen. »Worauf Sie sich verlassen können, Jenkins! Heute werden wir feiern, wie es sich gehört. Nehmen Sie sich ein paar Männer und bereiten Sie alles für heute Abend vor. Sie wissen ja, wie viel Lämmer und Hammel wir für ein zünftiges Fest brauchen. Denken Sie bloß daran, genügend Wassertonnen bei jedem Feuer aufzustellen.«

Tim Jenkins grinste. »Wir haben in den letzten sechs Wochen vier schwere Buschbrände erfolgreich bekämpft. Da werden wir doch nicht SEVEN HILLS am Tag Ihrer so sehnlichst erwarteten Rückkehr in Schutt und Asche legen!«

Jessica vergaß während der nächsten Stunden ihre Enttäuschung über das Fehlen ihres Freundes und Verwalters, denn Victoria und Edward nahmen sie ganz für sich in Beschlag. Sie hatten tausend Fragen und noch mehr Geschichten zu erzählen. Und dann gab es eine Flut von Geschenken auszupacken, die Jessica aus England mitgebracht hatte und über die ihre Kinder in Verzückung gerieten.

Immer wieder zog Jessica ihre Tochter an sich und strich ihrem Sohn, der sich nach der dritten Umarmung auf seine männliche Zurückhaltung besann und sich weiteren Umarmungen entzog, liebevoll über das Haar, so als müsste sie sich alle halbe Stunde erneut vergewissern, dass sie wirklich wieder vereint waren.

Bei Sonnenuntergang loderten sechs Feuer auf dem Hof von SEVEN HILLS auf. Jung und Alt feierten die glückliche Rückkehr der Mistress und ihrer Zofe. Es wurde ein fröhliches Fest ohne Misstöne und Ausschreitungen. Tim Jenkins und Jonas Charlock achteten darauf, dass der Branntwein nur verdünnt und in vertretbaren Mengen die Kehlen hinunterfloss.

Jessica wartete Stunde um Stunde auf Ian, und bald bereute

sie, ohne ihn mit dem Fest begonnen zu haben. Noch besser wäre es gewesen, wenn sie es auf den nächsten Tag verschoben hätte, aber nun konnte sie es nicht mehr rückgängig machen. Sie ließ es sich nicht anmerken, um den anderen die Freude nicht zu verderben, doch sie war nicht recht bei der Sache. Ohne ihn zu feiern erschien ihr nicht richtig.

Die Feuer waren heruntergebrannt, und viele hatten sich schon zur Ruhe begeben, als Ian auf dem Hof eintraf. Plötzlich tauchte er zwischen der Scheune und der Schmiede auf. Dass niemand ihn kommen gehört hatte, wunderte keinen, denn er führte sein Pferd Hector am Zügel hinter sich her.

»Ian!«, rief Jessica wie erlöst, sprang auf und lief ihm entgegen. Ihr Herz raste vor Freude, als sie die groß gewachsene, kräftig gebaute Gestalt sah.

Er blieb stehen. »Jessica«, sagte er leise und mit rauer Stimme. »Sie sind zurück.«

»Ja, endlich«, erwiderte Jessica, lachte ihn an und spürte das spontane Verlangen, ihn zu umarmen. Doch irgendetwas an ihm hielt sie davon zurück.

Er streckte ihr die Hand hin. »Nun, das ist gut für SEVEN HILLS.«

Jessica nahm seine Hand mit einem Gefühl der Verstörung. »Ist das alles, Ian?«, fragte sie gekränkt und wünschte, sie könnte in seinem Gesicht lesen, was er empfand. Doch sein Gesicht lag im Schatten, die der Scheunengiebel warf. »Freuen Sie sich denn gar nicht?«

Seine Antwort kam nicht sofort. Zwei, drei Sekunden lang blickte er sie stumm aus der Dunkelheit an, als müsste er sich seine Worte erst gut zurechtlegen. Schließlich sagte er: »Was für eine Frage, Jessica. Aber vermutlich kennen wir einander wohl doch nicht so gut, wie wir glauben. Natürlich freue ich mich, Sie bei guter Gesundheit wieder auf der Farm zu wissen. Es war eine sehr lange Zeit, die Sie weg waren.«

Seine merkwürdig steife Antwort weckte augenblicklich Schuldgefühle in ihr. Sie hatte nicht vergessen, wie zornig und enttäuscht er gewesen war, als er sie nicht von ihrer Reise nach England hatte abbringen können. »Jetzt wird alles anders, Ian.«

»Ja, das wird es wohl«, stimmte er ihr zu. »Bitte entschuldigen Sie, aber Hector hat sich den Knöchel verstaucht, und ich möchte mich dieser Sache doch besser selber annehmen, damit da nichts zurückbleibt.« Er wandte sich zum Gehen. »Wir freuen uns alle, dass Sie wieder da sind, Jessica«, fügte er dann noch mit weicher Stimme hinzu, bevor er sich abwandte und Hector zu den Stallungen führte.

Verwirrt und betroffen sah Jessica ihm nach. Was für eine umwerfend herzliche Begrüßung. Sein Pferd, das noch nicht einmal richtig lahmte, war ihm wichtiger als ihre Rückkehr. Was genau sie von ihm bei ihrer Ankunft erwartet hatte, vermochte sie nicht zu sagen, doch diese Reaktion ganz sicher nicht!

10

Auf dem kleinen Fischmarkt zwischen den Lagerhallen am Hafen von Sydney roch es intensiv nach Seetang, Pökelsalz und frisch angelandetem Fisch.

Lavinia war nicht die Einzige, die in diesen unerträglich heißen Wochen ihre Einkäufe auf dem Fischmarkt schon ganz früh am Morgen tätigte. Es herrschte reger Betrieb, und über dem Stimmengewirr lag das Geschrei der Verkäufer, die sich die Kunden gegenseitig abzuwerben versuchten. Es war gerade sieben Uhr. In anderthalb Stunden, wenn die Sonne über den Dächern der Gebäude stand und die letzten Schatten vertrieben hatte, würde es hier zum Himmel stinken. Der Fisch, der bis dahin nicht verkauft war, wanderte dann in die Salztonne.

Lavinia hielt sich nicht lange auf dem Fischmarkt auf. Sie hatte ihren Händler, bei dem sie immer kaufte. John Harksen, der mit Spitznamen Johnny Rabbit hieß, weil ihm von seinem Gebiss bloß noch oben die beiden besonders stark ausgeprägten Schneidezähne geblieben waren, hatte noch nie versucht, ihr etwas anzudrehen. Er verkaufte gute Ware zu einem anständigen Preis, und sie hatte Anlass, auf beides ein scharfes Auge zu halten. Deshalb überließ sie die Einkäufe auch nicht mehr ihrer Haushilfe, so zuverlässig diese in anderen Dingen auch war. Abigail ging einfach zu gedankenlos mit ihrem Geld um und verstand sich nicht darauf, durch kritischen Preisvergleich und gelegentliches Feilschen ein paar Pennies einzusparen.

John Harksen verzog das stoppelbärtige Gesicht zu einem fröhlichen Begrüßungslächeln, als er sie auf seinen Stand zukommen sah. »Hab Sie schon die letzten Tage vermisst, Lady. Dacht schon, Sie würden dem alten Johnny Rabbit untreu werden«, scherzte er.

»Man kann nicht jeden Tag Fisch essen«, erwiderte Lavinia und dachte, dass sie für ihren Geschmack in letzter Zeit viel zu viel Fisch aß. Aber für einen kostspieligeren Speiseplan fehlten ihr die finanziellen Mittel.

»Meinen schon«, sagte er und zwinkerte ihr zu.

Sie lachte. »Dann lassen Sie mal sehen, was Sie heute anzubieten haben.«

»Was immer Ihr Gaumen begehrt, und alles kommt frisch vom Haken oder aus dem Netz, mein Wort drauf, Lady«, versicherte Johnny Rabbit.

Lavinia wählte zwei mittelgroße Fische aus, die er ihr in nasses Zeitungspapier wickelte und in den Korb legte. Auf dem Rückweg kaufte sie weiter oben auf dem Farmersmarkt noch Kartoffeln und Bohnen. Ihr letzter Gang führte sie zum Bäcker. Das Wasser lief ihr im Mund zusammen, als sie das noch ofenwarme Brot roch. Am liebsten hätte sie sofort eine Ecke davon abgebrochen und gegessen.

Wie freute sie sich jetzt auf das Frühstück. Es ging doch nichts über eine gute Tasse Tee und frisches Brot mit Quittenmarmelade!

Lavinias freudige Stimmung verflüchtigte sich jäh, als sie aus dem Bäckerladen trat – und Rodney Dempsy mit schwungvollem Gang um die Ecke biegen sah. Einen flüchtigen Moment lang war sie versucht, sich rasch umzuwenden und sich vor ihm in der Bäckerei zu verbergen. Dafür war es aber schon zu spät, bemerkte er sie doch fast im gleichen Augenblick.

Rodney Dempsy, ein stämmiger Mann mit kantigem Gesicht und stark gelichtetem Haar, hob seinen eleganten Spazierstock und richtete ihn wie eine Pistole und mit lachender Miene auf sie. Ein feiner Mann war er nicht gerade, auch wenn seine Kleidung diesen Eindruck erweckte, dafür aber erfolgreich. Was immer er anpackte, unter seinen Händen wurde es zu viel Geld.

»Welch reizender Zufall, der unsere Wege an diesem Morgen sich kreuzen lässt, meine verehrte Missis Whittaker«, begrüßte er sie.

Lavinias Magen krampfte sich zusammen. Hitze wallte durch ihren Körper. Sie zwang sich zu einem Lächeln, das jedoch sehr verzagt ausfiel. »Ja, guten Tag, Mister Dempsy«, sagte sie mit belegter Stimme.

»Sie sind eine wahre Freude für das Auge, Verehrteste«, schmeichelte er ihr, und sein begehrlicher Blick verriet, dass er sich auch noch andere Freuden, die sie einem Mann bereiten konnte, vorzustellen vermochte.

»Danke, Sie sind zu freundlich«, murmelte Lavinia und schlug verlegen die Augen nieder.

»Und wie geht es Ihnen, von der Hitze einmal abgesehen, die uns ja alle leiden lässt?«, erkundigte er sich in freundlichem Plauderton.

Lavinia zögerte, ob sie ihm etwas vormachen sollte. Aber ihm Sand in die Augen streuen zu wollen war sinnlos. »Es sind schwere Zeiten, Mister Dempsy.«

Er seufzte mitfühlend. »Ja, da sagen Sie wohl was, meine liebe Missis Whittaker. Ein jeder von uns hat sein Kreuz zu tragen und seinen Kampf zu kämpfen.«

Lavinia ertrug es nicht länger, um den heißen Brei herumzureden. Sie sah ihn offen an, blass im Gesicht. »Können Sie mir noch ein, zwei Wochen Zahlungsaufschub gewähren?«

Er hob die Augenbrauen. »Sie können wieder mal nicht pünktlich zahlen?«

»Ich bekomme das Geld schon zusammen, Mister Dempsy!«, versicherte sie. »Aber ich brauche noch etwas Zeit. Bitte geben Sie mir noch zwei Wochen.«

»Ich bin ja kein Unmensch, Missis Whittaker, und ich denke, das wissen Sie …«

»Natürlich.« Was konnte sie in ihrer Lage schon anderes sagen.

»… aber ich bin auch Geschäftsmann und muss meine Interessen wahren«, schränkte er ein. »Ich möchte mich jetzt nicht lang und breit über die ausgesprochen unglücklichen Investitionen Ihres verstorbenen Gatten auslassen. Ich warnte ihn mehr als einmal davor, sich in Schulden zu stürzen und so viel Geld in das Rum-Geschäft und in die Beteiligung an der REGULUS zu stecken. Das Ende des Monopols war damals doch schon abzusehen, und ohne die enormen Gewinnspannen im Rum-Geschäft war die Beteiligung an der REGULUS zu teuer bezahlt, um anständige Gewinne abzuwerfen. Aber er wollte einfach nicht auf mich hören.«

»Dennoch haben Sie ihm das Geld dafür geliehen.« Ein bitterer Vorwurf schwang in ihren Worten mit.

Er machte eine gekränkte Miene. »Ist es meine Aufgabe gewesen, einen Captain des New South Wales Corps zu belehren? Bin denn nicht ich das größere Risiko eingegangen, indem ich Ihrem Mann mein sauer erarbeitetes Geld anvertraut habe?«

Ja, für einen unverschämt hohen Zins, der mir jetzt unaufhaltsam die Luft abschnürt, schoss es Lavinia mit ohnmächtigem Zorn durch den Kopf.

»Und ist das der Dank dafür, dass ich immer Verständnis für Ihre Schwierigkeiten gehabt habe?«, fuhr Rodney Dempsy mit enttäuschter Miene fort. »Aber wenn Sie mich für den Schuldigen an Ihrer bedauerlichen Situation halten, dann ist es wohl besser ...«

Hastig und mit mühsam verborgener Angst fiel Lavinia ihm ins Wort. »Aber natürlich sind Sie nicht der Schuldige, Mister Dempsy!«, beteuerte sie. Sie musste ihn wieder versöhnlich stimmen, denn sie konnte sich einen Rodney Dempsy, der verärgert auf sie war, einfach nicht leisten. »Bitte entschuldigen Sie, so war es wirklich nicht gemeint. Ich weiß sehr wohl, dass mein Mann eine große geschäftliche Dummheit begangen hat, die Sie nicht zu verantworten haben. Und ich weiß auch, dass ich Ihnen für Ihr außerordentliches Verständnis und Entgegenkommen beim Abtragen meiner Schulden zu großem Dank verpflichtet bin.«

»Hm, ja, bei aller Bescheidenheit, so sehe ich es auch, Missis Whittaker«, pflichtete er ihr bei, und seine Miene wurde wieder freundlicher.

»Geben Sie mir noch zwei Wochen Zeit, dann bekommen Sie Ihr Geld.«

»Meine Großzügigkeit wird mich eines Tages noch ins Armengrab bringen, aber wie soll ich einer Frau wie Ihnen eine Bitte abschlagen, auch wenn sie meinen Geschäftsprinzipien völlig widerspricht.« Er seufzte etwas theatralisch. »Also gut, zwei Wochen noch. Doch vergessen Sie nicht, dass es sich nur um den Zins handelt. Irgendwann werden wir uns ernstlich Gedanken darüber machen müssen, wie Sie das Darlehen zurückzahlen wollen, das Ihr Mann bei mir aufgenommen hat.«

Lavinia nickte. »Wenn die REGULUS zurückkommt, werde ich die Beteiligung verkaufen. Das müsste schon einen großen Teil der Schulden decken.«

»Darf ich Sie daran erinnern, dass die REGULUS bereits seit gut fünf Monaten überfällig ist und Sie mit einem Totalverlust rechnen müssen?«

Nein, Lavinia wollte nicht daran erinnert werden. Denn der Untergang des Handelsschiffes würde für sie die finanzielle Katastrophe bedeuten. »Häufig genug sind Schiffe, die man schon seit vielen Monaten verloren geglaubt hat, sicher in den Hafen eingelaufen«, antwortete sie, und an diese Hoffnung klammerte sie sich.

»Gewiss, aber das sind doch eher die Ausnahmen von der

Regel«, gab er zu bedenken. »Und die REGULUS hat ihre besten Jahre wohl vor zwei Jahrzehnten gesehen, das dürfen Sie nicht vergessen. Ich an Ihrer Stelle würde mir, bei aller verständlichen Hoffnung auf ein kleines Wunder, doch schon Gedanken darüber machen, was denn nun werden soll, wenn Sie Ihre Beteiligung als Totalverlust abschreiben müssen.«

Lavinia schwieg dazu.

Rodney Dempsy lächelte. »Gedanken, keine Sorgen, Missis Whittaker. Denn was immer auch sein wird, Sie können darauf vertrauen, dass wir gemeinsam einen Weg aus dieser unerfreulichen Situation finden. Ihr Wohlergehen liegt mir, wenn Sie mir diese Bemerkung erlauben, nicht nur geschäftlich sehr am Herzen.«

Lavinia murmelte einen Dank, während es sie heiß und kalt durchlief.

»Ich denke überhaupt oft an Sie«, wurde Rodney Dempsy noch direkter. »Eine so junge und reizvolle Frau wie Sie darf sich auf Dauer nicht in das graue Leben des Witwenstandes zurückziehen. Sie müssen dem Leben eine neue Chance geben, Missis Whittaker, und zwar eine, die Ihnen einen ehrbaren Platz in der Gesellschaft sichert, wie es Ihnen doch auch zusteht.«

Das war deutlich. Das Blut schoss ihr ins Gericht »Ich... ich danke für Ihre Besorgnis und Ihr Verständnis, Mister Dempsy«, stieß sie mit hochrotem Kopf hervor. »In spätestens zwei Wochen bekommen Sie das Geld.«

»Mir ist wichtiger, Sie denken über meine Worte nach, Missis Whittaker«, sagte er zum Abschied und führte ihre Hand an seine Lippen.

Lavinia eilte mit gesenktem Kopf nach Hause. Die Freude am Frühstück war ihr vergällt. Ihr Mann hatte eine Vielzahl von Fehlern begangen. Sich als Alkoholiker mit zittrigen Händen auf das Duell mit ihrem Liebhaber einzulassen, war der größte davon gewesen. Doch die allergrößte Dummheit hatte sie begangen, als sie ihn nämlich geheiratet und gedacht hatte, von nun an ein gesichertes Leben führen zu können. Hätte sie doch nie das große Wunder der sinnlichen Leidenschaft in Kenneth' Armen entdeckt.

Manchmal verfluchte sie das verhängnisvolle Schicksal, das sie dazu gebracht hatte, sich in Kenneth zu verlieben, der Verlockung einer prickelnden Liebschaft nachzugeben und eine bis dahin nicht einmal erahnte Erfüllung zu finden, die wie ein Rausch war und von der sie einfach nicht mehr lassen konnte. Doch wenn Kenneth sie küsste und streichelte und in ihrem Körper eine verzehrende himmlische Lust erzeugte, lösten sich ihre quälenden Sorgen und Schuldgefühle wie Rauch im Wind auf.

So verhielt es sich auch an diesem Tag. Kenneth suchte sie bei Einbruch der Dunkelheit auf. Lavinia machte einen sehr bedrückten Eindruck auf ihn.

»Hast du Sorgen, mein Schatz? Gibt es etwas, was ich für dich tun kann?«

»Halt mich nur fest und liebe mich«, flüsterte Lavinia und schmiegte sich in seine Arme. Sicher, sie hätte ihn um Geld bitten können. Doch wenn sie das tat, würde sie sich wie eine Mätresse fühlen, ausgehalten und abhängig von der Gunst ihres Liebhabers, und damit würde sich ihre Liebe verändern, bei ihnen beiden, das wusste sie, und das durfte nie passieren.

»Es gibt nichts, was ich lieber täte«, flüsterte er, streifte den dünnen Morgenmantel von ihren Schultern und liebkoste ihre Brüste durch den hauchzarten Stoff ihres Nachtgewandes hindurch.

Sie sanken auf das Bett und gaben sich ihrer Liebe hin, die wie ein unersättlicher Hunger war. Sie konnten nicht genug voneinander bekommen, von diesem Rausch der Lust, der alles andere unwichtig machte.

Tags darauf ritt Kenneth nach MIRRA BOOKA, und bei Lavinia wich der nächtliche Sinnestaumel der Ernüchterung. Sie rang den ganzen Morgen mit sich, dann trug sie die vergoldete Kaminuhr und einen Teil ihres Silberbestecks zum Pfandleiher. Das Geld reichte gerade, um Rodney Dempsy zu bezahlen. Diesmal noch. Doch was sollte sie bloß tun, wenn die REGULUS für immer verschollen blieb? Was dann?

11

In den ersten Tagen fühlte sich Jessica von einer Woge der Glückseligkeit getragen. Sie konnte morgens nicht früh genug aus dem Bett kommen, weil es so viel gab, was sie wiedersehen und tun wollte. Nicht einmal die drückende Hitze vermochte ihrer Begeisterung und Unternehmungslust etwas anzuhaben. Eine unbändige Freude, die man auch einen unersättlichen Hunger nennen konnte, trieb sie an. Ihr war, als entdeckte sie die Welt von SEVEN HILLS, so vertraut sie ihr auch war, noch einmal neu. Ihr ging es wie mit einem altbekannten Bild, auf dem man bei näherem Betrachten plötzlich ganz neue, aufregende Details ausmacht.

Ähnlich verhielt es sich auch mit ihren Kindern, für die sie sich sehr viel Zeit nahm. Sie sah Edwards und Victorias Stärken und Schwächen mit ganz anderen Augen. Zum ersten Mal wurde ihr bewusst, wie stolz sie auf ihre Tochter sein konnte, auch wenn sie nicht ihren Wunschvorstellungen von einer Farmerstochter gerecht wurde. Ihr Gefühl für Farben und ihr Auge, das die stillen und scheinbar ganz unspektakulären Seiten der Natur sah, die von den meisten nicht einmal im Ansatz wahrgenommen wurden, waren eine große Begabung.

»Ihre Tochter wird sich wohl niemals auf dem Rücken eines Pferdes wohlfühlen«, sagte Adelaide Rosebrook, die Victorias außergewöhnliche Begabung sofort erkannt und intensiv gefördert hatte. »Und sie wird auch niemals die erdgebundene Begeisterung ihres Bruders beim Viehtrieb oder bei der Schafschur teilen. Aber Victoria wird eines Tages all das mit ihrem unbestechlichen Auge und mit der ihr ganz eigenen Liebe zu diesem Land in Öl und Aquarell festhalten. Ihre Tochter wird mit dem Pinsel diesem Land huldigen. Und wenn sie sich weiter so entwickelt, wird ihr Ruf als Malerin eines Tages weit über ...«

»Warten wir es ab und lassen wir uns überraschen«, fiel Jessica der schwergewichtigen, aber geistig wie körperlich bewundernswert behänden Hauslehrerin fröhlich ins Wort. Sie fasste in diesem Augenblick den festen Vorsatz, die Andersartigkeit und künstlerische Veranlagung ihrer Tochter nicht länger zu bekämpfen, sondern sie so wie Missis Rosebrook als Geschenk zu betrachten.

Bei Victoria hatte Jessica das Gefühl, als hätte es diese lange Reise nach England nicht gegeben. Die Vertrautheit und liebevolle Anhänglichkeit war vom ersten Moment, da sie sie in ihre Arme geschlossen hatte, wieder gegeben. Es war eine vorbehaltlose Liebe, die Victoria ihr entgegenbrachte, ohne Zögern oder gar unterschwellige Vorwürfe.

Da war es mit Edward schwieriger. Nach der ersten Freude

über ihre Rückkehr und die vielen Geschenke, mit denen sie ihre Kinder überhäuft hatte, versuchte er, sich ihrer mütterlichen Liebe zu entziehen, und zeigte sich häufig reserviert. Und im Gegensatz zu Victoria, von der sie nicht einmal einen Vorwurf wegen ihrer langen Abwesenheit hörte, kamen Edward mehr als einmal diesbezügliche Bemerkungen über die Lippen. Manchmal fielen sie herablassend freundlich aus wie »Na ja, das kannst du ja auch nicht wissen, wo du doch so lange weg gewesen bist«, manchmal aber hatten sie auch einen sehr spitzen, zurückweisenden Unterton wie »Das habe ich in den Jahren, die du uns hier allein gelassen hast, aber immer so gemacht!«.

Es dauerte eine Weile, bis Jessica begriff, dass Edward ihr eigentlich gar nicht wegen der vergangenen anderthalb Jahre grollte. Er liebte sie nicht weniger als vor ihrer Abreise. Doch ihre Rückkehr veränderte seinen Status. Natürlich hatte Ian McIntosh während ihrer Abwesenheit als Verwalter alle Entscheidungen getroffen. Aber als ältester und zudem noch einziger männlicher Brading auf SEVEN HILLS hatte Edward in dieser Zeit doch mehr Macht und Ansehen genossen, als es einem Jungen wie ihm normalerweise zukam. Nun musste er hinter seiner Mutter und dem Iren wieder ins dritte Glied zurücktreten, und das kam ihn hart an.

Als Jessica dieses Problem erkannt hatte, wobei ihr ihre Freundin Lydia von NEW HOPE eine große Hilfe war, stellte sie sich darauf ein. Sie zeigte ihm, wie stolz sie auf ihn war, dass er sie während ihrer Reise nach England so tapfer und vorbildlich vertreten hatte.

»Ich wusste, dass ich mich blind auf dich verlassen konnte, Edward. Ian sagt auch, dass du ihm eine große Stütze gewesen bist. Du bist eben ein echter Brading«, lobte sie ihn mehr als einmal, und da er ein exzellenter Reiter war, unternahm sie mit ihm jeden Morgen weite Ausritte, die sie als Inspektionen ausgab. In Wirklichkeit ging es ihr jedoch nicht in erster Linie darum, den Zustand von Zäunen, Windrädern, Wasserstellen, Feldschuppen und Außenweiden zu inspizieren, sondern um das Unterwegssein auf dem eigenen Besitz. Sie hatte einfach das Verlangen, stundenlang über ihr Land zu reiten, ihr Auge schweifen zu lassen und die vertraute und so lange schmerzlich vermisste Landschaft in sich aufzunehmen. Der Anblick ihrer Schafherden, dieses wogende Meer blökend wolliger Leiber, war ihr jeden Tag aufs Neue ein beglückendes Erlebnis. Bei ihren ersten Ausritten war sie so überwältigt, dass sie vom Pferd sprang, sich ein Jungschaf griff und ihr Gesicht in die warme Wolle des Tieres presste. Hinterher waren ihre Hände ganz weich und glatt vom Lanolin, dem Wollfett der Schafe.

Edward war stolz, dass ihn seine Mutter mitnahm und er ihr zeigen konnte, wo sie einen neuen Zaun und neue Bewässerungsgräben gezogen und wo er seinen ersten Dingo erlegt hatte, als Ian ihn einmal nachts mit auf Patrouille genommen hatte. Seine Abwehrhaltung bröckelte langsam ab, und nach einer Woche wagte er, auch wieder Gefühl zu zeigen.

Die ersten zehn Tage waren wie ein Rausch. Jessica glaubte regelrecht aufzublühen. Zum ersten Mal war ihr Leben frei von Ängsten, und sie genoss es mit vollen Zügen. Nur dass Ian wenig Zeit für sie hatte, empfand sie als einen Wermutstropfen.

Ian legte ein rastloses Verhalten an den Tag, das er mit der fortdauernden Trockenheit und der daraus resultierenden Gefahr der Buschbrände begründete. Jeden Tag war er draußen im Busch, dessen Unterholz längst so pulvertrocken war, dass es immer wieder zu Selbstentzündungen kam. Er hatte drei

Trupps zu jeweils drei Mann zusammengestellt, die ständig als Buschbrandpatrouillen unterwegs waren.

»Wir haben in den letzten vier Monaten schon zwei Dutzend Buschbrände löschen können, bevor sie sich so auszuweiten vermochten, dass sie eine Gefahr für SEVEN HILLS darstellten«, teilte er ihr mit. »Aber das bedingt ständige Patrouillen und das immer neue Anlegen von Feuerschneisen.«

Jessica begleitete ihn mehrmals auf seinen Kontrollritten. Früher waren sie häufig allein ausgeritten. Doch jetzt befanden sich stets zwei, drei andere Männer in ihrer Gesellschaft. Damit war jene Art sehr offenherzig vertrauter Gespräche, die sie sonst immer bei diesen gemeinsamen Ausflügen geführt hatten, nicht möglich, und das bedauerte Jessica sehr.

»Ich kriege ihn kaum noch zu Gesicht«, klagte Jessica ihrer treuen Freundin Lydia ihr Leid, als sie wieder einmal NEW HOPE besuchte, das auf der anderen Seite des Hawkesbury einige Meilen weiter flussaufwärts lag. »Wie gehetzt jagt er von einer Arbeit zur andern. Und abends kommt er so spät nach Hause, dass er seit meiner Rückkehr nur zweimal mit uns zu Abend gegessen hat. Er findet kaum noch Zeit genug, um mit mir die wichtigsten Dinge zu besprechen.«

»Du willst sagen, er geht dir aus dem Weg«, stellte Lydia fest.

Jessica nickte bekümmert. »Ja, diesen Eindruck bekomme ich langsam. Ich glaube, er hat mir immer noch nicht verziehen, dass ich SEVEN HILLS so lange verlassen habe und nach England gesegelt bin.«

Lydia machte eine skeptische Miene. »Aber Ian ist doch kein so nachtragender Mensch. Außerdem bedeutest du ihm sehr viel.«

Jessica lachte trocken auf. »Davon spüre ich im Augenblick aber nichts. Er vermeidet meine Gesellschaft, wo er nur kann.«

»Männer«, sagte Lydia mit einem Seufzen. »Meist sind sie ja wie ein offenes Buch, aber manchmal wird man einfach nicht schlau aus ihnen.«

Jessica wurde wahrhaftig nicht schlau aus Ians Verhalten. Es schmerzte sie, dass er so wenig Zeit für sie hatte und sich eigentlich immer auf dem Sprung befand. Die Zeiten, da sie in unerträglich heißen Sommernächten gemeinsam auf der flussseitigen Terrasse gesessen und über alles Mögliche geredet hatten, gehörten der Vergangenheit an.

Dass Arthur Talbot ihr schon zweieinhalb Wochen nach ihrer Ankunft einen Besuch auf SEVEN HILLS abstattete, und das bei der ungebrochenen Hitze, überraschte Jessica überhaupt nicht. Arthur brannte darauf, den Bau des Farmhauses nun endlich in Angriff zu nehmen. Zeit genug, um Vorschläge auszuarbeiten, hatte er ja gehabt.

Jessica freute sich, den Architekten für einige Tage bei sich zu Besuch zu haben. Auch sie konnte es nicht erwarten, SEVEN HILLS endlich mit dem Bau eines stattlichen Wohnhauses zu krönen.

Über die nötigen finanziellen Mittel verfügte sie inzwischen. Zudem bot ihr Arthur Talbots Gegenwart die Möglichkeit, Ian in ihre Pläne mit einzubeziehen und öfter mit ihm in geselliger abendlicher Runde zusammen zu sein. Zumindest erhoffte sie sich das.

Ian nahm an dem ersten Abendessen zu Ehren von Arthur Talbot auch teil, doch er zeigte sich an diesem Abend nicht gerade von seiner gesprächigen Seite. Sein Interesse an den verschiedenen Bauplänen, die es zu begutachten und über die es zu reden galt, war von eher höflicher Natur.

»Recht ansprechend? Mein Gott, was sind denn das für Reaktionen, Ian?«, beklagte sich Jessica, als Ian zu allen Entwürfen mehr oder weniger indifferente Urteile abgab. »Seit wann halten Sie mit Ihrer Meinung hinter dem Berg zurück?«

»*Sie* werden mit Ihren Kindern in dem Haus wohnen, Jessica. Deshalb sind meine Ansichten doch völlig ohne Belang«, gab er zur Antwort. »Jeder richtet sich sein Leben nach seinen Wünschen ein. Ich denke, das trifft auch auf den Bau Ihres Farmhauses zu. Und wie ich Mister Talbot kenne, wird er Ihre Erwartungen nicht enttäuschen.«

Jessica fühlte sich betroffen über die kühle Zurückweisung. »Das ist nicht die Antwort, die ich mir von Ihnen gewünscht habe.«

»Das mag sein«, erwiderte er mit ausdrucksloser Miene, leerte sein Glas und entschuldigte sich, dass er leider nicht länger bleiben könne.

»Ich habe Mister McIntosh schon mal umgänglicher und bedeutend enthusiastischer erlebt«, sagte Arthur Talbot verwundert und ein wenig gekränkt, als Ian gegangen war. »Dabei war ich felsenfest davon überzeugt, dass er von dem Entwurf mit der umlaufenden Veranda und dem weit vorgezogenen Dach begeistert sein würde.«

»Sie sind nicht der Einzige, dem Ian zurzeit Rätsel aufgibt«, erwiderte Jessica und zwang sich dann, erneut den Plänen und Kostenberechnungen ihre ungeteilte Aufmerksamkeit zu schenken.

Am nächsten Morgen passte sie Ian im Stall ab, als er sein Lieblingspferd Hector sattelte. »Sind Sie wieder in Eile?«

Er zuckte mit den Schultern. »Sie sollten doch wissen, dass diese Jahreszeit die schlimmste ist und einem alles abverlangt. Nur einmal nicht aufgepasst, und wir haben einen Buschbrand, der nur noch unter großen Opfern unter Kontrolle zu bringen ist. Erinnern Sie sich nur an die fast zwölfhundert Schafe, die damals ...«

Jessica machte eine ungehaltene Handbewegung. »Das ist es doch nicht, und das wissen Sie genau. Sie ... Sie sind so anders geworden, Ian.«

Er zog die Augenbrauen hoch. »Heißt das, dass Sie mit meiner Arbeit nicht mehr zufrieden sind?«

Jessica zügelte ihren aufflammenden Zorn über seine unsinnige Frage. »Natürlich nicht. Aber genau das ist es, Ian: Sie lenken immer ab und gehen mir ständig aus dem Weg, als hätte ich die Krätze.«

Für einen winzigen Moment trat ein merkwürdiger Ausdruck in seine Augen, den sie jedoch nicht zu deuten vermochte. Es konnte Schmerz wie auch Wut sein. Aber schon in der nächsten Sekunde hatte er wieder diese sachlich-reservierte Miene aufgesetzt.

»Die würde ich nicht fürchten, Jessica«, sagte er und gab damit zu verstehen, dass er etwas ganz anderes fürchtete.

Jessica schüttelte den Kopf. »Ich begreife einfach nicht, was mit Ihnen ist, Ian.«

Er sah sie nur stumm an, und sein Schweigen hatte etwas Herausforderndes, Verletzendes an sich.

»Was ist bloß aus dem Ian McIntosh geworden, den ich einmal kannte und der mir nicht nur ein bewundernswerter Verwalter war, sondern auch ein warmherziger Freund, auf den ich immer bauen konnte?«, fragte sie mit leiser, schmerzlicher Stimme.

In seinem Gesicht zuckte ein Muskel. »Ein Acker, der brach liegt, bringt kein Früchte.«

»Warum, Ian?«, fragte sie eindringlich und packte seinen Arm. »Warum gehen Sie mir aus dem Weg?«

Sanft schob er ihre Hand weg. »Vielleicht weil ich anderthalb Jahre Zeit hatte, mich daran zu gewöhnen, dass Sie nicht da sind«, antwortete er mit rauer Stimme.

»Ian …«

»Entschuldigen Sie, aber ich muss jetzt wirklich los«, ließ er sie nicht ausreden, führte sein Pferd schnell an ihr vorbei auf den Hof und schwang sich in den Sattel.

Die Hände zu Fäusten geballt, schaute sie ihm nach, wie er davongaloppierte. Dann kehrte sie ins Haus zurück, um mit Arthur Talbot das Frühstück einzunehmen. Sie brachte kaum einen Bissen hinunter.

12

Am letzten Tag von Arthur Talbots Aufenthalt traf Andrew Farlow auf SEVEN HILLS ein. Er war ein freier Siedler, verwitwet und mit zwei halbwüchsigen Töchtern, der sich vor gut vier Jahren auf der anderen Seite des Hawkesbury niedergelassen hatte. Seine Farm REGULUS lag ein gutes Stück nordwestlich von Richmond Hill, quasi im Vorgebirge der Blue Mountains und somit zwei Tagesritte von SEVEN HILLS entfernt.

Farlow war ein attraktiver, mittelgroßer Mann von kräftiger Statur mit dichtem schwarzen Haar. Er führte ein Packpferd sowie eine junge Rotfuchsstute hinter sich her, als er kurz nach Sonnenaufgang den Hang hinaufgeritten kam.

Jessica stand mit Arthur Talbot vor dem Verwalterhaus, das seit dem großen Feuer ihr, ihren Kindern und ihrer Zofe als recht beengtes Wohnhaus diente. Ian hatte darauf bestanden, es für sie zu räumen und in eine der einfachen Arbeiterhütten umzuziehen. Ihre Augen wurden vor freudiger Überraschung groß, als sie sah, wer da kam.

»Mister Farlow!«, rief sie freudestrahlend und sagte zu Talbot gewandt: »Ihm gehört REGULUS, zwei Tagesritte nordwestlich von hier. Er hat mir vor Jahren eine große Schafherde abgekauft, als ich in finanziellen Nöten steckte. Ich musste verkaufen. Aber er hat die Situation nicht ausgenutzt, sondern mir einen fairen Preis gezahlt.«

»Ich freue mich immer, einen Gentleman kennenzulernen«, sagte Talbot und musterte den näher kommenden Reiter mit einem interessierten Lächeln. Vielleicht kam dieser Mister Farlow ja eines Tages als Kunde in Betracht.

»Einen schönen guten Morgen, Missis Brading!«, rief Farlow und sprang mit einer geschmeidigen Bewegung aus dem Sattel. »Wie schön, Sie endlich wieder auf SEVEN HILLS zu wissen. Jetzt ist die Welt am Hawkesbury wieder in Ordnung.«

Farlow, der noch nicht vierzig sein konnte, musste die Nacht durchgeritten sein. Doch seine kastanienbraunen Tuchhosen und sein sandfarbenes Hemd waren weder staubbedeckt, noch wiesen sie Schwitzflecken auf. Sein sympathisches Gesicht war frisch rasiert, und seine Stiefel glänzten, als wäre er nur vom Fluss zum Hof geritten. Dabei hatte er ganz sicherlich einen langen und anstrengenden Ritt hinter sich. Doch dass er sich an diesem Morgen erst noch gewaschen, rasiert und frische Kleidung angezogen hatte, bevor er mit der LADY JANE, dem plumpem Fährkahn von SEVEN HILLS, über den Hawkesbury gesetzt hatte, war ganz offensichtlich. Sein nasses Haar glänzte im Sonnenlicht.

»Mister Farlow, wie reizend, Sie nach so langer Zeit wiederzusehen«, begrüßte Jessica ihn und tauschte einen herzlichen

Händedruck mit ihm. Sie machte Talbot und Farlow miteinander bekannt und sagte dann in der Annahme, dass Farlow sich auf der Durchreise von oder nach Parramatta befand: »Ich freue mich sehr, dass Sie trotz dieser schrecklichen Hitze den Umweg auf sich genommen haben, um SEVEN HILLS einen Besuch abzustatten.«

»Von einem Umweg kann überhaupt keine Rede sein, Missis Brading«, erwiderte Farlow und lachte sie an. »Ich bin auf direktem Weg zu Ihnen geritten, und derselbe Weg wird mich morgen auch wieder nach REGULUS zurückführen.«

»Ja, aber das ist ja …«, setzte Jessica geschmeichelt und zugleich verlegen zu einer Entgegnung an.

» …für mich eine Selbstverständlichkeit, dass ich Sie nach so langer Abwesenheit umgehend aufsuche und Sie zu Ihrer Rückkehr beglückwünsche. Sie haben uns nämlich sehr gefehlt«, versicherte er galant. »Ich habe leider erst vorgestern erfahren, dass Sie wieder zurück sind. Und da habe ich mich sofort auf den Weg gemacht. Ich bin mit Sicherheit nicht der Einzige, der sich in den vielen Monaten, die Sie fort waren, Sorgen um Ihr Wohlbefinden gemacht hat. Es erfüllt mich mit großer Erleichterung, jetzt zu sehen, dass Sie nicht nur wohlbehalten zu uns zurückgekehrt sind, sondern dass diese lange und anstrengende Reise Ihrer betörenden Erscheinung und Ihrer Anmut nicht das Geringste anhaben konnte.«

»In der Tat«, bestätigte Talbot mit einem belustigten Lächeln auf den Lippen.

Jessica errötete. »Ich bitte Sie, Mister Farlow! Wie soll der Tag denn enden, wenn Sie ihn mit solch überladenen Komplimenten beginnen?«, versuchte sie die Sache ins Scherzhafte zu ziehen.

»Seien Sie da ohne Sorge. Ihre Gegenwart macht mich ungeheuer kreativ«, gab er mit fröhlichem Selbstbewusstsein zur Antwort. »Aber jetzt verraten Sie mir doch erst einmal, wie Ihnen diese zweijährige Fuchsstute gefällt.«

»Ein prächtiges Tier«, sagte Jessica ohne Zögern, denn die kraftstrotzende Stute mit den vollendeten Linien und dem herrlich schimmernden Fell war ihr sofort ins Auge gefallen. Stolz hielt sie Kopf und Schweif in die Höhe.

»Ich habe ihr den Namen Princess gegeben, weil sie alles hat, was eine solche ausmacht. Sie gehört Ihnen. Ich hoffe, Sie haben viel Freude mit ihr.«

Jessica sah ihn ungläubig an. »Aber Sie können mir doch nicht so ein kostbares Pferd schenken!«, protestierte sie.

»Und warum nicht?«, fragte Farlow mit heiterer Gelassenheit. »Ich habe nicht nur viel Glück mit Ihrer Schafherde gehabt, sondern auch mit meiner Pferdezucht. Und ich dachte, Princess könnte Sie über den Verlust Ihres geliebten Adrian hinwegtrösten.«

Jessicas Miene nahm kurz einen traurigen Ausdruck an. Die Nachricht vom Tod ihres treuen vierbeinigen Gefährten Adrian, der nur wenige Monate nach ihrer Abreise an einem Schlangenbiss gestorben war, hatte sie noch in England erreicht und sehr traurig gestimmt. Und bisher hatte sie sich noch nicht entscheiden können, welches von ihren Pferden sie zu ihrem neuen Liebling erküren sollte.

Sie zögerte, denn Princess stellte für eine Pferdenärrin, wie sie eine war, eine große Verlockung dar. Schon jetzt flog ihr Herz dieser herrlichen Fuchsstute zu.

»Bitte, tun Sie mir den Gefallen und nehmen Sie mein Geschenk an. Sie würden mir damit eine große Freude bereiten«, bat Farlow sie eindringlich.

»Ich ... ich werde darüber nachdenken«, sagte Jessica.

Ian hatte gerade mit einer der Patrouillen in Richtung Auborn-Farm aufbrechen wollen, als Farlow eingetroffen war. Nun kam er zu ihnen herüber, zu Pferd.

»Mister Farlow, welch eine Überraschung«, begrüßte er den Farmer und reichte ihm die Hand, ohne vom Pferd zu steigen. »Wann haben wir uns das letzte Mal gesehen? Ich glaube, das war in Parramatta vor gut einem Jahr, als wir uns am Hafen zufällig über den Weg gelaufen sind.«

»Ja, gut möglich.«

»Und welch wichtiger Anlass treibt Sie nach so langer Zeit mal wieder zu uns nach Seven Hills?«, fragte Ian mit einem unverhohlen sarkastischen Unterton. »Sind Sie in Schwierigkeiten? Können wir irgendwie helfen?«

Farlow bewahrte seinen fröhlichen Gesichtsausdruck. »Nein, auf Regulus steht alles zum Besten, Mister McIntosh. Ich bin hier, weil ich mir das Vergnügen nicht nehmen wollte, Missis Brading wiederzusehen und sie zu ihrer glücklichen Heimkehr zu beglückwünschen.«

Ian bedachte ihn mit einem grimmigen Blick. »Wie reizend von Ihnen. Missis Brading weiß Ihre Aufmerksamkeiten zweifellos zu schätzen. Unsere anderen Nachbarn lassen mit ihren Besuchen noch auf sich warten, was man ihnen natürlich nicht übel nehmen darf, denn die Sicherheit der eigenen Farm in dieser brandgefährlichen Zeit geht natürlich vor Höflichkeitsbesuchen und leichtem Geplauder beim Tee«, sagte er mit fast schon verletzender Spitze. »Und jetzt entschuldigen Sie mich bitte. Regulus mag wohl eine Ausnahme sein, aber auf allen anderen Farmen wird zurzeit jede Hand zur Versorgung der Herden und Bekämpfung aufflammender Buschbrände benötigt, so auch auf Seven Hills … Jessica … Gentlemen!« Er tippte kurz gegen die Krempe seines Filzhutes, zog dann sein Pferd herum und galoppierte seinen Männern nach, die den Hof schon verlassen hatten.

Jessicas Gesicht brannte wie von Feuer überzogen. Sie wusste nicht, wie sie Ians Äußerungen, die sich an der Grenze zur Beleidigung bewegten, und diese stillschweigende Unterstellung aus der Welt schaffen sollte.

Talbot räusperte sich umständlich und griff zum Taschentuch, um sich zu schnäuzen, was ihn erst einmal eines Kommentars enthob.

Farlow fasste sich als Erster – und er lachte. »Ich kenne Mister McIntosh ja gar nicht wieder! Dass er sich Sorgen um meine Farm macht, die für die paar Tage übrigens in besten Händen ist, glaube ich nicht. Das klang vielmehr so, als ob ich mich wie ein Wilderer in ein verbotenes Revier gewagt hätte«, sagte er und zwinkerte Jessica zu.

»Ja, den Eindruck hatte ich auch«, murmelte Talbot und begab sich zum Platz des alten Farmhauses, um noch einige Ausmessungen vorzunehmen. Denn er hatte mit Jessica vereinbart, dass die Bauarbeiten unverzüglich beginnen sollten.

»Ich weiß nicht, was ich zu Ians Verhalten sagen soll, Mister Farlow. Es tut mir leid, dass er sich Ihnen gegenüber so unleidlich benommen hat«, entschuldigte sich Jessica. »Aber er kommt auch mir sehr verändert und unzugänglich vor, seit ich zurück bin. Ich weiß mir für sein reserviertes und häufig sarkastisches Verhalten keine Erklärung. Vielleicht hängt es mit dieser entsetzlichen Dürre, die einfach kein Ende nehmen will, und der Angst vor einem verheerenden Buschbrand zusammen. Ian hat sich während der letzten Wochen kaum eine ruhige Stunde gegönnt, und irgendwann zeigt das auch bei der stärksten Natur Wirkung.«

Farlow warf ihr einen merkwürdigen Blick zu. »Sie brauchen sich nicht für ihn zu entschuldigen, Missis Brading. Ich weiß schon, wie ich sein Benehmen zu werten habe. Aber ein Gutes hat die Sache auf jeden Fall.«

»Und das wäre?«

»Jetzt können Sie mein Geschenk unmöglich ablehnen, denn nachdem Mister McIntosh mir die kalte Schulter gezeigt hat, wäre das einfach zu viel der Zurückweisung«, sagte er vergnügt.

Jessica tätschelte den Hals von Princess, die ihre samtweiche Schnauze sofort an ihre Schulter legte, als wollte auch sie ihr gut zureden, sie doch zu behalten. »Es ist einfach ein zu kostbares Geschenk«, seufzte sie.

»Dann passt es doch ganz wunderbar zu Ihnen, Missis Brading«, erwiderte er mit einschmeichelnder, beinahe schon zärtlich werbender Stimme.

Jessica wechselte abrupt das Thema, denn sie hatte Angst, in immer gefährlichere Fahrwasser zu kommen, wenn sie noch länger mit ihm allein blieb. »Lassen Sie uns später noch einmal darüber reden, Mister Farlow. Ich möchte Ihnen jetzt die Pläne von meinem neuen Farmhaus zeigen, wenn Sie das interessiert.«

»Aber natürlich!«

»Dann kommen Sie«, forderte Jessica ihn auf und ging mit ihm zu Talbot hinüber, dem sie keine größere Freude hätte machen können. Mit Begeisterung rollte er die Pläne im Schatten der alten Steinfundamente aus und erklärte Farlow, welch ein herrschaftliches Farmhaus bald an diesem Ort entstehen würde. »Ein solides Gebäude aus bestem Sandstein, den ich aus Newcastle kommen lassen werde. Und das Dach, auch das der umlaufenden Veranda, wird nicht mit Holzschindeln eingedeckt, sondern mit Dachpfannen aus Backstein. Sandsteinmauern und Dachpfannen werden nicht nur für angenehme Kühle im Sommer sorgen, sondern auch einen wirksamen Schutz vor Feuer darstellen.«

Farlow war gebührend beeindruckt.

»Erzählen Sie ihm von den beiden Zisternen und den Wasserspeichern im Haus«, forderte Jessica ihn auf, von Talbots Begeisterung für das ehrgeizige Projekt angesteckt.

Talbot kam der Aufforderung gern nach, und Farlow erwies sich als aufmerksamer und interessierter Zuhörer. Jessica blieb jedoch nicht verborgen, dass er seinen Blick immer wieder auf sie richtete, wenn er glaubte, sie merkte es nicht. Auf eine Art gefiel es ihr, doch es verunsicherte sie auch. Jessica war deshalb froh, dass der Zufall auch Talbot zum Zeitpunkt von Farlows Besuch nach SEVEN HILLS geführt hatte. Die Gegenwart des Architekten, der selbst ein unterhaltsamer Plauderer und nie um einen interessanten Gesprächsbeitrag verlegen war, sorgte dafür, dass Farlow seiner unmissverständlichen Bewunderung für sie die Zügel anlegte, wie es die Schicklichkeit von einem Gentleman in der Öffentlichkeit verlangte.

Der Tag und der Abend, den Jessica in Gesellschaft dieser beiden Männer verbrachte, verliefen in einer Atmosphäre angeregter Unterhaltung und harmonischer Freundschaft.

Dann und wann stellte sich bei Jessica aber auch ein aufregend prickelndes Gefühl ein, wenn Farlow ihr ein Kompliment machte oder sie mit einem jener Blicke bedachte, die ihr unter die Haut gingen und in ihr Bilder von Momenten leidenschaftlicher Umarmungen hervorriefen. Talbot und Farlow ließen sie ihren Groll und Kummer vergessen, den Ian mit seinem unverständlich abweisenden Verhalten in ihr erzeugt hatte.

Ian kam erst nach Mitternacht zurück. Jessica lag bereits

im Bett, doch sie hörte seine Stimme, als er mit einem der Stallknechte sprach. Und am nächsten Morgen war er schon wieder fort, als Talbot und Farlow SEVEN HILLS verließen.

Der Architekt reiste in seinem eleganten Einspänner ab, der über eine Überdachung verfügte, an den Seiten und nach vorn hin jedoch offen war. In spätestens zehn Tagen wollte er mit seinem Bautrupp zurück sein und mit dem Aushub des Kellers und der Zisternen beginnen.

Andrew Farlow zögerte seinen Aufbruch noch etwas hinaus, damit er noch einige Minuten mit Jessica allein sein konnte. »Ich freue mich, dass Sie sich entschlossen haben, Princess anzunehmen. Der Gedanke, dass Sie auf einem Pferd aus meiner Zucht über Ihre Ländereien reiten, wird mir die Zeit bis zu unserem nächsten Wiedersehen erträglicher machen.«

»Sie werden sicherlich Wichtigeres zu bedenken haben als das«, wehrte sie ab.

Er ging nicht darauf ein. »Werden Sie mir einmal die Freude machen, mich auf REGULUS zu besuchen?«

»Das tue ich bestimmt«, versprach sie, denn ihr Gegenbesuch war eigentlich schon vor ihrer Abreise fällig gewesen. Zudem war sie auch wirklich neugierig, sich Andrew Farlows Farm, von der man sich nur Gutes erzählte, einmal mit eigenen Augen anzusehen. »Doch das wird wohl warten müssen, bis es nicht mehr so heiß und die Buschfeuergefahr gebannt ist. Aber dann komme ich gern.«

Er lächelte sie an. »Ihr Besuch würde mir viel bedeuten, Missis Brading. Ich glaube, das brauche ich nicht noch zu betonen.«

»Nein«, sagte sie, denn sie verstand sehr wohl, dass sein Interesse an ihr über das einer rein freundschaftlich-nachbarschaftlichen Beziehung hinausging. Nur war sie sich noch nicht im Klaren darüber, ob sich das auch mit ihren Wünschen deckte.

Er nahm ihre Hand, hielt sie mit sanftem Druck und schaute ihr in die Augen. »Lassen Sie nicht zu viel Zeit verstreichen, Missis Brading«, bat er und verabschiedete sich dann von ihr.

Jessica schaute ihm von der Kuppe des Hügels nach, wie er zur Anlegestelle hinunterritt und sich mit dem Fährkahn über den Fluss setzen ließ, und er beschäftigte ihre Gedanken noch, als er schon längst viele Meilen jenseits von SEVEN HILLS auf der anderen Seite vom Hawkesbury durch das verbrannte Buschland Richtung Richmond Hill ritt.

An diesem Abend stellte sie Ian zur Rede. Damit er ihr nicht wieder ausweichen konnte, schickte sie Anne zu ihm und ließ ihm ausrichten, dass sie ihn umgehend erwarte. Als er endlich erschien, kam sie ohne Umschweife zur Sache. »Ich habe den unangenehmen Eindruck, dass Ihnen einiges quer im Magen liegt, Ian.«

Er verschränkte die Arme vor der Brust. Seine ganze Haltung verriet Abwehr. »Was Sie nicht sagen.«

»Und was immer es ist, es vergiftet die Atmosphäre!«, fuhr sie ärgerlich fort. »Allein schon die Sache gestern Morgen mit Mister Farlow. Ein weniger umgänglicher Mann als er hätte auf Ihre beleidigenden Äußerungen nicht so gelassen reagiert. Ist das neuerdings Ihr Verständnis von Gastfreundschaft? Ihr Verhalten hat mich bestürzt, und ich habe mich für Sie geschämt, Ian. Würden Sie mir erklären, warum Sie das getan haben?«

»Ein wenig Sarkasmus wird Mister Farlow wohl noch vertragen können«, erwiderte er bissig.

»Mit Sarkasmus hat Ihr Verhalten wenig zu tun. Sie sind verletzend geworden, was ich von Ihnen überhaupt nicht gewöhnt bin. Und das ist es, was ich einfach nicht verstehe. Seit ich zurück bin, halten Sie sich von mir fern, und wenn wir einmal miteinander sprechen, sind Sie kurz angebunden, ja regelrecht abweisend, so als hätten Sie mir etwas vorzuwerfen. Aber wenn dem so ist, dann sagen Sie doch endlich, was ich Ihnen getan habe. Oder fehlt Ihnen dazu der Mut?«

In seinem Gesicht arbeitete es. Es schien ihm große Mühe zu bereiten, zumindest äußerlich die Ruhe zu bewahren.

»Nennen Sie mich jetzt auch noch einen Feigling?«

»Um Gottes willen, nein!« Jessica sah in fast flehentlich an.

»Ich will wissen, was mit Ihnen ist, Ian! Begreifen Sie das denn nicht?«

»Nein, einiges begreife ich wahrhaftig nicht, Jessica!«, brach es plötzlich aus ihm heraus. »So werde ich nie begreifen, wie Sie es über Ihr Herz bringen konnten, SEVEN HILLS und all die Menschen leichtfertig zu verlassen, die Sie lieben und immer zu Ihnen aufgeschaut haben, und sie fast zwei Jahre lang größter Sorge auszusetzen, nur um wegen einer billigen Rache nach England zu segeln.«

»Ian, das ist nicht wahr! Es war nicht allein mein Wunsch nach Rache, der mich ...«

»Was dann?«, fiel er ihr erregt ins Wort, und die bittere Enttäuschung trübte seine Augen. »Was hat Sie dann veranlasst, SEVEN HILLS und damit uns im Stich zu lassen? Was war Ihnen denn so wichtig, dass Sie dafür alles aufs Spiel setzten, was Sie sich hier aufgebaut hatten? Kommen Sie, sagen Sie es! Nur Mut!«

In Jessica krampfte sich alles zusammen. Nie hätte sie gedacht, dass ihre lange Abwesenheit ihn so enttäuscht, ja verbittert hatte. Alles in ihr drängte danach, ihm zu sagen, warum sie gar keine andere Wahl gehabt hatte, als die Kolonie zu verlassen und sich in England unter falschem Namen zu verstecken, bis ihr Bastard geboren war und neue, liebende Eltern gefunden hatte. Aber sie konnte und durfte die Wahrheit nicht aussprechen, gerade weil ihr so viel an Ian lag. Jetzt, da Kenneth nicht länger Offizier war, schon gar nicht. Die Gefahr, dass Ian ihn für sein schändliches Verbrechen zur Rechenschaft ziehen und an ihm Selbstjustiz üben würde, war einfach zu groß. Sie durfte ihr Schweigen nicht brechen, wenn sie ihn vor sich selbst schützen wollte, und das war das Mindeste, was sie ihm schuldig war.

»Ich… ich kann Ihnen nicht sagen, warum ich diese lange Reise antreten *musste*. Ich… ich darf es nicht, und ich bitte Sie inständig, nicht weiter in mich zu dringen«, brachte sie stockend hervor. »Der Wunsch, Rache zu üben, war bei meiner Entscheidung ganz und gar nicht ausschlaggebend. Es gab ganz andere, zwingendere Gründe, die mir keine andere Wahl gelassen haben.«

Er verzog das Gesicht zu einer Miene bitteren Spottes und schüttelte den Kopf. »Das klingt wirklich mysteriös, aber es überzeugt mich nicht. Was für dunkle, zwingende Gründe, über die Sie nicht sprechen können, sollten das denn gewesen sein? Wenn es wirklich etwas von solch schwerwiegender Bedeutung gegeben hätte, hätte ich davon gewusst, Jessica«, entgegnete er aufgebracht.

»Nein, nicht in diesem Fall, Ian! Sie müssen mir einfach glauben, dass…«, begann Jessica beschwörend.

»O nein, damit lasse ich mich nicht abspeisen!«, fiel er ihr schroff ins Wort. »Allein schon die Tatsache, dass Sie vorgeben, mit mir nicht darüber reden zu können, sagt alles. Bisher gab es nichts, worüber wir nicht reden konnten. Gemeinsam haben wir große Gefahren und Krisen gemeistert, und wir haben einander stets vertraut. Und jetzt soll es da plötzlich ein mysteriöses Geheimnis geben, über das Sie nicht mit mir sprechen können und dessen Macht über Sie so groß gewesen sein soll, dass Sie gegen Ihren Willen nach England reisen mussten?« Er lachte freudlos auf. »Mein Gott, für wie dumm halten Sie mich? Diese haarsträubende Geschichte nehme ich Ihnen nicht ab. Das sind doch nichts weiter als hilflose Ausflüchte!«

Jessica hatte Tränen in den Augen. »Ian, ich schwöre, dass es so und nicht anders war. Sie mögen es nicht verstehen, aber ich schwöre bei allem, was mir heilig ist, dass Sie keinen Grund haben, mir Ihr Vertrauen zu entziehen und so über mich zu urteilen!«

Der Zorn erlosch plötzlich in seinen Augen und wich einem Ausdruck psychischer Erschöpfung. »Was ist Ihnen denn noch heilig? Früher habe ich geglaubt, das zu wissen. Doch das war wohl ein Irrtum. Was ist Ihnen denn noch heilig? Ihre Kinder? Seven Hills? … Meine Gefühle für Sie? All das war Ihnen jedenfalls nicht heilig genug, um diese Reise nicht anzutreten. Tut mir leid, Jessica, aber ich kann nicht der treuherzige und blindgläubige Gefolgsmann sein, den Sie sich wünschen.«

Jessica rang um ihre Fassung. »Ian, spüren Sie denn nicht, wie weh Sie mir damit tun?«

»Sie werden lernen müssen, mit diesem Schmerz zu leben, so wie ich es schon seit Jahren tue«, erwiderte er mit erzwungener Beherrschung. »Ich bin sicher, Sie werden damit um einiges besser zurechtkommen als ich. Und nun erlauben Sie, dass ich mich zurückziehe. Ich habe einen anstrengenden Tag hinter mir.«

Jessica wusste nichts zu erwidern. Als die Tür hinter ihm zufiel, sank sie, wie von aller Kraft verlassen, in den nächsten Sessel und ließ ihren Tränen freien Lauf.

13

Die Farmer, deren Gehöfte weit draußen in der Wildnis die äußersten Grenzposten der jungen Kolonie bildeten, konnten sich zu Recht als wagemutige Siedler fühlen. Die Farmen am Hawkesbury, die mittlerweile das fruchtbare Land entlang des Flusses so dicht bevölkerten, dass der nächste Nachbar kaum weiter als fünf, sechs Stunden zu Pferd entfernt lag, gehörten für *ihr* Verständnis längst zu einem dicht besiedelten Gebiet. In der Wildnis zu leben, das bedeutete für sie, dass man einen gefährlichen Ritt von mehreren Tagen auf sich nehmen musste, um zum nächsten Nachbarn zu gelangen, und dass London für sie gedanklich nicht viel weiter entfernt lag als Sydney.

Diese Männer und Frauen waren schon ein ganz eigener Menschenschlag, genauso zäh und unerschrocken wie gottesgläubig und stolz auf die besondere Rolle, die sie als Pioniere bei der Besiedlung spielten. Von den Leistungen anderer waren sie deshalb nicht so leicht zu beeindrucken. Ein Mann wie Jeffrey Bishop, obwohl selbst kein Siedler, stand jedoch sehr hoch in ihrem Ansehen. In gewissem Sinne betrachteten sie ihn als einen von ihnen, ja stellten seine Zähigkeit und Unerschrockenheit sogar vielfach über die eigenen Leistungen.

Jeffrey Bishop war ein fahrender Händler, ein stämmiger Mann mit einem dichten kohlschwarzen Vollbart, einem fast blanken Schädel und kleinen klaren Augen, die schon so viel gesehen und dennoch nicht ihren fröhlichen Ausdruck verloren hatten. Seit Jahren konnte er sich kein anderes Zuhause mehr vorstellen als seinen klobigen Kastenwagen, der von zwei Ochsen gezogen wurde, und den Himmel über sich. Er bediente die einsamen Farmen. Es machte ihm nichts aus, dass er auf seiner Tour mit seinem schwerfälligen Fuhrwerk nicht selten eine Woche und länger brauchte, um von einer abgelegenen Heimstatt zur nächsten zu gelangen. Manchmal konnte es passieren, dass er auf einigen Gehöften nur jedes Jahr einmal auftauchte.

Als Jeffrey Bishop auf Burringi eintraf, der Farm von Sarah und Mitchell Hamilton, die weit im Süden der Kolonie in den Eden Plains am Wolondilly River gesiedelt hatten, da lag sein letzter Besuch mehr als zehn Monate zurück.

Er erkannte die Farm kaum wieder, so viel hatte sich in diesen Monaten hier verändert. Die primitive Lehmhütte war einem soliden Blockhaus gewichen. Außerdem gab es auf Burringi jetzt auch schon eine richtige Scheune, einen Stall und zwei weitere Schuppen.

»Bin ich hier wirklich auf Burringi?«, rief er Sarah und Mitchell zu, die ihm entgegenliefen, gefolgt von ihrem zweieinhalbjährigen Sohn Alexander, dem ein bunt gescheckter Hund nicht von der Seite wich. »Heiliger Ochsendung, das nenne ich Arbeitswut! Als ich über die Hügel kam und die Farm sah, da fürchtete ich im ersten Augenblick, den falschen Weg eingeschlagen zu haben und zu einem mir völlig fremden Hof gekommen zu sein!«

Mitchell lachte. Er war ein hochgewachsener, dunkelhaariger Mann von vierzig Jahren mit markanten Gesichtszügen und stahlblauen Augen. »Sie lassen sich eben viel zu selten bei uns sehen, Bishop. Wenn Sie uns etwas öfter beehren würden, wären Sie auch mit unseren Fortschritten besser vertraut.«

»Und um einige Guinees aus unserer Börse reicher, denn wir hätten so vieles gebraucht«, fügte Sarah mit leuchtenden Augen hinzu. Jeffrey Bishops Besuch war auf einer Farm wie der ihren ein großes Ereignis, und sie freute sich darauf, seine

Waren in aller Ruhe zu begutachten und sich an der Fülle der Auswahl zu begeistern.

Der Händler lächelte der noch sehr jungen und bildhübschen Farmersfrau zu, der man diese Leistung, mit ihrem Mann in den Busch zu ziehen und fern von jeder Siedlung der Wildnis eine Farm abzuringen, wohl auf den ersten Blick nicht zugetraut hätte.

»Ja, ein paar neue Langäxte zum Beispiel und ein Dutzend Sägeblätter«, warf Mitchell halb ernsthaft, halb im Scherz ein, wusste er doch, dass seine Frau, so bescheiden sie auch war, an ganz andere Dinge dachte. »Eukalyptusholz ruiniert auf Dauer den besten Stahl. Aber jetzt kommen Sie erst einmal ins Haus, damit wir Ihr Eintreffen gebührend begehen können. Lange genug haben Sie ja auf sich warten lassen.« Er winkte einen sehnigen Mann heran, der aus einer Sägegrube geklettert war. »Timmy, kümmere dich um die Ochsen von Mister Bishop. Und sag Rob und Allan Bescheid, dass sie mit dem Zäuneziehen aufhören sollen. Für heute ist Feierabend.«

Timmy lachte. »Endlich gibt es wieder Tabak!«

Jeffrey Bishop liebte seinen Beruf als fahrender Händler, brachte er doch einen ständigen reizvollen Wechsel mit sich. Auf die langen Tage der Einsamkeit zwischen zwei Farmen folgten jeweils höchst gesellige Tage, die ebenso sehr mit lebhaftem Handeln wie mit angeregten Unterhaltungen und fröhlichen Feiern ausgefüllt waren. Er genoss dann für eine Weile die herzliche Gastfreundschaft der Farmer und seine Wichtigkeit, die ihn zum Mittelpunkt des Interesses machte, wo immer er auftauchte. Denn das Wichtigste, was er den Siedlern brachte, waren nicht die Waren, mit denen er seinen Kastenwagen vollgestopft hatte, sondern die Post und Neuigkeiten jeder Art von den anderen Farmen auf seiner Tour und den großen Siedlungen der Kolonie.

Er hatte diesmal auch Post für die Hamiltons. Fünf Briefe. Zwei davon trugen die Handschrift von Frauen und waren an Sarah gerichtet. Diese nahm sie mit einem glücklichen Strahlen entgegen, als könnte sie sich kein größeres Geschenk vorstellen. »Mitchell, sieh doch!«, rief sie in freudiger Erregung. »Mary hat geschrieben. Und von Missis Hubbard ist auch ein Brief gekommen. Diese gute Frau…«

»Vielleicht sollten wir sie nach Burringi einladen«, meinte Mitchell scherzhaft. »Sie könnte uns sehr von Nutzen sein, besonders in fünfeinhalb Monaten.«

Bishop verstand sofort und lachte. »Meine herzlichsten Glückwünsche. Möge es wieder so ein prächtiger Sohn werden wie Ihr Alexander.«

Sarah errötete leicht und senkte den Blick. »Eine Tochter wäre mir auch sehr lieb«, sagte sie mit einer reizvollen Mischung aus Verlegenheit und Stolz.

Mitchell legte seinen Arm um ihre Schulter. »Wir lassen uns überraschen.«

Jeffrey Bishop blieb drei Tage auf Burringi. Seine Ochsen hatten die Ruhepause so sehr verdient wie er selbst, und außerdem mochte er die Hamiltons. Aber es war auch Neugier im Spiel. Er hätte zu gern gewusst, was an den Gerüchten wahr war, die über die beiden im Grenzgebiet und in Parramatta kursierten. Außer Frage stand, dass Mitchell Hamilton ein sehr vermögender Mann war. Ihm hatte einmal Mirra Booka gehört, die größte und ertragreichste Farm im Bezirk von Parramatta. Niemand hatte ihm sagen können, warum Mitchell dieses Schmuckstück vor zwei Jahren verkauft hatte und mit seiner jungen Frau und ihrem Sohn in die Wildnis gezogen war, um sich hier abzuschuften und einen neuen Beginn zu machen.

Es hieß, Mitchell habe vor Jahren eine leidenschaftliche Beziehung zu Jessica Brading von SEVEN HILLS unterhalten und sie heiraten wollen. Zur Zeit der Rum-Rebellion sei er dann einem ehrgeizigen Offizier namens Kenneth Forbes in die Quere gekommen, der es auf die Brading abgesehen hatte. Gerüchten zufolge habe sich Mitchell mit Jessica Bradings Hilfe auf Van Diemen's Land verstecken müssen, um den verbrecherischen Nachstellungen dieses Offiziers zu entgehen, der ihn einkerkern und damit aus dem Weg schaffen wollte. Fest stand auf jeden Fall, dass Mitchell als verheirateter Mann von Van Diemen's Land zurückgekommen und seine junge Frau schon schwanger gewesen war, als er in Sydney von Bord des Seglers gegangen war. Es hieß, er liebe noch immer diese Jessica Brading und habe Sarah nur geheiratet, weil er ein Ehrenmann sei und ihr den Makel einer unehelichen Niederkunft habe ersparen wollen. Und weil er durch seine Anstandsehe sein Leben für verpfuscht hielt und möglichst weit weg von Jessica Brading und SEVEN HILLS habe sein wollen, habe er dann MIRRA BOOKA verkauft und sei mit seiner Familie in die Wildnis am Wolondilly River gezogen. Ja, es kursierten eine Menge Gerüchte über Sarah und Mitchell Hamilton, der als freier Siedler nach New South Wales gekommen war. Und in den drei Tagen, die er sich auf BURRINGI aufhielt, versuchte er, aus Mitchell die Bestätigung für einige dieser Gerüchte herauszulocken. Vergeblich. Sein Gastgeber, so aufgeschlossen und herzlich er sonst auch war, ließ sich nicht in ein aufschlussreiches Gespräch über seine eigene Vergangenheit verwickeln.

»Ich ziehe es vor, die Vergangenheit ruhen zu lassen und

mein Sinnen und Trachten auf die Gegenwart zu richten, damit die Zukunft so nahe wie möglich an das heranreicht, was meine Frau und ich uns heute erträumen«, erklärte er einmal freundlich, aber mit Nachdruck.

Ein Gerücht konnte Jeffrey Bishop jedoch auch so auf seinen Wahrheitsgehalt überprüfen, nämlich was die Ehe der beiden betraf. Dass Sarah ihren Mann abgöttisch liebte, war offensichtlich. Und was Mitchell anging, so konnte er natürlich nicht sagen, aus welchen Gründen er diese Frau geheiratet und welche Gefühle er damals für sie gehegt hatte. Doch dass er für seine Sarah jetzt tiefe Zärtlichkeit empfand, stand außer Frage.

Am Abend des dritten Tages kam plötzlich Wind auf, als Mitchell und Jeffrey Bishop von einem Ausritt zur Farm zurückkehrten.

»Der Südost hat eingesetzt«, stellte der Händler sofort fest. »Jetzt wird der Regen nicht mehr lange auf sich warten lassen.«

»Hoffentlich haben Sie recht. Bitter nötig hätten wir den Regen.«

Jeffrey Bishop prüfte den Himmel mit scharfem Blick und fand die kaum merklichen Veränderungen, die einem erfahrenen Mann wie ihm einen Wetterumschwung schon früh ankündigten. »Die ersten Tropfen werden noch vor Morgengrauen fallen«, prophezeite er Mitchell. »Das bedeutet, dass ich besser morgen in der Früh aufbreche, sonst komme ich vielleicht nicht mehr durch die Furt.«

Mitchell konnte seine Sorge sehr gut verstehen. Der Boden war nach den langen Monaten der Trockenheit so hart gebacken, dass er erst einmal kein Wasser aufnehmen würde. Und bei einem heftigen Regen, mit dem in diesen Breiten nun mal zu rechnen war, bedeutete das dann ein rasend schnelles Ansteigen des Wolondilly.

»Sie werden für eine Wegstrecke Begleitung bekommen, Mister Bishop«, teilte Mitchell ihrem Gast beim Abendessen mit. »Ich habe mich entschlossen, morgen ebenfalls aufzubrechen und eine seit Langem notwendige Reise anzutreten.«

»Darf ich fragen, wohin?«

»Nach Parramatta. In ein paar Wochen finden dort die alljährlichen Viehauktionen statt. Es ist an der Zeit, meine Herden zu vergrößern und auch meine Mannschaft um einige tüchtige Männer aufzustocken. Timmy wird mich begleiten. Er kümmert sich schon um unsere Ausrüstung.«

Sarah brachte ein köstliches Abschiedsessen auf den Tisch und bemühte sich auch, an der Unterhaltung teilzunehmen. Doch trotz allem Bemühen war ihr anzumerken, mit welcher Sorge sie sich trug. Bei Tisch schwieg sie zum Vorhaben ihres Mannes, Burringi zu verlassen und sich mit Timmy auf den langen Ritt nach Parramatta zu machen. Erst viel später, in ihrer Schlafkammer, unternahm sie einen halbherzigen Versuch, Mitchell von seinem Vorhaben abzubringen. »Ich möchte nicht, dass du mich verlässt«, sagte sie traurig, denn sie wusste, dass es ihr nicht gelingen würde, ihren Mann umzustimmen.

»Ich verlasse dich nicht, Sarah. Ich tue etwas, was ich schon vor einem halben Jahr hätte tun müssen«, gab er ruhig zur Antwort und löschte das Kerzenlicht.

»Muss das denn wirklich sein?«

»Ja, das muss es. Ich weiß, es wird nicht leicht für dich, aber ich kann es nicht länger aufschieben. Burringi muss wachsen, und unsere Farm kann nur dann wachsen, wenn wir unsere Mannschaft um mindestens sechs, sieben Leute vergrößern. Außerdem ist es an der Zeit, dass du eine Hilfe im Haushalt bekommst und nicht länger die einzige Frau auf der Farm bist. Ein Dienstmädchen und vielleicht noch zwei verheiratete

Frauen, deren Männer hier ihre Chance bekommen, werden dir das Leben bestimmt etwas abwechslungsreicher machen.«

»Ich habe mich nie beklagt, Mitchell ...«

»Nein, du klagst nie, ich weiß«, sagte er zärtlich. »Aber ich möchte nicht, dass dein Leben nur aus harter Arbeit und Verzicht besteht.«

»Mit dir ist es das nicht«, gab sie in der Dunkelheit leise zur Antwort. »Mit dir ist es die Erfüllung eines Traums. Und deshalb möchte ich dich nicht gehen lassen.«

Er spürte ihren weichen, anschmiegsamen Körper. »In ein paar Wochen bin ich ja wieder zurück.«

»Vor zweieinhalb Monaten kannst du doch gar nicht zurück sein, nicht mit einer Viehherde.«

»Nun ja, vielleicht ... aber was sind schon zweieinhalb Monate. Und das nächste Mal nehme ich dich mit«, versuchte er sie zu trösten.

»Du wirst mir schrecklich fehlen, jede Stunde«, flüsterte sie. »Und wenn du zurückkommst, werde ich schon dick und hässlich sein.«

»O nein, niemals«, sagte er mit einem leisen Lachen und zog sie in seine Arme. »Ich werde es nicht abwarten können, zu dir zurückzukommen, mein Liebling.«

»Wie sehr?«, raunte sie und legte ihre Hand zwischen seine Schenkel. Durch den dünnen Stoff seines Nachthemds spürte sie die Härte seines Gliedes.

»So sehr«, sagte er und küsste sie. Wenig später lag sie nackt vor ihm. Er küsste ihre Brüste, streichelte ihren Körper und drang schließlich in sie ein.

Sarah umschloss ihren Mann mit Armen und Beinen, als wollte sie ihn nie wieder freigeben. Die Lust, die sie sich gegenseitig schenkten, verdrängte vorübergehend alle Sorgen und tiefen Ängste, und sie erzitterte unter seinen sanften Bewegungen, die sie bald zum Höhepunkt brachten und sie alles um sich herum vergessen ließen. Es gab nur noch ihre Körper, verschmolzen im himmlischen Taumel zärtlicher Lust.

O ja, er liebt mich, es hat lange gedauert, doch ich habe seine Liebe und Leidenschaft errungen, ging es ihr durch den Kopf, als Mitchell schon schlief. Und dennoch vermochte sie sich von dem Stachel der Angst, dass Jessica noch einmal zwischen sie und Mitchell treten konnte, immer noch nicht ganz zu befreien.

Im Morgengrauen und bei strömendem Regen setzten Mitchell, Timmy und Jeffrey Bishop über den Fluss. Sarah hatte ihren Sohn auf dem Arm, stand mit Rob und Allan oben am Hang von Burringi und beobachtete mit zugeschnürter Kehle und heftig schlagendem Herzen, wie sich die drei Männer durch die Furt hinüber ans andere Ufer kämpften. Sie ahnte, dass die Versuchung in Parramatta auf ihren Mann wartete, denn der Hawkesbury und Seven Hills lagen von dort nur einen Tagesritt entfernt. Was war schon ein Tagesritt, wenn man zwei Jahre auf einer Einsiedler-Farm wie Burringi zugebracht hatte?

Während Sarah ihrem Mann ein letztes Mal zuwinkte, bevor er aus der Sicht entschwand, um sich in den Regenschleiern aufzulösen, fragte sie sich im Stillen voller Bangen: Ist seine Liebe zu mir stark genug, dass er vor der Versuchung gefeit ist, oder wird er ihr erliegen?

14

Schon seit Stunden versuchte Ian, Schlaf zu finden. Doch anstatt seinen quälenden Gedanken entfliehen zu können und von Träumen umfangen zu werden, wälzte er sich auf dem schweißgetränkten Laken ruhelos von einer Seite auf die andere. Die Tür seiner Hütte, die nur aus einem einzigen großen Raum bestand, und die beiden kleinen Fenster waren weit offen. Dennoch hatte er das Gefühl, in eine Waschküche eingesperrt zu sein und kaum Atem bekommen zu können. Die Dunkelheit lastete wie eine unsichtbare Säule heißen Dampfes auf seiner Brust und trieb ihm den Schweiß aus allen Poren.

Der Schlaf wollte sich einfach nicht einstellen, und erzwingen ließ er sich schon gar nicht. Deshalb stand er auf, fuhr in Drillichhosen und festes Schuhwerk, verzichtete jedoch auf ein Hemd. Jedes Kleidungsstück war zu viel.

Eine dichte Wolkendecke, die bei Einbruch der Dämmerung aus Südosten gekommen war, überzog den Nachthimmel und verbarg die Sterne. Der Mond war aufgegangen, doch auch er vermochte das graue Meer der Wolken nicht zu durchdringen. Allein ein heller, verschwommener Fleck am Himmel verriet seine Position.

Ian ging die lange sichelförmige Doppelreihe der Hütten, in der die Farmarbeiter untergebracht waren, ein Stück hinauf und wandte sich dann nach rechts, wo die hohen Scheunen und Wirtschaftsgebäude in der Dunkelheit aufragten.

Seit einigen Tagen hatte sich die Zahl der Menschen auf SEVEN HILLS um Arthur Talbot und seinen zwölfköpfigen Bautrupp erhöht. Das Zeltlager der Bauarbeiter befand sich auf der anderen Seite des Hügels. Inzwischen hatten auch schon die SOUTHERN CROSS und die SHAMROCK die erste Ladung

Sandstein aus Newcastle den Hawkesbury hinaufgebracht. Steine und Balken waren zwischen dem Zeltlager und dem Bauplatz zu akkuraten Haufen aufgeschichtet, sieben an der Zahl.

Ian empfand bitteren Schmerz, dass er sich über den Bau des neuen Farmhauses nicht mehr freuen konnte. Noch vor zwei Jahren hätte er seiner Begeisterung für solch ein herrliches und zudem noch finanziell völlig abgesichertes Projekt auf Seven Hills kaum Zügel anzulegen vermocht. Jeden Tag hätte er sich eingehend über die Baufortschritte informiert und die Pläne so häufig mit Jessica studiert, dass er bald schon jede Linie im Geiste hätte nachzeichnen können. Mit Leib und Seele hätte er sich gefreut.

Diese Zeit gehörte jedoch endgültig dem abgeschlossenen Kapitel der Vergangenheit an. Und auf eine Art war es gut so, dass es so gekommen war. Es machte den langen Jahren vergeblichen Hoffens ein Ende. Jessicas Reise nach England hatte ihn aufwachen lassen und ihn dazu gezwungen, den Tatsachen ins Auge zu sehen und aus der sachlichen Einschätzung seiner Situation die Konsequenzen zu ziehen. Konsequenzen, die ungeheuer schmerzhaft, aber unumgänglich waren.

Trotz der stockfinsteren Nacht ging er ohne Zögern und sicheren Schrittes über die Hügelkuppe und dann auf der anderen Seite den Hang zum Fluss hinunter. Er kannte auf Seven Hills jeden Stock und Stein, sodass er seinen Weg auch mit verbundenen Augen gefunden hätte. So etwas wie Angst stieg in ihm auf, als er daran dachte, dass er all das verlieren würde. Wie würde er das bloß verkraften? Es hatte ihn seelisch schon aus dem inneren Gleichgewicht gebracht, von seinen geheimsten und kostbarsten Träumen Abschied nehmen zu müssen.

Ian gelangte zum L-förmigen Anlegesteg und setzte sich auf den Abschlussbalken. Mit leisem Rauschen und dunkel wie ein Strom schwarzer Tinte floss der Hawkesbury unter ihm dahin. Er dachte an die Gespräche der letzten Tage, die er mit Jessica geführt hatte. Wann immer sie zusammenkamen, um etwas zu besprechen, reagierte er gereizt und feindselig, auch wenn er sich vorgenommen hatte, es nicht zu sein. Er konnte einfach nicht anders. Es war eine Art von Selbstschutz. Es tat weh, aber es musste sein.

Musste es wirklich sein?

Grübelnd saß er da, starrte über die pechschwarzen Fluten in die Nacht und fragte sich ratlos, warum man ausgerechnet jenen Menschen, die einem am meisten bedeuteten, die größten Schmerzen zufügte.

Ian wusste später nicht mehr zu sagen, wie lange er dort gedankenversunken gesessen hatte. Es war dumpfes Donnergrollen aus der Ferne, das ihn aus seiner Selbstvergessenheit holte. Er hob den Kopf und lauschte. Keine Frage, ein Gewitter zog heran. Er hütete sich jedoch, sich allzu große Hoffnungen auf Regen zu machen. Es hatte während der letzten Wochen schon mehrmals trockene Hitzegewitter gegeben, bei denen kaum ein Tropfen Regen gefallen war.

Er wartete, und als der Wind kam und das trockene Laub der Büsche am Ufer in Bewegung brachte, da wusste er plötzlich, dass dieses Gewitter die unerträgliche Hitze der letzten Monate brechen und endlich Regen bringen würde.

Ian sprang auf und schaute nach Südosten. Blitze zuckten aus den Wolken und rasten in wild gezackter Bahn über den Himmel. Das Gewitter näherte sich schnell. Schon nach wenigen Minuten hatte es SEVEN HILLS erreicht. Langsam ging er den Weg zurück, der vom Anlegesteg den Hang hinaufführte.

Der erste schwere Regentropfen traf ihn auf das rechte Schlüsselbein. Und dann noch einer und noch einer. Augenblicke später wurde aus dem Tropfen ein dichter, heftig prasselnder Regen, sodass sich überall sofort große Pfützen und Rinnsale bildeten.

Ein Schauer durchlief ihn. Regen! Endlich Regen, der den monatelangen Staub davonwaschen und die Gefahr der Buschfeuer für dieses Jahr beenden würde. Es blieb nur zu hoffen, dass dieser erste Regen nicht zu heftig und zu lange anhielt. Denn die Erde war so ausgetrocknet und festgebacken, dass sie erst einmal wenig Wasser aufnehmen würde. Tagelange Niederschläge konnten deshalb zu Überschwemmungen führen, deren Verheerungen manchmal denen eines Buschfeuers in nichts nachstanden.

Diese Sorge trat im Augenblick jedoch hinter der grenzenlosen Erleichterung zurück, dass der sengende Sommer nun überstanden war und sich Brunnen, Wasserstellen und Flussläufe wieder mit dem kostbaren Lebenselixier Wasser füllen würden.

Der Regen lief Ian über Gesicht und Oberkörper, und er genoss dieses Gefühl, im Regen zu baden, während er sich den ersten Gebäuden näherte. Zu seiner Linken erhob sich das Verwalterhaus.

Jäh blieb er stehen, als er vor der Rückfront eine Gestalt sah. Von einem gewaltigen Krachen begleitet, erhellte wieder ein Blitz für Sekunden die Nacht mit grellweißem Licht. Es war Jessica, die dort im strömenden Regen stand, die Arme in den Himmel gestreckt und den Kopf mit geschlossenen Augen und geöffnetem Mund weit nach hinten in den Nacken gelegt. Doch es war nicht diese von unendlicher Erlösung und Dankbarkeit sprechende Haltung, die Ian zutiefst verstörte, sondern der Anblick ihres Körpers. Denn ihr dünnes Nachthemd aus Musselin war völlig durchnässt und klebte ihr, wie eine zweite durchsichtige Haut, am Leib.

Genauso gut hätte sie nackt sein können. Ihre vollen Brüste, ihre schlanke Taille, das dunkle Dreieck ihrer Scham, ihre Schenkel – nichts war seinen Blicken verborgen.

»O Gott!«, stöhnte Ian auf, von einem unbeschreiblich quälenden Verlangen gepackt.

Der Blitz erlosch, und die regnerische Nacht umhüllte Jessica wieder mit Dunkelheit, doch das Bild ihres erregenden Körpers stand noch immer vor seinen Augen. Es war wie eingebrannt in seinem Kopf.

Und so, wie er wusste, dass er diese Erinnerung für immer und in aller Schärfe mit sich tragen würde, wusste er auch, dass die Zeit nun gekommen war, das zu tun, was er sich vorgenommen hatte, weil es keinen anderen Weg gab. In den Wochen seit Jessicas Rückkehr hatte er genug stichhaltige Gründe gefunden, um die Ausführung seines Vorsatzes immer wieder hinauszuschieben. Jetzt durfte er jedoch nicht länger zögern. Er musste den letzten, konsequenten Schritt tun, so hoch der Preis war, den er dafür zu zahlen hatte.

15

Nach den regnerischen Tagen der letzten Woche, in der sie das Farmhaus von MIRRA BOOKA nicht einmal für einen Spaziergang verlassen hatte, nutzte Rosetta den ersten klaren, trockenen Morgen, um mit Maneka nach Parramatta zu fahren und einige Besorgungen zu tätigen. Rosetta hielt sich nicht lange mit dem Frühstück auf, zumal ihr Mann schon davongeritten war, als Maneka noch damit beschäftigt gewesen war, ihr das Korsett zu schnüren.

»Was für ein schöner, milder Tag«, schwärmte Maneka, als der junge Lawrence mit der Kutsche vorfuhr und ihnen ins Innere des Wagens mit seinen weich gepolsterten Bänken half. »Herbst und Frühling sind hier doch ganz wunderbare Jahreszeiten.«

»Gott sei Dank, dass dieser grässlich lange und heiße Sommer endlich hinter uns liegt«, sagte Rosetta und dachte, wie viel ein paar Tage Regen doch ausmachten. Die Landschaft hatte ihr verbranntes, totes Gesicht verloren und erholte sich nun mit erstaunlicher Schnelligkeit von den Verheerungen der vergangenen Hitzemonate. Frisches Grün schien über Nacht aus dem regengetränkten Boden zu sprießen. Der Regen hatte das stumpfe rotbraune Staubkleid von Büschen und Bäumen gewaschen. Der Feuerdorn leuchtete wieder weithin, und das Immergrün der Eukalyptusbäume bot dem Auge wieder einen erfreulichen Anblick. Und die Vögel, die das ausgedörrte Land verlassen und sich zu sicheren Wasserstellen geflüchtet hatten, kehrten nun in ihre angestammten Reviere zurück. Es war, als würde der Busch nach einer langen Zeit der Lähmung endlich wieder zum Leben erwachen.

Rosetta genoss die Kutschfahrt nach Parramatta, das nur ein paar Meilen von MIRRA BOOKA entfernt lag. Die Nähe der zweitgrößten Siedlung der Kolonie hatte ihr die Farm von Anfang an erträglicher, mittlerweile sogar sympathisch gemacht. Es gab vieles, was sie an Kenneth verabscheute und sie mit Zorn und Ekel erfüllte. Doch dass er die *geschäftlichen* Chancen, die sich ihm als Offizier hier in New South Wales geboten hatten, beim Schopfe gepackt und in wenigen

Jahren ein Vermögen gemacht hatte, zu dem eben auch dieses herrschaftliche Gut Mirra Booka gehörte, das rechnete sie ihm hoch an, ja sie war sogar regelrecht stolz darauf. Und sie musste ihm auch Anerkennung dafür zollen, dass er so clever gewesen war, früh genug seinen Abschied einzureichen und den Offiziersrock des Königs auszuziehen. Er hatte das getan, noch bevor Gouverneur Macquire die Macht übernommen hatte. Und sehr geschickt hatte er es verstanden, aus dem Duell mit Captain Whittaker Profit zu schlagen. Angeblich hatte er sich mit dem Captain duelliert, weil er den Machtmissbrauch der hohen Offiziere des New South Wales Corps nicht länger hatte tolerieren können und Captain Whittaker Willkür und Ausbeutung vorgeworfen hatte.

Kenneth hatte sich den Anschein gegeben, schon immer ein erklärter Gegner der Rum-Rebellen und ein königstreuer Offizier gewesen zu sein, der als einfacher Lieutenant jedoch nichts gegen die Macht der herrschenden Clique der anderen Offiziere hatte ausrichten können. Die Eingeweihten hatten insgeheim darüber gelacht, doch Kenneth war damit durchgekommen und von einem Strafverfahren verschont geblieben.

Rosetta presste die Lippen zu einem schmalen Strich zusammen, als sich in dem Zusammenhang mit dem Duell auch Lavinia Whittaker in ihre Gedanken drängte. Die abscheuliche Affäre ihres Mannes mit dieser Frau wurde gesellschaftlich von Monat zu Monat untragbarer. Sie hielt sich gern mehrmals im Jahr jeweils für ein paar Wochen auf Mirra Booka auf. Doch dass sie quasi auf die Farm hatte flüchten müssen, um der Demütigung zu entgehen, von Freunden und Bekannten gefragt zu werden, weshalb sie denn nicht zur Gesellschaft der Purdys geladen sei, erfüllte sie mit ohnmächtigem Zorn.

Sie hatte Kenneth erst eine heftige Szene machen müssen, um ihn dazu zu bringen, mit ihr mindestens schon zwei Wochen vor der Gesellschaft der Purdys nach MIRRA BOOKA aufzubrechen. Er hatte sich bis zuletzt dagegen gewehrt und Ausflüchte gesucht, warum er noch länger in Sydney bleiben müsse. Doch es gab nur einen einzigen wahren Grund, und der hieß Lavinia Whittaker!

Verflucht soll sie sein!, dachte sie und biss sich auf die Lippe. Wenn sie doch bloß eine Möglichkeit wüsste, wie sie ihren Mann dazu bringen konnte, diese verhängnisvolle Affäre zu beenden. Sah er denn nicht, dass sie gesellschaftlich mehr und mehr gemieden wurden? Nein, vermutlich nicht, und wenn doch, dann war er ihr bereits zu sehr verfallen, um noch etwas dagegen tun zu können.

»Da sind wir ja schon!«, rief Maneka, als die ersten Häuser von Parramatta vor ihnen auftauchten, und riss Rosetta damit aus ihren sorgenvollen Gedanken. »So kurz ist mir die Fahrt noch nie vorgekommen.«

Wenig später hielt die Kutsche vor dem Gasthof SETTLER'S CROWN, und Rosetta stieg aus, während ihre indische Dienerin und Geliebte auf ihrer Sitzbank verharrte. »Hast du die Briefe, Maneka?«, vergewisserte sie sich.

»Ja, alle sieben«, sagte Maneka und deutete auf den mit bunten Perlen bestickten Beutel neben ihr.

»Gut, vielleicht hat das Postboot noch nicht abgelegt und die Briefe gehen heute noch auf den Weg nach Sydney. Ich schau indessen schon mal drüben bei BRADING'S rein. Da treffen wir uns dann gleich. Und lass dich nicht wieder so lange von Mister Rudge aufhalten, auch wenn er noch so gute Geschichten erzählen kann.«

»Ganz bestimmt nicht, Rose«, versprach Maneka, und Lawrence fuhr sie zum Hafen hinunter, wo sich die Poststelle von Parramatta befand.

Gerade wollte Rosetta die Straße überqueren, als Emily Parker aus dem Gasthof kam, sie erblickte und mit freudiger Miene zu ihr eilte. Sie war eine unscheinbare, aber herzensgute Person und die Frau eines benachbarten Farmers, mit der sie lockeren Kontakt hielt. Ihr letztes Zusammentreffen lag schon einige Monate zurück, und Emily freute sich so sehr, sie wiederzusehen, dass Rosetta es nicht übers Herz brachte, es nur bei einer kurzen Begrüßung zu belassen. So stand sie denn nun eine ganze Weile vor dem SETTLER'S CROWN und unterhielt sich mit Emily Parker, ohne dass es sie viel Überwindung kostete, denn das Interesse dieser Frau war von herzlicher Zuneigung und nachbarschaftlicher Freundschaft bestimmt.

Rosetta stand mit dem Rücken zum Gasthof, sodass sie den Verkehr auf der Straße im Auge behalten und sehen konnte, wenn Lawrence mit Maneka vom Hafen zurückkehrte. BRADING'S schräg gegenüber lag genau in ihrem Blickfeld.

»Also ich weiß nicht, ob bei dieser Kreuzung wirklich widerstandsfähigere Schafe herauskommen«, bezweifelte Emily die Zuchtversuche eines Farmers aus Toongabbee, »und mein Mann ist da auch noch sehr skeptisch, doch Mister Ferguson schwört darauf. Er hat mir gesagt ...«

Rosetta bekam nicht mehr mit, was dieser Ferguson zu Emily gesagt hatte. Denn in dem Moment öffnete sich die Ladentür von BRADING'S, und eine Frau trat auf die Straße, deren rotblondes Haar im Sonnenlicht auffallend leuchtete, und Rosetta stutzte.

Nein, das kann nicht sein!, sagte sie sich und wehrte sich gegen die Ahnung, die sie befiel, aber nicht wahrhaben wollte. Das kann sie nicht sein, nicht hier in Parramatta! Sie ist in

Sydney. Kenneth ist nicht so rücksichtslos, sie auch noch für die Dauer unseres Aufenthalts auf Mirra Booka nach Parramatta zu holen!

Doch dann wandte die Frau kurz den Kopf, und aus Ahnung wurde Gewissheit. Es war Lavinia Whittaker! Sie hielt sich wirklich in Parramatta auf. Und dabei handelte es sich bestimmt um keinen Zufall.

Rosetta erstarrte und wurde blass vor Wut. Kannte Kenneth denn gar keinen Anstand mehr? Wollte er sie auch hier noch zum Gespött der Leute machen?

Emily Parker merkte, dass Rosetta ihr nicht länger zuhörte und ihr Gesicht die frische Farbe verloren hatte. »Ist Ihnen nicht gut, Missis Forbes?«, fragte sie besorgt.

Rosetta zuckte zusammen, blickte ihr Gegenüber einen Moment lang verständnislos an und bekam sich dann wieder unter Kontrolle. »Nein, mir… mir ist eben nur eingefallen, dass ich noch etwas ganz Wichtiges erledigen muss, das keinen Aufschub erlaubt«, sagte sie hastig, als sie Lavinia die Straße in Richtung Sommerresidenz hinaufgehen sah. Plötzlich wusste sie, was sie zu tun hatte. »Bitte entschuldigen Sie, Missis Parker, aber ich muss mich wirklich sputen.«

»Ja, natürlich«, sagte die Farmersfrau verständnisvoll. »Tut mir leid, dass ich Sie aufgehalten habe. Vielleicht machen Sie uns bald wieder einmal die Ehre Ihres Besuchs.«

»Bestimmt, Missis Parker«, versicherte Rosetta und eilte davon.

Sie folgte Lavinia und achtete dabei darauf, dass ihr Parasol ihr Gesicht verbarg. Mit jedem Schritt wuchs ihre Wut auf Kenneth und auf diese Frau, die nicht nur ihr gesellschaftliches Ansehen, sondern auch ihre sowieso schon fragile Ehe in Gefahr brachte.

Lavinia verließ bald die Hauptstraße, ging dann eine Seitengasse hinauf und führte Rosetta ahnungslos zu einem kleinen Haus, das am Fuße der Weinberge stand. Zwei große Eukalyptusbäume warfen ihren Schatten über das Haus. Als Liebesnest lag es, so nahe am Stadtrand, sehr günstig.

In Rosetta kochte die Wut. Sie hatte sich all die Wochen auf MIRRA BOOKA von Kenneth täuschen lassen. Wie töricht von ihr zu glauben, er habe sich wieder auf ihr Arrangement besonnen, nur weil er die Nächte auf der Farm verbrachte. Dafür war er tagsüber mit seiner Geliebten in Parramatta zusammen! Natürlich hatte er ihr dieses Haus gemietet.

Rosetta beschleunigte ihre Schritte. Lavinia hatte die Haustür schon geöffnet, als sie die eiligen Schritte in ihrem Rücken wahrnahm. Sie drehte sich um – und stieß einen Laut des Erschreckens aus. Im nächsten Moment schlug Rosetta zu. Es war eine völlig unüberlegte, spontane Handlung. Ihre aufgestaute Aggression verlangte einfach nach einer Tat, mit der sie ihrer bisher ohnmächtigen Wut Luft machen konnte. Sie schlug der Mätresse ihres Mannes zweimal, links und rechts, mit der flachen Hand ins Gesicht.

»Hure!«, stieß sie dabei hervor. »Ehrlose Hure!«

Aufschreiend taumelte Lavinia rückwärts ins Haus. Schützend hob sie ihre Hände vor das Gesicht. Ihr brannten die Wangen wie mit Feuer überzogen.

Rosetta folgte ihr ins Haus und warf die Tür hinter sich zu. Ihr war es in diesem Moment gleichgültig, ob sich noch jemand mit ihnen unter diesem Dach befand. Fast wünschte sie, ihren Mann aus einem der Zimmer gestürzt kommen zu sehen. Doch niemand eilte Lavinia zu Hilfe.

»Ich glaube, Sie wissen, wer ich bin!«, sagte Rosetta mit wutbebender Stimme.

Lavinia nickte stumm und mit angstgeweiteten Augen.

»Mein Mann hat Ihren Mann kaltblütig getötet, und Sie huren mit seinem Mörder?«, schrie Rosetta sie an. »Haben Sie sich denn nicht einen Funken Ehrgefühl und Selbstachtung bewahrt?«

Lavinias Lippen bebten, doch sie brachte kein Wort hervor. Der Schock über diese Begegnung mit Kenneth' Ehefrau war einfach zu groß.

»Kommen Sie mir jetzt bloß nicht damit, dass er Sie liebt und Sie ihn«, fuhr Rosetta erregt fort. »Sie sind nichts weiter als eine ehrlose Mätresse, ja Sie sind sogar noch schlimmer als das billigste Freudenmädchen aus den *Rocks*, das für jeden Seemann die Beine breit macht, wenn er nur zahlt. Sie haben das Leben Ihres Mannes auf dem Gewissen, und dafür werden Sie verflucht sein! Sie gehören ausgepeitscht und in ein Hurenhaus verkauft.«

Lavinia schüttelte mit verzerrtem Gesicht den Kopf. »Nein, ich … ich …«, setzte sie mit brüchiger Stimme zu einer Erwiderung an.

Erneut gab ihr Rosetta eine Ohrfeige. »Halten Sie den Mund! Sie sind Abschaum!«, schrie sie völlig außer sich. »Aber ich werde nicht zulassen, dass Sie auch noch meine Ehe zerstören. Ich warne Sie, Sie Hurenschlampe: Halten Sie sich von meinem Mann fern, oder … oder ich bringe Sie um!«

Wieder hob Rosetta die Hand, besann sich dann jedoch eines anderen, und statt sie noch einmal zu ohrfeigen, spuckte sie Lavinia an. »Wie kann man nur so tief sinken, dass man zur Hure des Mannes wird, der den eigenen Mann erschossen hat! Die Pest und die ewige Verdammnis über Sie!«

Lavinia schlug die Hände vors Gesicht und rutschte an

der Wand entlang zu Boden, wo sie zusammengekauert und schluchzend verharrte.

Rosetta empfand kein Mitleid mit ihr. Verächtlich blickte sie auf sie hinab und verließ dann das Haus, in dem ihr Mann sie mit dieser Frau betrog.

Wie sehr diese Begegnung auch sie mitgenommen hatte, wurde ihr erst bewusst, als sie zu BRADING's zurückkehrte, wo Maneka schon mit wachsender Unruhe auf sie wartete. Sie zitterte wie unter einem Anfall von Gelbfieber.

»Um Gottes willen, was ist passiert?«

»Frag jetzt nicht!... Hol... hol die Kutsche!« Rosetta brachte ihre Stimme nur mit äußerster Mühe unter Kontrolle. »Wir fahren zurück!... Sofort!«

Erst als Parramatta schon zwei Meilen hinter ihnen lag, hatte sich Rosetta so weit beruhigt, dass sie Maneka berichten konnte, wem sie begegnet war und was sie getan hatte.

Maneka war bestürzt. »Du hättest ihr nicht folgen dürfen, Rose. Das war nicht nur unklug, sondern völlig unter deiner Würde. Du darfst dich nicht mit solch einem Frauenzimmer abgeben.«

Rosetta lachte auf, und ihre Stimme hatte einen hysterischen Klang. »Ich soll sie ignorieren, ja? Ich soll so tun, als gäbe es diese Mätresse gar nicht, mit der Kenneth herumhurt? Ich soll die Augen vor dem verschließen, was alle Welt sieht? Ich soll mich demütigen lassen und auch noch die andere Wange hinhalten, wenn eine Frau wie Missis Ryder mich beleidigt, ja? Welch hilfreiche Ratschläge, Maneka! Da geht es mir doch gleich wieder besser«, sagte sie mit bitterem Spott.

Maneka litt mit Rose, die sie doch über alles liebte und deren Qual auch ihre Qual war. »Nein, hinnehmen sollst du das nicht, meine Geliebte«, sagte sie mitfühlend. »Aber dieser

Frau in ihr Haus zu folgen, sie zur Rede zu stellen und sie zu ohrfeigen ist nicht die richtige Methode, um dieses Problem aus der Welt zu schaffen.«

»Und was ist die richtige Methode?«

»Ich weiß es nicht«, räumte Maneka ein. »Noch nicht.«

»Dann belehr mich auch nicht!«, fuhr Rosetta sie an.

Maneka legte die barschen Worte nicht auf die Goldwaage, wusste sie doch, dass Rose immer noch zu verstört und nicht sie selbst war. Sie schwieg für den Rest der Fahrt und hoffte, dass sich Rose bis zu ihrer Ankunft auf MIRRA BOOKA wieder beruhigt hatte.

Doch dem war nicht so. Als die Kutsche vor dem herrschaftlichen Farmhaus hielt, stürzte Rosetta förmlich aus dem Wagen. Dabei stieß sie den Knecht, der erst die Trittstufe ausgeklappt hatte und nun den Schlag öffnete, grob zur Seite, als er nicht rasch genug Platz machte. Mit gerafften Röcken und wie von Furien gehetzt, lief sie ins Haus und geradewegs in ihre privaten Gemächer.

Maneka hatte Mühe, ihr zu folgen. Eine schreckliche Ahnung bemächtigte sich ihrer, als sie sah, wie Rosetta in ihr Schlafzimmer stürzte, die unterste Schublade der Kommode aufriss und alles zur Seite schleuderte.

»Wo ist das Sandelholzkästchen?«, rief sie mit zittriger Stimme.

»Rose, bitte, tu es nicht!«, beschwor Maneka sie.

Rosetta wirbelte herum, das Gesicht bleich und verzerrt. »Das Sandelholzkästchen! Wo hast du es hingetan?«

»Fang nicht wieder damit an! Diese Frau ist es doch nicht wert, dass du dich wegen ihr ruinierst. Ich hole dir ein Glas Port.«

»Nein, ich brauche jetzt einfach ein bisschen Vergessen!«,

stieß Rosetta atemlos hervor. »Quäl mich nicht, Maneka. Nur heute! ... Nur eine kleine Kugel!«, bettelte sie.

Maneka konnte den gequälten Blick nicht ertragen und holte das kleine Sandelholzkästchen, das die Opiumpfeife und noch ein gutes Dutzend Opiumkügelchen enthielt. Es schnürte ihr die Kehle zu, als sie wenig später mit ansehen musste, wie Rosetta die Opiumpfeife an die Lippen setzte und den Rauch tief inhalierte.

»Nur heute, mein Liebling. Mach dir keine Sorgen, ich werde schon nicht wieder abhängig werden«, versicherte Rosetta, als die Wirkung der Droge einsetzte. »Ich brauche es nur heute ... bestimmt nur heute.«

Maneka wünschte, sie könnte das glauben. Sie hatte Angst, dass Rose wieder dem schrecklichen Rauschmittel verfallen würde. Und diese Angst trieb sie zu Kate Mallock, deren Gesellschaft sie ansonsten mied. Denn sie wusste, dass Kate sie nicht ausstehen konnte und oft genug versucht hatte, sie aus dem Haus zu schaffen, weil sie um ihren beherrschenden Einfluss auf Rosetta fürchtete.

Kate hielt sich im Kinderzimmer auf und las dem kleinen Wesley eine Geschichte vor. Sie kümmerte sich mehr um das Kind als jeder andere. Nicht weil sie den Jungen liebte, sondern weil sie die Bindung des Jungen an sie als weitere Säule ihrer Macht im Hause Forbes erkannt hatte.

»Was gibt es?«, fragte Kate ungnädig.

»Rosetta hat wieder zu ihren Traumpillen gegriffen«, teilte Maneka ihr mit. Rose hatte den kleinen braunen, klebrigen Opiumkügelchen diesen verharmlosenden Namen gegeben.

Ein kaum merkliches Lächeln der Genugtuung huschte über das scharf geschnittene Gesicht der dürren Frau, die früher regelmäßig Opium für ihre Herrin besorgt hatte. Manekas

Bemühung, Rosetta von ihrer Sucht zu befreien, hatte sie mit großer Skepsis und insgeheim auch mit Groll betrachtet.

»Du hast mir ja nicht glauben wollen, dass sie ohne ihre Traumperlen auf Dauer nicht auskommt«, hielt sie ihr mit ihrer unangenehmen Flüsterstimme vor.

Maneka unterdrückte ihren Zorn, dass Kate den Rückfall ihrer Herrin mit solch einer Gleichgültigkeit, ja fast sogar Erleichterung kommentierte. »Lavinia Whittaker ist in Parramatta und bewohnt am Stadtrand ein kleines Haus.«

Kates Blick und Haltung veränderten sich jäh. »Was sagst du da?«, stieß sie alarmiert hervor.

Maneka nickte. »Rosetta ist ihr dorthin gefolgt, hat sie zur Rede gestellt und mehrfach geohrfeigt. Diesmal ist es noch gut gegangen.«

Kate sog die Luft scharf ein und begab sich umgehend mit Maneka in das Schlafzimmer ihrer Herrin.

Rosetta wollte jedoch nicht mit ihr über das sprechen, was zwischen ihr und Lavinia in Parramatta vorgefallen war. Das Opium ließ sie schon in die trügerische Welt gelangen, in der es keine Sorgen und Ängste und Demütigungen gab. Sie war jedoch noch ansprechbar und wusste, wo sie sich befand und warum Kate und Maneka an ihrem Bett standen.

»Sie dürfen nicht zulassen, dass dieses schändliche Weibsbild Ihren Namen und Ihr Leben ruiniert!«, versuchte Kate den betäubenden Nebel des Rauschmittels zu durchdringen.

»Das ist … deine Aufgabe, Kate«, antwortete Rosetta mit schwerer Zunge, und der glasig werdende Blick ihrer Augen verriet, dass ihr Geist gleich in unerreichbare Ferne entrückt sein würde. »Alles, was du willst … Zahle jeden Preis … doch schaff sie aus der Kolonie! … Ich will, dass sie aus meiner Welt verschwindet! … Für immer!«

»Das wird auch geschehen!«, versicherte Kate.

Rosetta hörte sie schon nicht mehr. Ihre Lider schlossen sich, und mit einem verklärten Lächeln folgte sie den Bildern und Stimmen ihrer Halluzinationen.

16

Jessica stand auf der Veranda und blickte wohlgefällig über Fluss und Land. Die Natur meinte es endlich einmal gut mit ihnen. Ihre Befürchtung, dass auf die lange Zeit der Trockenheit, die schon Schaden genug angerichtet hatte, sintflutartige Regenfälle folgen und verheerende Überschwemmungen mit sich bringen würden, war gottlob nicht eingetreten. Seit dem Gewitter mit dem ersten schweren Regen, der aber schon am Vormittag aufgehört hatte, war mittlerweile eine Woche vergangen. In diesen Tagen hatte der Himmel noch mehrmals seine Schleusen geöffnet, doch die Niederschläge hatten sich jedesmal in Grenzen gehalten. Der Hawkesbury war nur um zwölf Fuß gestiegen, was in Anbetracht der Tatsache, dass in vergangenen Jahren zu Beginn der Regenzeit innerhalb weniger Tage schon ein Ansteigen auf über vierzig Fuß gemessen worden war, keinen Grund zur Besorgnis darstellte.

Der ausgetrocknete Boden hatte genügend Zeit gehabt, aufzuweichen, sich zu öffnen und dann weitere Regenmassen an das tiefer liegende Erdreich weiterzugeben. Es war deshalb nicht zu größeren Überschwemmungen gekommen. Der Regen war in diesem Jahr damit ein wahrer Segen, der mehr schenkte als vernichtete.

Ein klarer, sonniger Morgenhimmel spannte sich über

SEVEN HILLS. Überall herrschte schon geschäftiges Treiben. Arthur Talbot beaufsichtigte seinen Bautrupp, der damit beschäftigt war, die großen Segeltuchplanen zum Trocknen auszulegen, mit denen die Baugrube jeden Abend abgedeckt wurde, damit sich das noch offene Kellergeschoss bei nächtlichen Regenfällen nicht mit Wasser füllte.

Jessica ging die drei Stufen hinunter. Sie wollte an diesem Morgen zur Auborn-Farm, die sie vor Jahren gekauft hatte und die nun die Südwestgrenze ihrer ausgedehnten Ländereien bildete. Das niedergebrannte Farmhaus und zwei Nebengebäude waren neu aufgebaut worden, doch als eigenständige Farm war das Auborn-Land nicht bewirtschaftet worden. Das sollte bald anders werden.

Bevor sie jedoch mit Princess aufbrach, beabsichtigte sie, noch einige Dinge mit Talbot zu besprechen. Es gefiel ihr, mit welchem Engagement er ihr ehrgeiziges Bauvorhaben vorantrieb. Wenn er und seine Männer in dem Tempo weitermachten, dann konnten sie das Richtfest noch vor der Schafschur im September feiern. Der Gedanke, den nächsten heißen Sommer schon in dem neuen Farmhaus mit seinen dicken Steinmauern zu erleben, erfüllte sie mit Stolz und unbändiger Vorfreude.

»Heute werden wir mit der Kellerdecke beginnen«, teilte ihr Talbot mit. »Unser Vorrat an Balken ist zwar recht beachtlich, doch wir brauchen für die nächsten Tage noch eine Menge mehr. Ist es Ihnen möglich, vielleicht noch zwei, drei von Ihren eigenen Männern für die Sägegrube abzustellen? Ich werde hier nämlich jede Hand benötigen.«

»Das wird sich schon irgendwie einrichten lassen«, sagte Jessica und besprach mit ihm ihre Änderungswünsche. Sie jetzt in der Planung zu berücksichtigen, war eine Kleinigkeit.

Zwanzig Minuten später ging sie zu den Stallungen hinüber, wo sie Princess gesattelt vorzufinden erwartete. Als sie im Dämmerlicht den Mittelgang zwischen den Boxen hinunterging, überraschte sie ihre Zofe und Frederick bei der Haferkiste. Sie hielten sich umarmt und küssten sich mit einer innigen Selbstvergessenheit, die in Jessica ein schmerzliches Gefühl der Sehnsucht weckte.

Wie verliebt Anne und Frederick doch waren! Seit Frederick seine Angebetete bei ihrer Rückkehr in die Arme geschlossen und ihr zugeflüstert hatte, wie sehr er sie liebe und jeden Tag mit quälender Sehnsucht auf sie gewartet habe, seit diesem Tag strahlte Anne eine glückselige Lebensfreude aus. Alle Zweifel und Sorgen waren von ihr abgefallen. Die Liebe hatte sie regelrecht aufblühen und noch weiblicher werden lassen.

Anne nicht mehr Tag und Nacht in meiner Nähe zu wissen, wird mir schwerfallen, dachte Jessica wehmütig. Aber ich muss sie freigeben. Wenn jemand das verdient hat, dann meine treue Anne.

Der Kuss der beiden wollte kein Ende nehmen. Schließlich räusperte sich Jessica vernehmlich. Die beiden fuhren auseinander, als hätte sie ein Peitschenhieb getroffen.

»Seit wann gehören derartige Lippenbekenntnisse zu Ihren Pflichten als Stallknecht?«, erkundigte sich Jessica mit gutmütigem Spott. »Als ich Sie bat, sich um Princess zu kümmern, hatte ich an eine vierbeinige Prinzessin gedacht – und nicht an die Ihres Herzens.«

Beiden schoss die Röte der Verlegenheit ins Gesicht. Anne glättete mit gesenktem Blick ihr Kleid und ahnte gar nicht, wie schön die schamhafte Röte sie machte. Und Jessica fuhr es durch den Sinn, dass es für alle Beteiligten bestimmt das Beste war, wenn die Hochzeit möglichst schnell stattfand.

Hier draußen auf den Farmen nahm man es mit angeblichen Frühgeburten nicht so genau, sofern die Mutter nur im Stand der Ehe das Kind zur Welt brachte. Aber wenn die Braut bei der Eheschließung um die Leibesmitte schon sichtlich zugenommen hatte, konnte das dem Fest ein wenig von seiner unbeschwerten Atmosphäre nehmen. Denn Reverend Turner war bekannt dafür, dass er in solchen Situationen nicht darauf verzichtete, sich lang und breit mahnend über die Sündhaftigkeit unbeherrschter Fleischeslust auszulassen. Und das wollte sie Anne und Frederick doch ersparen.

»Entschuldigen Sie, Ma'am … ich … wir … wir haben … wir wollten …«, stammelte Frederick und wurde rot bis zu den Ohren.

»Schon gut«, fiel Jessica ihm lächelnd ins Wort. »Da gibt es nichts zu erklären, Frederick. Ist Princess zum Ausritt bereit?«

»Ja, Ma'am.«

Frederick hastete davon, um die Fuchsstute aus ihrer Box zu holen.

»Es wird nicht wieder vorkommen«, murmelte Anne.

Jessica lachte. »Das hoffe ich aber doch!«

Frederick brachte das Pferd, und Jessica nahm ihm die Zügel ab. »Ich schlage vor, ihr kommt heute Abend mal zu mir, damit wir über eure Hochzeit reden können«, sagte sie, schon im Weggehen.

»Aber ich bin doch noch gar nicht begnadigt!«, wandte Frederick ein.

»Das lass mal meine Sorge sein«, erwiderte Jessica, die schon wenige Tage nach ihrer Rückkehr ein Begnadigungsgesuch an Gouverneur Macquire aufgesetzt hatte. Hutchinson hatte das Schreiben überbracht und die Zusicherung erhalten, dass man ihr Gesuch mit größtem Wohlwollen prüfen werde.

»Also heute Abend nach dem Essen erwarte ich euch auf der Veranda.«

»Ja, Ma'am!«, kam es wie aus einem Mund.

Jessica drehte sich nicht um. Sie wusste auch so, dass Anne und Frederick sich bei den Händen gefasst hatten und sich mit stummer Freude in die Augen blickten.

Sie führte Princess am Zügel aus dem Stall auf den Hof hinaus und überprüfte noch einmal den Sitz der Gurte. Nicht aus Misstrauen, sondern aus Routine. »Alles bestens«, stellte sie, wie nicht anders erwartet, fest und tätschelte den Hals der herrlichen Stute, die sich schon sichtlich auf den Ausritt freute.

Da tauchte Ian zwischen der Scheune und dem Geräteschuppen auf. »Jessica!«, rief er.

Sie nahm den Fuß wieder aus dem Steigbügel und wartete.

Ian kam mit schweren und irgendwie ungelenken Schritten auf sie zu, so als koste ihn jeder Schritt übermäßig viel Kraft. Er trug ein kariertes Hemd und darüber eine rehbraune Lederweste. Gut sah er aus, bis auf das blasse, angespannte Gesicht.

»Ich will zur Auborn-Farm, Ian. Kommen Sie mit?« Jessica hoffte noch immer, dass irgendwann zwischen Ian und ihr wieder jene wunderbare Vertrautheit zurückkehren würde, die ihr besonderes Verhältnis so viele Jahre ausgezeichnet hatte.

»Nein, ich kann nicht, Jessica«, sagte er und blieb vor ihr stehen.

Sie machte ein enttäuschtes Gesicht. »Früher haben wir oft weite Ausritte unternommen, nur wir beide«, erinnerte sie ihn.

»Früher war vieles anders.«

Sie wollte nicht schon wieder mit ihm in die Haare geraten.

Deshalb bemühte sie sich um ein Lächeln. »Na ja, vielleicht ein andermal.«

Er ging nicht darauf ein. »Wir haben diesen höllisch heißen Sommer ohne Verluste und Schäden überstanden«, wechselte er unvermittelt das Thema. »Dank unserer verzweigten Bewässerungssysteme haben wir einen Großteil der Ernte retten können ...«

»Und dank Ihrer pausenlosen Brandpatrouillen haben wir in diesem Jahr verhältnismäßig wenig Vieh aufgrund von Buschfeuern verloren«, fügte Jessica hinzu. »Das war wieder einmal erstklassige Arbeit, Ian.«

Er nahm ihre Anerkennung mit ausdrucksloser Miene und nur einem knappen Nicken zur Kenntnis. »Wir hatten auch Glück mit dem Regen«, fuhr er sachlich fort. »Es ist gottlob zu keinen schweren Überschwemmungen gekommen. Kurz und gut, wir haben das Schlimmste überstanden, es drohen keine Gefahren mehr, und auf SEVEN HILLS kann nun alles wieder seinen ganz normalen, geregelten Gang gehen, nicht wahr?«

»Ja, so ist es«, bestätigte Jessica, verwundert, was er bloß mit dieser Bestandsaufnahme bezweckte. »Aber warum betonen Sie das so ausdrücklich?«

»Weil ich mein Vorhaben nur dann ausführen kann, wenn hier alles zum Besten steht. Es erleichtert mich zu wissen, dass Sie in diesem Punkt mit mir übereinstimmen.«

»Sicher stimme ich mit Ihnen überein«, erwiderte Jessica verwirrt. »Aber um was für ein Vorhaben geht es denn überhaupt?«

»Ich werde SEVEN HILLS verlassen.«

»Wollen Sie nach Sydney?«, fragte sie. »Aber das hätten Sie doch schon viel eher sagen können. Für ein paar Wochen ...«

»Nicht nach Sydney, und auch nicht für ein paar Wochen«,

fiel er ihr ins Wort. »Ich gebe meine Arbeit als Verwalter auf und verlasse SEVEN HILLS – für immer.«

Jessica sah ihn ungläubig an. »Was?«, fragte sie und begriff noch gar nicht richtig die volle Bedeutung seiner Ankündigung.

»Ich verlasse SEVEN HILLS für immer.«

»Das kann nicht Ihr Ernst sein!« Sie lachte verstört auf. »SEVEN HILLS ist doch auch Ihre Heimat. Mein Gott, was soll dieser Unsinn, dass Sie…«

»Es ist kein Unsinn, Jessica!«, fuhr er ihr schroff ins Wort. »Und meine Heimat wird von nun an SOUTHLAND sein!«

Jessica fühlte sich wie benommen. All das konnte doch bloß ein fürchterlicher Albtraum sein. Ian wollte SEVEN HILLS verlassen? Unmöglich!

»SOUTHLAND?«

»Ja, SOUTHLAND. Das ist die Farm am Colo River, die ich Mister Scowfield abgekauft habe. Dort werde ich mir endlich etwas Eigenes schaffen!«, teilte er ihr brüsk mit.

Jessica starrte ihn fassungslos an. Sie hatte gewusst, dass er sein Geld all die Jahre gespart und gut angelegt hatte und schon seit Langem in der Lage war, sich eine eigene Farm zu kaufen. Es wäre ihr jedoch nicht mal im Traum in den Sinn gekommen, daran zu denken, dass er SEVEN HILLS einmal verlassen könnte. Für sie gehörte er einfach zu der Farm wie… wie eine Mutter zu ihren Kindern. Ian sollte nicht mehr da sein? Unvorstellbar!

Allmählich wurde ihr die Tragweite seiner Worte bewusst, und ihre Bestürzung kannte keine Grenzen. Eine Gänsehaut lief ihr über den Körper. »Das können Sie uns doch nicht antun, Ian!«, stieß sie entsetzt hervor. »Sie können uns doch nicht im Stich lassen. Sie gehören zu uns! Denken Sie doch nur an Ihre Kameraden… der alte Baker, Tim Jenkins und James Parson. Und an Edward, der Sie vergöttert und wie einen Vater liebt! Für ihn wird eine Welt einstürzen!«

Ian schluckte, doch sein Gesicht zeigte eine verkniffene Miene. »Ihr Sohn wird es verkraften. Er ist aus dem rechten Holz geschnitzt. Mein Entschluss ist gefasst, Jessica, und Sie wissen, dass ich kein wankelmütiger Mann bin. Also versuchen Sie gar nicht erst, mich mit solchen Vorhaltungen umstimmen zu wollen.«

Jessica sah ihn mit bleichem Gesicht an. »Warum tun Sie das, Ian?« Ihre Stimme zitterte und versagte ihr beinahe den Dienst. »Warum tun Sie mir das an? Warum müssen Sie mir so weh tun?«

»Ich will Ihnen nicht weh tun, sondern…«

»Aber Sie tun es!«, stieß sie hervor.

»Ich tue es, weil ich es muss… und weil es für uns beide das Beste ist«, erwiderte er, und seiner Stimme war nun auch eine starke Bewegtheit anzuhören. »Offenbar bleibt es im Leben nicht aus, dass man immer wieder den Menschen, die einem besonders viel bedeuten, Schmerzen zufügen muss. Ich weiß nicht, warum es so ist, und ich kann auch nichts daran ändern.«

»O doch!«, begehrte sie heftig auf. »Sie können, wenn Sie nur wollen, Ian!«

»Nein, mit meinem Wünschen und Wollen hat das nichts mehr zu tun«, antwortete er mit Bitterkeit. »Als ich mit Ihrem verstorbenen Mann zum ersten Mal auf diesem Hügel stand und den Hawkesbury sah, war ich noch keine zwanzig Jahre alt. Zusammen haben wir das Land gerodet, tausend Gefahren bestanden und der Wildnis eine Farm entrissen, die heute ihresgleichen in der ganzen Kolonie sucht. Steve war in diesen harten und doch wunderschönen Jahren mein bester Freund und meine Familie. Niemand stand mir näher. Und ich war glücklich für ihn, als er Sie eines Tages als seine Frau nach SEVEN HILLS brachte. Ich neidete ihm das Glück mit Ihnen nicht. Leider war es ihm nur wenige Jahre vergönnt. Wäre er damals nicht dem heimtückischen Anschlag zum Opfer gefallen, wäre wohl alles anders gekommen. Doch Steves plötzlicher Tod hat alles verändert. Ich musste jetzt bleiben, denn Sie brauchten mich, Jessica, obwohl Sie bewundernswert schnell lernten und uns allen bewiesen, was in Ihnen steckt. Und als Sie mich nicht länger brauchten, da ... da konnte ich nicht mehr gehen, weil ... nun, weil ich Sie brauchte.«

Jessicas Hand krampfte sich um die Zügel. »Ian, was hat all das mit heute zu tun?«

»Mehr, als Sie offensichtlich begriffen haben, Jessica! Ich bin jetzt vierzig, und ich kann nicht länger warten und hoffen, dass ... dass sich gewisse Träume erfüllen«, sagte er verschlüsselt. »Ich muss feststellen, dass mein wichtigster Traum, der mir all die Jahre Kraft und Zuversicht in die Zukunft gegeben hat, nur eine Illusion war. In den anderthalb Jahren, die Sie weg waren, habe ich Zeit genug gehabt, mir darüber klarzuwerden, dass ich dabei bin, mein Leben einem unerfüllbaren Wunschtraum zu opfern und dabei innerlich vor die Hunde zu gehen.«

Jessica wagte nicht, ihn anzusehen. Und sie wusste nicht, was sie sagen sollte. Ihre Gefühle befanden sich wie ihre Gedanken in einem Zustand totaler Konfusion.

»Ich liebe SEVEN HILLS«, fuhr er fort, »und ich liebe ...« Er brach ab, um neu zu beginnen. »Ich möchte mein Leben nicht als Verwalter und guter Freund beenden, Jessica. Ich möchte mehr vom Rest meines Lebens, ich möchte eine Familie, Kinder und eine Frau, die meine Liebe erwidert. Ist das vielleicht zu viel verlangt, Jessica?«

»Nein«, flüsterte sie.

»Ich kann nicht länger warten. Noch ist es dafür nicht zu spät. Und deshalb muss ich SEVEN HILLS verlassen, so schwer es mir auch fällt, all das aufzugeben, was mir am meisten bedeutet.«

»Ian…«

»Ja?«

»Muss es denn… Ich meine, gibt es denn keinen…« Sie schaffte es einfach nicht, den Satz zu Ende zu bringen.

»Als *Verwalter* kann und werde ich nicht bleiben. Es gibt nur eins, was mich hier halten könnte«, sagte er, und es war klar, was er damit meinte.

Schweigend sahen sie sich an. Jessica hatte Tränen in den Augen und biss sich auf die Lippe. Die Vorstellung, Ian zu verlieren, weckte einen wilden Schmerz in ihr. Doch sie konnte ihm nicht sagen, was er so verzweifelt zu hören wünschte.

»Sie werden uns allen entsetzlich fehlen, Ian«, sagte sie schließlich mit einer ihr fremden Stimme. »Aber ich kann Sie nicht halten.«

Die Anspannung, die Ians Körper für diesen kurzen Moment herzrasender Hoffnung erfasst hatte, wich von ihm. Seine Schultern sackten in einer unbewussten Geste der Resignation herab. »Ich habe meine Sachen schon gepackt und werde gleich aufbrechen, sowie ich meine letzte Runde gemacht und mich verabschiedet habe. Meinen restlichen Lohn können Sie zu Mister Hutchinson schicken.«

Sie nickte.

Einen Augenblick standen sie sich stumm gegenüber. Dann beugte er sich vor, strich ihr eine Locke aus dem Gesicht, und sie ließ es zu, dass er ihr einen Kuss auf die Wange hauchte. »Ich wünsche dir alles Glück der Welt, Jessica«, sagte er mit leiser, rauer Stimme.

»Und ich dir, Ian.« Tränen liefen ihr übers Gesicht. Ian verließ SEVEN HILLS. Für immer! Sie konnte nicht glauben, dass sie dies wirklich erlebte.

Auch in seinen Augen fand sich ein feuchter Schimmer. Ohne ein weiteres Wort drehte er sich um und ging davon – aus ihrem Leben.

Jessica stand wie gelähmt und blind vor Tränen. Sie spürte noch immer seinen Kuss auf ihrer Wange. Er brannte wie Feuer.

17

Den Hawkesbury überquerte Ian bei Windsor, einer kleinen Ortschaft zehn Meilen vor der Einmündung des Colo River in den Hawkesbury. Wie der Zufall es wollte, kam zur selben Stunde die SOUTHERN CROSS den Fluss hinauf. Ian war mit Hector und seinen beiden Packpferden jedoch schon von der Fähre, als Patrick Rourke das Kommando zum Beidrehen gab und die Leinen zum Anlegesteg herüberflogen. Ian schob sich den Hut in die Stirn, trieb sein Pferd an und ließ Windsor hinter sich, ohne sich noch einmal umgeblickt zu haben. Patrick war ihm ein echter Freund, doch ihm war nicht einmal danach, mit Freunden ein Gespräch zu führen, geschweige denn eines über seine Gründe, weshalb er SEVEN HILLS verlassen hatte. Ein Mann, dessen Liebe unerwidert blieb und der daraus keine Konsequenzen zog, war ein Narr und machte sich zum Gespött. So hatte er sich für die Verzweiflung in der Einsamkeit entschieden.

Ian fühlte sich elend und innerlich bis an die Grenze des Erträglichen zerrissen. Er hatte Jessica vom ersten Tag an geliebt, diese Liebe aber zu Lebzeiten von Steve Brading zu seinem bestgehüteten Geheimnis gemacht. Niemand hatte von seinen tiefen Gefühlen für Jessica auch nur den Hauch einer Ahnung gehabt. Dieses Geheimnis hatte er sogar noch lange über den Tod von Steve hinaus bewahrt. Erst vor drei, vier Jahren hatte er es gewagt, ihr andeutungsweise zu verstehen zu geben, was sie ihm bedeutete. Er hatte sich kein größeres Glück vorstellen können, als sie zu seiner Frau zu machen.

Es war kein Traum, sondern eine Illusion, eine Selbsttäuschung gewesen. Und er hatte SEVEN HILLS verlassen müssen, um seine Selbstachtung zu bewahren. Dass es unglaublich schwer sein würde, seine paar Habseligkeiten auf zwei Packpferde zu schnallen und davonzureiten, hatte er gewusst. Monatelang hatte er darüber nachgedacht und sich das Ende in allen Einzelheiten vorzustellen versucht. Doch die Wirklichkeit übertraf seine schlimmsten Albträume.

SEVEN HILLS war sein Leben gewesen. Hier war er nach der Deportation sozusagen ein neuer Mensch geworden. Hier hatte sein Leben einen neuen Sinn gefunden. Hier hatte er eine Aufgabe gehabt, die ihn befriedigt und mit Stolz und Liebe zu diesem Land erfüllt hatte. Und hier war die einzige Frau, für die er alles zu tun und zu geben bereit gewesen wäre, in sein Leben getreten. Kurzum: SEVEN HILLS war zwanzig Jahre lang die Sonne gewesen, um die alles andere gekreist war, und Jessica war ein unlöslicher Teil dieser Sonne für ihn gewesen. Nun war ihm, als wäre alles Licht verlöscht und die Zukunft nichts weiter als eine endlose Nacht, in die manchmal nur ein wenig fahles Mond- und Sternenlicht fiel.

Fünf lange Tage der Verzweiflung benötigte Ian, um die Strecke nach SOUTHLAND zurückzulegen, die ein normaler Reiter bequem in zwei schaffen konnte. Er ließ Hector oft stundenlang gemächlich einhertrotten. Es war, als hielte ihn eine unsichtbare Kraft zurück. Manchmal flackerte in ihm die irrwitzige Hoffnung auf, Jessica könnte ihm nachgeritten sein, weil sie es sich anders überlegt hatte. Dann machte er Pausen von zwei, drei Stunden und spähte nach Süden, bis ihm die Augen schmerzten.

Doch der Horizont blieb leer. Kein Reiter tauchte hinter den Eukalyptuswäldern auf und jagte über die Ebene auf seinen Rastplatz zu. Nicht einmal Kängurus und Dingos zeigten sich.

Quälender noch als die Tage waren die Nächte. Wenn dann endlich der neue Tag heraufdämmerte, schämte er sich für die Tränen, die er in der Dunkelheit vergossen hatte, und für die Angst, an seinem eigenen Entschluss zu zerbrechen. Er hatte die Kerkerhaft in Irland ertragen, die achtmonatige Überfahrt im Zwischendeck eines Sträflingsschiffes überlebt und sich im Busch als Mann von eisernem Willen, geradezu unerschöpflicher Ausdauer und Standhaftigkeit erwiesen. Und nun war ihm zumute, als befände er sich am Ende aller Kräfte. Er hasste sich für diese unmännliche Schwäche, doch er konnte ihr nicht entkommen. Sie war in ihm und quälte ihn wie seine Liebe zu Jessica und zu SEVEN HILLS.

Am Nachmittag des fünften Tages erreichte er SOUTHLAND. Und als er die schäbige Lehmhütte erblickte, die dem versoffenen William Scowfield als Wohnhaus gedient hatte, sowie die nicht weniger armseligen und windschiefen Scheunen und

Schuppen, da drohte ihn die Depression in einen bodenlosen Abgrund zu reißen.

Was habe ich hier bloß zu suchen?, fragte er sich wie betäubt. Wie vermochte ich nur jemals zu glauben, dass ich mir hier ein neues Leben aufbauen kann?

Im letzten halben Jahr vor Jessicas Rückkehr hatte er die Farm von William Scowfield zweimal aufgesucht und sie jedes Mal einer ebenso langen wie kritischen Überprüfung unterzogen, ob sie denn für seine Zwecke wirklich geeignet sei. Er war kein armer Mann, beileibe nicht, und er hätte es sich leisten können, auch den hohen Preis für eine schöne und ertragreiche Farm zu zahlen. Doch er hatte im Siedlungsgebiet des Hawkesbury bleiben und zudem noch eine Farm mit möglichst viel Land erstehen wollen. Beides hatte ihm allein SOUTHLAND mit seinen fast zehntausend Morgen im Dreieck zwischen Colo und Hawkesbury River geboten. Dass davon erst ein ganz geringer Teil nutzbar gemacht worden war, hatte ihn nicht gestört. Er wusste, welches Potenzial in diesem Land steckte, und er hatte gerade diese Herausforderung, noch einmal ganz von vorn zu beginnen und diesmal für die eigene Zukunft, bewusst gesucht. Die harte Arbeit, die hier zu leisten war, würde ihn auf andere Gedanken bringen und ihm helfen, über seinen großen Schmerz hinwegzukommen – so jedenfalls hatte er sich das vorgestellt.

Nun jedoch überfiel ihn beim Anblick dieser heruntergekommenen Farm die Angst wie ein plötzlicher Schweißausbruch. Es war die Angst, sich selbst getäuscht und sich in etwas eingelassen zu haben, was weit jenseits der eigenen Möglichkeiten lag, und das Wissen, dass es für ihn kein Zurück mehr gab, denn er hatte alle Brücken hinter sich abgebrochen, die ihn wieder nach SEVEN HILLS hätten führen können.

Ian war ein harter Mann, doch als er sich dem dreckigen Hof mit seinen rissigen Lehmhütten und Bretterschuppen näherte, hatte er das Gefühl, sich jeden Augenblick erbrechen zu müssen.

Eine kurzbeinige Gestalt in dreckstarrender Kleidung und mit wirrem Haarschopf kam aus einer Hütte. Es war Mike Selby, der Vormann der alten Scowfield-Crew. Mit dem Handrücken wischte er sich über den Mund und rief mit breitem Grinsen: »Der Teufel soll mich holen, wenn das nicht unser neuer Boss ist!... He, Luke!... Eddy!... Mister McIntosh ist hier!... Antreten zum Empfang! Jetzt beginnt hier die neue Zeit.« Er lachte, als wäre das Ganze ein großer Witz.

Luke Burgess, Edgar Jones und Mike Selby hatten für William Scowfield gearbeitet, und obwohl sie alle drei keinen allzu vertrauenerweckenden Eindruck auf Ian gemacht hatten, hatte er sie der Einfachheit halber nach Unterzeichnung des Kaufvertrags übernommen. Er hatte nicht gewusst, zu welchem Zeitpunkt er SEVEN HILLS verlassen und auf SOUTHLAND die Arbeit aufnehmen konnte, und deshalb die Männer gebraucht, damit sie auf der Farm nach dem Rechten sahen, sich um das Vieh kümmerten und erste Vorbereitungen für den Neubeginn trafen. Er hatte ihnen eine ganze Liste von Dingen, die zu tun waren, zurückgelassen.

Ian erkannte auf den ersten Blick, dass nichts von dem, was er ihnen vor Wochen zu tun aufgetragen hatte, ausgeführt worden war. Er stieg aus dem Sattel, ging zum Brunnen, zog einen Eimer Wasser hoch und trank. Dann wandte er sich zu den drei Männern um, die abwartend dastanden und ihn beobachteten.

»Das Dach der Scheune ist nicht ausgebessert«, stellte Ian fest.

Mike zuckte mit den Schultern. »Sind wir noch nich zu gekommen. Waren mit anderen Arbeiten beschäftigt«, gab er ganz lässig zur Antwort.

»Wo sind die Bretter und Balken, die ihr zuschneiden solltet?«, fragte Ian.

»Sind wir noch nich zu gekommen«, sagte Mike wieder. »Die Sägegrube stand bis oben hin voll Wasser.«

Dass Mike Alkohol getrunken hatte, roch Ian ganz deutlich. Und ihm dämmerte, dass Mike, Luke und Edgar sich auf seine Kosten einen Lenz und die letzten Wochen vermutlich so gut wie keinen Finger krumm gemacht hatten. Wut flammte in ihm auf, doch er beherrschte sich. Im Augenblick war er auf sie angewiesen. »Ihr hättet sie auspumpen und abdecken können«, hielt er ihnen grimmig vor.

Mike grinste ihn unverschämt an. »Klar, hätten wir ja auch gemacht. Nur die verdammte Pumpe tut's nich, Boss. Hat sofort den Geist aufgegeben.«

Ian sah ihm förmlich an, dass Mike ihn anlog, und er nahm sich vor, als Erstes die Pumpe zu kontrollieren. Er bemerkte auch, wie Luke beschämt den Blick senkte, ganz im Gegensatz zu Edgar, der breit grinste und Mikes Lügengeschichten offensichtlich genoss.

»Und was ist mit dem Waldstück da drüben?«, wollte er dann wissen. »Ich hatte euch doch aufgetragen, dort schon mal mit dem Roden zu beginnen. Aber wie ich sehe, ist da noch nicht ein Baum gefallen!«

Mike hob in einer Geste scheinbarer Hilflosigkeit die Hände. »Dazu sind wir bei all der vielen anderen Arbeit einfach nich gekommen, Boss«, behauptete er.

Ian musste sehr an sich halten. »Was du nicht sagst, Mike. Von welcher Arbeit sprichst du denn?«

Es gelang Mike Selby sogar, einen scheinbar ehrlich gekränkten Blick auf sein stoppelbärtiges Gesicht zu zaubern. »Ich weiß gar nich, wo ich da anfangen soll, Boss! Immerhin halten wir zu dritt diese Farm am Laufen, und ich denke, damit ist ja wohl alles gesagt.«

Ian schluckte seinen Zorn hinunter. Dass er andere Arbeiter brauchte, wenn er aus SOUTHLAND etwas machen wollte, lag auf der Hand. Mike und Edgar würden nicht mehr lange auf seiner Lohnliste stehen, das schwor er sich. Ob wenigstens Luke, ein sehniger Mann von knapp dreißig Jahren mit einer Hasenscharte, etwas taugte, würde er schon in wenigen Tagen wissen.

Die Handpumpe konnte erst nicht gefunden werden. Als Mike und Edgar sie schließlich anbrachten, erwies sie sich tatsächlich als defekt. Ein langer Riss zog sich durch den Schlauch, und eine der Holzstreben war gebrochen. Ian nickte nur, ließ sich in Wirklichkeit jedoch nicht täuschen. Sowohl der glatte und zackenlose Schnitt im Schlauch als auch die Bruchstelle waren frisch. Sie hatten der Pumpe gerade erst diese Schäden zugefügt, um Mikes Lüge zu untermauern.

»Repariert sie«, sagte Ian, als hätte er nichts bemerkt. Insgeheim kochte er jedoch vor Wut.

Am nächsten Morgen teilte er Mike und Edgar zum Roden ein, während er Luke zu seinem Führer bestimmte, der ihn besser mit dem Gelände vertraut machen sollte. Sie waren schon ein paar Stunden geritten, als Ian überraschend sagte: »Die Pumpe war völlig in Ordnung. Mike und Edgar haben sie gestern erst nach meiner Ankunft kaputt gemacht. Du brauchst nichts dazu zu sagen, Luke. Du sollst bloß wissen, dass ich es weiß. Ich habe SEVEN HILLS mit aufgebaut und diese Farm länger als ein Jahrzehnt als Verwalter geführt. Ich kenne jeden miesen Trick, das kannst du mir glauben. Der Farmarbeiter, der mir etwas vormachen will, muss erst noch geboren werden.«

Luke schaute ihn bestürzt an, gab jedoch keine Antwort. Als sie am Abend zum Hof zurückkehrten, sagte Luke plötzlich: »Ja, Sie haben recht, Boss. Es war so.« Er erklärte nicht, was er damit meinte, und Ian fragte nicht nach, sondern begnügte sich mit einem wortlosen Nicken, denn es war eindeutig, worauf sich Lukes Äußerung bezog.

Ian brauchte eine ganze Woche, um sich einen Überblick über seine Lage zu verschaffen, und er empfand jeden Tag als Qual, da zu seinem seelischen Schmerz die wachsenden Zweifel kamen, ob er dieser Aufgabe, die er sich aufgebürdet hatte, überhaupt gewachsen war.

Mit Mike und Edgar hatte er nichts als Ärger. Zwar verweigerten sie ihm nicht die Arbeit, doch sie ließen keine Gelegenheit ungenutzt, um sie zu verschleppen oder sie in einem äußerst bedächtigen Rhythmus auszuführen. Das zeigte sich ganz deutlich beim Roden. In seiner Gegenwart legten sie sich ordentlich ins Zeug, doch sowie er ihnen den Rücken kehrte und sich anderer dringender Arbeiten annahm, machten sie kaum noch Fortschritte.

Er konnte jedoch nicht ständig in ihrer Nähe bleiben, denn die Farm befand sich in einem erbarmungswürdigen Zustand. An allen Ecken und Kanten wurden hart zupackende Hände gebraucht. Es war zum Verzweifeln.

Von Tag zu Tag verabscheute Ian den kurzbeinigen, stämmigen Mike und dessen Freund Edgar mehr. Die Reibereien zwischen ihnen nahmen zu, an Häufigkeit wie auch an Intensität. Mike und Edgar dachten gar nicht daran, für ihren Lohn eine adäquate Leistung zu erbringen. Sie hatten unter dem versoffenen William Scowfield jahrelang freie Hand gehabt und ein bequemes Leben geführt, und sie hegten offensichtlich die feste Überzeugung, dass es auch unter ihrem neuen Boss keine Veränderungen geben dürfe.

Ian verbot ihnen den Branntwein während der Arbeit. Sie kümmerten sich nicht darum. Und als Ian sich dann die Mühe machte, seinen Viehbestand zu zählen, da wusste er, dass er es auch noch mit Viehdieben zu tun hatte.

Ihm platzte nun der Kragen, und am Abend nach der Zählung stellte er sie zur Rede. »Als ich Mister Scowfield die Farm abkaufte, zählte ich vierhundertachtzig Schafe auf Southland«, sagte er und dachte, welch eine lächerlich geringe Herde das im Vergleich zu den vielen tausend Tieren war, die auf Seven Hills weideten. »Jetzt, sechs Wochen später, ist die Herde auf dreihundertsiebzig Schafe geschrumpft. Kann jemand von euch den Fehlbestand erklären?«, fragte er scharf.

»Sicher«, kam Mikes Antwort ohne Zögern. »Die Schafe waren die meiste Zeit sich selbst überlassen. Einige haben sich da eben aus dem Staub gemacht, und mit Dingos hat es hier schon immer 'ne Menge Ärger gegeben. Ist es nich so, Eddy?«

»Du sagst es, Mike«, bestätigte Edgar.

Ian hatte nichts davon bemerkt, dass sich auf Southland mehr Dingos herumtrieben als auf Seven Hills. Er kannte die wahre Ursache, doch ihm fehlten die Beweise. »Einhundertzehn Schafe ein Opfer von Dingos? Innerhalb von wenigen Wochen?«, fauchte er sie an. »Das ist ja lächerlich. Ihr habt es nicht mehr mit Mister Scowfield zu tun!«

»Wie meinen Sie das, Boss?«, stellte sich Mike dumm.

Ian fixierte ihn. »Du weißt ganz genau, wie ich das meine! Für wie dumm haltet ihr mich? Glaubt ihr, ich wüsste nicht, dass es für das Verschwinden von so vielen Tieren eine sehr eindeutige Erklärung gibt?«

Mike schob das Kinn vor und machte eine finstere Miene. »Was Sie da andeuten, gefällt mir gar nich, Boss! Ich hoffe bloß, Sie haben da was gesagt, was Sie so nich meinen.«

Ian stieß sich vom Gatter ab und ging auf ihn zu. »Ich habe leider keine Beweise, sonst würde ich dafür sorgen, dass man euch aufknüpft, wie es Viehdiebe verdient haben! Doch ich weiß, dass ihr mich bestohlen habt!«

»He, jetzt reicht es aber!«, schrie Mike wütend. »Wir sind Emanzipisten, Mann, und so lassen wir nich mit uns reden! Diese Beleidigung nehmen Sie sofort zurück, oder Sie lernen uns kennen.«

»Ja, auf der Stelle!«, pflichtete Edgar ihm bei und funkelte Ian aus schmalen Augen an.

»Ich glaube, es wird höchste Zeit, dass ihr *mich* endlich richtig kennenlernt, ihr faules Pack!«, stieß Ian mit kalter Wut hervor und schlug zu.

Der Fausthieb, der blitzschnell und ansatzlos kam, traf Mike mitten ins Gesicht. Seine Oberlippe platzte auf, Blut spritzte heraus, und mit einem gellenden Aufschrei ging er zu Boden. Augenblicklich stürzte sich Edgar auf ihn. Ian wich dem Angriff geschickt aus, duckte sich unter den wilden Schwingern hinweg und rammte ihm die geballte Linke in den Magen.

Edgar gab einen röchelnden Laut von sich, während er abrupt stehen blieb, als sei er gegen eine unsichtbare Mauer geprallt. Er riss die Augen auf, röchelte nach Luft und gab seine sowieso schon miserable Deckung ganz auf. Ian nutzte die Gelegenheit sofort, um mit einer Links-Rechts-Kombination nachzusetzen. Mit seinen Schlägen trieb er Edgar vor sich her, der ein erstaunliches Stehvermögen erwies. Dann flog sein

Kopf, von einem Uppercut mitten auf die Kinnspitze getroffen, zurück. Er hatte das Bewusstsein schon verloren, noch bevor er der Länge nach in den Sand stürzte.

Indessen hatte sich Mike wieder aufgerappelt und zu einem Knüppel gegriffen. Ian registrierte die Bewegung schräg hinter ihm eine Sekunde zu spät. Der Prügel erwischte ihn über der Hüfte und jagte einen stechenden Schmerz durch seinen Körper. Er verlor das Gleichgewicht und ging zu Boden.

»Jetzt mach ich dich fertig!«, schrie Mike und wollte ihm den Knüppel, den er mit beiden Händen hielt, über den Kopf schlagen.

Geistesgegenwärtig rollte sich Ian zur Seite, und der schwere Knüppel sauste haarscharf an ihm vorbei. Hätte er ihn getroffen, hätte er ihm zweifellos den Schädel zertrümmert.

Mike wollte den Knüppel wieder hochreißen, doch da hatte Ian ihn schon gepackt. Ein heftiger Ruck, und er hatte seinem Angreifer die Waffe aus den Händen gerissen.

»Erledigen wir die Sache doch lieber mit den Fäusten«, sagte Ian und schleuderte den Prügel weit hinter sich.

Angst flackerte in Mikes Augen auf. »Luke! … Hilf mir, dieses Dreckschwein fertigzumachen!«, schrie er, weil er ahnte, dass er Ian mit bloßen Fäusten nicht gewachsen sein würde. Und gerade jetzt hatte er sein Messer nicht dabei!

»Ich wüsste nicht, warum ich ausgerechnet dir helfen sollte, wo doch besonders du mich immer gehänselt und getriezt hast!«, antwortete Luke. »Und ich weiß, dass ihr euch manche Nacht heimlich davongestohlen habt. Mit Viehdieben will ich nichts zu tun haben!«

Mike kannte eine Menge gemeiner Tricks, und verbissen wehrte er sich seiner Haut, doch gegen Ian kam er nicht an. Dieser verprügelte ihn nach Strich und Faden. Seine ganze

Wut, seine Frustration und seine hoffnungslose Verzweiflung legte er in die Schläge, mit denen er Mike zermürbte. In ihm tobte ein mörderisches Verlangen.

»Lassen Sie ihn, Mister McIntosh!... Tun Sie es nicht!... Er ist erledigt!... Wenn Sie noch weiter auf ihn einschlagen, bringen Sie ihn um!«

Lukes Worte ließen Ian zu sich kommen. Ihm war, als erwachte er aus einem Traum, an den er sich bloß noch verschwommen erinnern konnte. Zu seinen Füßen krümmte sich Mike, blutig geschlagen und am Rand der Bewusstlosigkeit.

Keuchend stand Ian da. Er schüttelte den Kopf, um die Benommenheit loszuwerden. Entsetzen überfiel ihn, als ihm klar wurde, dass er beinahe völlig die Kontrolle über sich verloren und so lange auf den Mann dort eingeschlagen hätte, bis kein Leben mehr in ihm gewesen wäre.

O Gott, wie weit war es nur mit ihm gekommen?

Ian erschauderte vor den eigenen menschlichen Abgründen, die sich vor ihm auftaten, und alle Kraft schien ihn zu verlassen. Seine Hände sanken herab. »Ich will, dass sie die Farm heute noch verlassen«, sagte er mit krächzender Stimme zu Luke. »Wenn sie bis Sonnenuntergang nicht weg sind, betrachte ich sie als Eindringlinge und werde sie erschießen.« Er zerrte seine Geldbörse hervor, entnahm ihr mehrere Münzen und warf sie vor Mike in den Dreck. »Hier ist der restliche Lohn! Wenn du willst, kannst du mit ihnen gehen... oder bleiben.«

»Ich bleibe.«

»Gut«, sagte Ian, ging ins Haus und lud zwei Pistolen. Er brauchte sie jedoch nicht. Mike und Edgar stießen zwar obszöne Flüche und Drohungen aus, eines Tages mit ihm abzurechnen, doch sie packten ihre Bündel und verließen die Farm noch vor Einbruch der Dunkelheit.

18

Unruhig lief Rosetta in ihrem Zimmer auf und ab. Alle paar Minuten trat sie ans Fenster und schaute auf die Marlborough Street hinaus. Ein feiner Nieselregen ging über die Stadt nieder. Die Schiffe in der Bucht waren wie auf einer Aquarellzeichnung nur verschwommen zu erkennen. Mit wachsender Ungeduld erwartete Rosetta die Rückkehr ihrer Zofe aus der Stadt. Wo blieb Kate nur? Sie war doch jetzt schon über eine Stunde fort. Und sie wusste genau, dass sie ihre Traumperlen brauchte.

Vor einer Woche, als sie mit Maneka und Kate von Mirra Booka in ihr Haus nach Sydney zurückgekehrt war, hatte sie sich die letzte Opiumpfeife gegönnt. Es war ihr letztes Kügelchen gewesen, und Maneka hatte sie beschworen, es dabei zu belassen und Kate nicht wieder in die *Rocks* zu schicken, um dort für sie neues Opium zu besorgen. Und sie hatte auch versucht, dem Verlangen nach dem Rausch des Opiums zu widerstehen und stark zu sein. Doch an diesem Morgen war das Verlangen einfach übermächtig geworden. Nicht einmal Manekas Flehen hatte dagegen etwas ausrichten können. Und sie hatte Kate in die *Rocks*, das Lasterviertel am Hafen, geschickt, wo es noch immer genug Opiumhöhlen und Tavernen gab, wo man diese Droge kaufen konnte.

»Endlich! Da kommt sie!«, rief Rosetta erleichtert, als sie die Kutsche sah.

Maneka trat zu ihr ins Zimmer. Auch sie hatte die Kutsche bemerkt. »Tu es nicht«, redete sie ihr noch einmal eindringlich zu. »Die Droge löst kein einziges Problem, Rose, ganz im Gegenteil, sie zerstört dich.«

»Was kann sie denn noch zerstören, was Kenneth noch nicht zerstört hat?«, fragte Rosetta verbittert.

»Unsere Liebe«, sagte Maneka traurig.

Der Schmerz in Manekas Augen versetzte Rosetta einen Stich. »Nein, nichts auf der Welt kann unsere Liebe zerstören!«, widersprach sie heftig, zog sie in ihre Arme und bedeckte ihren Hals und ihr Gesicht mit einer Flut von Küssen.

»Doch, die Droge zerstört alles«, flüsterte Maneka unter Tränen. »Dir wird bald alles gleichgültig sein, wenn du nur deine Traumperlen hast. Und ganz langsam, aber unaufhaltsam wird das Gift deinen Körper und deinen Geist zerfressen, und damit wirst du auch mein Leben zerstören, weil mit dir alles stirbt, was meinem Leben Glück und Sinn gibt.«

»Nein, nein, niemals!«, beteuerte Rosetta. »Ich verspreche dir, dass ich der Droge nicht verfallen werde. Nur ab und zu ein bisschen Vergessen! Bitte, mehr will ich doch gar nicht. Und habe ich nicht eine ganze Woche nichts genommen?«

»Die Abstände werden immer kürzer.«

»Maneka, mein Sonnenstern, schau mich nicht so traurig an. Es zerreißt mir das Herz.«

»Wenn du mich liebst, tust du es nicht!«, flehte Maneka sie an.

Schritte kamen über den Flur. Sie lösten sich aus ihrer Umarmung, und Maneka wandte sich ab. Die Tür ging auf, und Kate trat ins Zimmer.

»Hast du sie bekommen?«, fragte Rosetta gierig.

»Nein«, log sie, denn das kleine Porzellandöschen in ihrem Handbeutel war bis obenhin voll mit diesen abscheulich klebrigen Opiumkügelchen. Doch wenn sie sie ihrer Herrin jetzt schon aushändigte, würde Rosetta lange Zeit kein Ohr mehr für das haben, was sie ihr vorschlagen wollte.

Rosetta machte ein entsetztes Gesicht. »Um Gottes willen, Kate! Du hast mir doch versprochen …«

»Ich bekomme das Opium«, beeilte sich Kate zu versichern. »Nur dauert das noch bis zum Nachmittag.«

Rosetta stöhnte auf und sank auf die Bettkante. »Ich brauche *jetzt* eine Opiumpfeife!«, rief sie gequält.

»Trinken Sie ein Glas Port, das wird Ihre Nerven beruhigen«, schlug Kate vor und machte zu Maneka hin eine herrische Handbewegung, damit diese ein Glas von unten aus dem Salon holte.

Maneka übernahm diese Aufgabe gern, freute sie sich doch, dass Rosetta noch bis zum Nachmittag warten musste, bis sie ihre verhängnisvollen Traumperlen bekam. Vielleicht schaffte sie es ja doch noch, die Sucht in ihr zu bekämpfen.

»Ich habe auch eine gute Nachricht«, teilte Kate ihrer Herrin mit, als Maneka hinausgegangen war. »Ich weiß jetzt, wie Sie die schändliche Affäre zwischen Ihrem Mann und Lavinia Whittaker beenden können.«

Rosetta hob den Kopf. Ein erregter, wacher Ausdruck vertrieb den unsteten Blick aus ihren Augen. Seit sie Lavinia in Parramatta bis in ihr Haus gefolgt war und sie geohrfeigt hatte und von Kenneth nur ausgelacht worden war, als sie ihn am selben Tag auf MIRRA BOOKA zur Rede gestellt hatte, wurde ihr Denken nur noch von zwei Dingen beherrscht: Das eine war der brennende Wunsch, Lavinia aus ihrem Leben und dem ihres Mannes zu verbannen, um einerseits ihr gesellschaftliches Ansehen zu bewahren und andererseits sich an ihrem Mann für die Demütigung zu rächen, indem sie ihn zum Verzicht auf die Frau zwang, der er offenbar verfallen war; das andere war das Opium, in dessen trügerische Welt des Vergessens sie sich immer öfter flüchtete, weil sie keinen Weg fand, um ihren Mann von Lavinia zu trennen. Und nun wollte Kate eine Möglichkeit gefunden haben?

»Wie?«, stieß sie aufgeregt hervor.

»Wir müssen sie dazu bringen, dass sie einen anderen Mann heiratet und mit ihm die Kolonie verlässt!«

Enttäuschung durchflutete Rosetta. »Unmöglich. Wie kommst du bloß auf diesen unsinnigen Gedanken, ich könnte sie dazu bringen, Kenneth aufzugeben und …«

»Nicht Sie werden das tun. Lavinia Whittaker darf natürlich niemals erfahren, dass Sie das arrangiert haben«, erklärte Kate.

»Was soll ich denn, in Gottes Namen, arrangieren können?«, fragte Rosetta ärgerlich in ihrem Unverständnis. »Das ist doch dummes Zeug!«

»Nein, warten Sie und hören Sie mir zu, Rosetta. Ich weiß, dass Sie sich das im Augenblick nicht vorstellen können, aber es kann funktionieren!«, beteuerte die Zofe. »Geben Sie mir nur Zeit, Ihnen alles zu erklären.«

Rosetta schüttelte unwirsch den Kopf, forderte sie jedoch gleichzeitig auf, konkret zu werden. Kate setzte sich daraufhin ihr gegenüber in den Sessel, der zwischen Bett und Fenster stand.

»Sie wissen doch, dass ich Abigail Jennings, das Hausmädchen von Lavinia Whittaker, angesprochen habe und noch in Parramatta dafür gewinnen konnte, uns über alles zu unterrichten, was ihre Herrin und Ihren Mann betrifft.«

Rosetta verzog das Gesicht. »Für ein einfaches Hausmädchen lässt sie sich den Klatsch, den sie liefert, unverschämt hoch bezahlen.«

»Die paar Shilling im Monat sind bestens angelegt«, erwiderte Kate trocken. »Und sie werfen schon jetzt hohen Gewinn ab.«

»So?«, sagte Rosetta skeptisch.

»Ich habe Abigail nämlich vorhin am Hafen getroffen, und da hat sie mir berichtet, dass Lavinia sich in ernsten finanziellen Schwierigkeiten befindet. Ihr Mann hatte sich für eine Beteiligung an einem Schiff, das im Rum-Handel eingesetzt war, offensichtlich schwer verschuldet. Vor drei Tagen hat Lavinia nun die Nachricht erhalten, dass dieses Schiff, es handelte sich dabei um die REGULUS, vor der Küste Indiens gesunken ist. Und jetzt muss sie ihr Haus verkaufen, um die Schulden bei Mister Dempsy zu begleichen. Damit bleibt Lavinia kaum noch genug Geld zum Leben.«

»Das freut mich, nur weiß ich nicht, wie mir das helfen soll«, sagte Rosetta verdrossen. »Jetzt wird eben mein Mann für sie aufkommen, und es gibt nichts, was ich dagegen unternehmen könnte.«

»Gewiss, das wird er ihr anbieten …«, fuhr Kate mit heiserer Flüsterstimme fort, unterbrach sich aber, als Maneka in das Schlafgemach zurückkehrte. Auf einem kleinen ovalen Silbertablett balancierte sie ein schlankes Weinglas sowie eine Kristallkaraffe mit Portwein. Schweigend füllte sie das Glas und reichte es Rosetta, die es mit zittriger Hand entgegennahm und auf einen Zug leerte. Maneka füllte das Glas ein zweites Mal, doch diesmal nahm Rosetta nur einen kleinen Schluck.

»Wie gesagt, Ihr Mann wird es ihr zweifellos anbieten«, nahm Kate ihren Faden wieder auf, »doch Lavinia wird das Angebot nicht annehmen.«

Rosetta hob die Augenbrauen, denn sie bezweifelte das. »Und was macht dich so sicher?«

»Das, was ich von Abigail erfahren habe. Sie hat ein Gespräch belauscht, und Lavinia hat sich ihr auch ein wenig anvertraut. Ihren Worten nach leidet ihre Herrin sehr darunter, von der Gesellschaft gemieden zu werden, weil sie die Geliebte eines verheirateten Mannes ist, der zudem ihren eigenen Mann auf dem Gewissen hat. Die Vorstellung, nun auch noch von Ihrem Mann finanziell abhängig zu sein und wie eine Hure bezahlt zu werden …«

»Das ist sie ja auch!«, rief Rosetta zornig.

»Gewiss, gewiss, daran gibt es wirklich nichts zu deuteln!«, versicherte Kate. »Aber sie selbst sieht das nicht so. Man kann sicherlich viel Schlechtes über diese verdorbene Person sagen, nicht jedoch, dass sie aus keiner guten Familie käme. Sich von Ihrem Mann aushalten zu lassen, weist sie von sich. Sie hat Abigail schon gesagt, dass sie sie wohl bald entlassen muss, weil sie ihr den Lohn nicht mehr zahlen kann. Es wird ein sehr armseliges Leben sein, das ihr dann bleibt, aber das zieht sie dem vor, was Kenneth ihr an finanzieller Unterstützung anbietet. Ich glaube, sie hat sich einen Rest Ehrgefühl bewahrt, und solange sie sich nicht bezahlen lässt wie eine gewöhnliche Hure, hat sie wohl das Gefühl, vor ihrem Gewissen zu bestehen.«

»Komm endlich zur Sache!«, drängte Rosetta.

Kate beugte sich vor. »Lavinia Whittaker mag Ihrem Mann verfallen sein, doch fest steht auch, dass sie dieses Leben, die Mätresse eines verheirateten Mannes zu sein, vor sich selbst nicht rechtfertigen kann. Anfangs wird sie sich insgeheim wohl noch Hoffnung gemacht haben, dass Ihr Mann Sie … nun ja, verlassen könnte.«

»Kenneth und mich verlassen? Niemals!«, stieß Rosetta hervor. »Dafür ist er viel zu berechnend. Sein Vater würde ihn enterben.«

Kate nickte zustimmend. »Laut Abigail ist das auch Lavinia allmählich bewusst geworden, und jetzt weiß sie nicht mehr aus noch ein. Sie ist verzweifelt …«

»Eine verzweifelte Hure!«, sagte Rosetta verächtlich und nahm einen Schluck Wein.

»Richtig, und das ist unsere Chance«, fuhr die Zofe fort. »Wenn wir ihr einen akzeptablen Ehemann präsentieren, der ihr wieder ein Leben in Wohlanständigkeit bieten und ihr ihr Ehrgefühl zurückgeben kann, wird sie diese einmalige Chance kaum zurückweisen, sondern vernünftig genug sein, die Affäre mit Ihrem Mann, der ihr keine andere Zukunft als die einer Mätresse bieten kann und will, zu beenden.«

Rosetta lachte verächtlich auf. »Ein Leben in Wohlanständigkeit? Das wird es für dieses verkommene Subjekt hier nie mehr geben. Sie ist auf ewig gestempelt und gebrandmarkt! Für sie gibt es keine Ehre und keine Zukunft mehr!«

»Nein, hier in der Kolonie natürlich nicht«, räumte Kate ein. »Aber in England kann sie neu beginnen, in irgendeiner Stadt, wo niemand ihre Vergangenheit kennt.«

»Hm«, machte Rosetta. »Doch woher sollen wir diesen akzeptablen Mann bekommen, der eine Frau wie sie heiraten und mit ihr zurück nach England gehen will?«

»Die Kolonie ist voll von freien Siedlern, die England verlassen haben, weil sie glaubten, hier in New South Wales mit wenig Kapital im Handumdrehen Reichtümer anhäufen zu können, und die dann kläglich gescheitert sind und sich nun mehr schlecht als recht durchschlagen. Es gibt unter diesen Männern aus ehrbaren Familien mit jetzt völlig leeren Taschen bestimmt den einen oder anderen Mann, der bereit wäre, Lavinia Whittaker, deren verdorbener Charakter ja hinter einer recht ansprechenden Maske verborgen ist«, sagte Kate und spielte damit sehr behutsam darauf an, dass sie äußerlich ohne jeden Zweifel eine sehr attraktive junge Frau war, »trotz ihres… Vorlebens zu heiraten und mit ihr nach England zurückzukehren – natürlich nur gegen ein entsprechendes Entgelt.«

Rosetta runzelte die Stirn. Jetzt begriff sie Kates Plan. »Ich soll ihr also einen Ehemann *kaufen*?«, stellte sie gereizt fest. »Ich soll diesem verdorbenen Weibsbild mit meinem Geld zu einer neuen, ehrbaren Existenz in England verhelfen?«

Kate nickte. »Wenn Sie Lavinia aus der Kolonie haben wollen, ist das meines Erachtens die einzige Möglichkeit. Aber wenn Sie einen anderen Weg sehen …« Sie führte den Satz nicht zu Ende, wohl wissend, dass ihre Herrin verzweifelt ratlos war, und zuckte mit den Schultern. »Es liegt natürlich ganz bei Ihnen. Was ist Ihnen mehr wert, ein paar tausend Pfund mehr zu besitzen oder Lavinia aus Ihrem Leben und dem Ihres Mannes verbannt zu wissen?«

Rosetta machte eine finstere Miene und blieb ihrer Zofe die Antwort schuldig.

»Was ist schon Geld im Vergleich zu Seelenfrieden«, sagte Maneka in die Stille.

Rosetta hob den Kopf, und der Groll verschwand aus ihren Zügen. »Du hast recht, Maneka. Ich habe genug Geld geerbt, um meinen Willen durchzusetzen«, sagte sie, und die Vorstellung, dass ihr Geld mehr Macht hatte als das, was Kenneth und Lavinia verband, erregte sie.

»Sollen wir es also so machen, wie ich vorgeschlagen habe?«, fragte Kate.

»Ja, such einen Mann!«, trug Rosetta ihr mit entschlossener Stimme auf. »Wir werden Lavinia Whittaker wie ein Stück Vieh verkaufen!«

19

Ian verbrachte eine schlaflose Nacht. Nicht, weil er Angst vor einem hinterhältigen Anschlag der beiden Männer gehabt hätte, sondern weil er nicht wusste, wie es weitergehen sollte. Die Zustände deprimierten ihn mit jedem Tag mehr. Nichts war auch nur im Ansatz so, wie er es von Seven Hills gewöhnt gewesen war. Nicht einmal in den ersten Monaten, als er mit Steve und drei weiteren Männern den Grundstein auf jenem Hügel am Hawkesbury gelegt hatte, hatte ihr Lager auch nur einen halb so schäbigen Eindruck gemacht wie der Hof von Scowfield. Er bot einen Anblick der Trostlosigkeit und war ein deprimierendes Manifest einer gescheiterten Existenz.

Er hatte einen neuen Anfang machen wollen. Doch wie sollte das funktionieren, wenn er dort weitermachte, wo Scowfield aufgegeben hatte? Was brachte es, sich mit Flickwerk abzumühen? Er kam sich wie ein Narr vor, dass er einmal überzeugt gewesen war, daraus etwas Solides erschaffen zu können, auf das er eines Tages stolz sein würde. Wie konnte er nur geglaubt haben, auf den Lebensruinen eines anderen etwas Neues und Eigenes aufbauen zu können, ohne dabei tagtäglich an Scowfields Scheitern erinnert zu werden und dessen niederdrückendes Erbe wie eine Zentnerlast mit sich herumzuschleppen?

Es war einfach unmöglich! Was er da tat, war so falsch wie die hektischen Bewegungen eines Mannes, der in einen Sumpf geraten ist und merkt, dass er langsam, aber unaufhaltsam in diesem bodenlosen Schlamm versinkt. Das, was er hier vorgefunden hatte, war so ein Sumpf, der ihn nun ganz allmählich zu verschlingen drohte. Das durfte er nicht zulassen.

Ian machte in dieser Nacht kein Auge zu, doch als der neue Tag heraufzog und Nebelschleier vom Fluss herübertrieben, wusste er, was er zu tun hatte. Es gab nur eine Möglichkeit, vor sich selbst zu bestehen und es richtig zu machen. Und dieser Weg schloss faule Kompromisse aus.

Er rief Luke zu sich. »Spann die Ochsen vor die beiden Fuhrwerke. Und dann laden wir alles auf, was von Wert ist.«

Luke stand mit vor Verblüffung offenem Mund da. »Alles?«

»Ja, alles an Werkzeug und Gerätschaften.«

»Und dann?«, fragte Luke verwirrt. »Wollen Sie denn weg von hier?«

»Ja und nein. Wir bringen erst einmal alles zu Mister Barthorp nach Heaven's Gate«, teilte Ian ihm mit. Heaven's Gate war eine kleine, aber von Noah Barthorp vorbildlich geführte Farm, die drei Reitstunden südwestlich von Southland lag. Mit Noah Barthorp, der sein nächster Nachbar und mit dem er zur Zeit der Kaufverhandlungen schon zweimal zusammengetroffen war, hatte er sich auf Anhieb gut verstanden. Er zweifelte nicht, dass Barthorp ihm die Hilfe, die er zu erbitten gedachte, auch gewähren würde. »Morgen treiben wir dann das gesamte Vieh nach Heaven's Gate.«

Luke verstand nun gar nichts mehr. »Aber weshalb denn, Mister McIntosh? Fürchten Sie vielleicht, dass Mike und Eddy es Ihnen heimzahlen wollen und …«

Ian lachte geringschätzig. »Nein, dafür sind sie viel zu feige. Mit diesen beiden Schmarotzern hat das wirklich nichts zu tun. Ich will hier eine Farm aufbauen, von der man schon bald mit Hochachtung spricht. Doch das kann ich nicht, wenn ich an der schäbigen Hinterlassenschaft von Mister Scowfield herumflicke. Ich werde nach Toongabbee, Parramatta und Sydney reiten und mit einer großen Viehherde und einer mindestens fünfzehnköpfigen Mannschaft zurück-kommen. Dann können wir hier ans Werk gehen.«

Luke lächelte. »Das klingt gut, Mister McIntosh.«

»Das ist der einzige Weg«, sagte Ian entschlossen. »Ich werde einige Wochen weg sein. Du wirst solange auf HEAVEN'S GATE bleiben.«

Noah Barthorp hieß Ian McIntosh auf seiner Farm mit gro-ßer Herzlichkeit willkommen, und es war für ihn überhaupt kein Thema, für einige Wochen das Hab und Gut seines neuen Nachbarn aufzubewahren, das Vieh auf einer separaten Weide zu halten und Luke Unterkunft zu gewähren. Von einer Be-zahlung, die Ian ihm anbot, wollte er nichts wissen. Für ihn handelte es sich dabei um ganz selbstverständliche Hilfeleis-tungen unter Nachbarn.

»Ich bin froh, dass SOUTHLAND endlich in die Hände eines aufrechten Mannes gekommen ist, der mit Leib und Seele Farmer ist und weiß, was er tut«, versicherte Barthorp ihm, bevor Ian wieder aufbrach. »Jedermann am Hawkesbury und weit darüber hinaus weiß, was Sie auf SEVEN HILLS geleis-tet haben und aus welchem Holz Sie geschnitzt sind, Mister McIntosh. Deshalb ist die Freude bei mir und den anderen Farmern in dieser Gegend besonders groß, Sie zu unserem neuen Nachbarn gewonnen zu haben.«

Die Anerkennung tat Ian gut, und er lächelte, zum ersten Mal seit Tagen. »Ich danke Ihnen für Ihre Hilfe und freund-liche Aufnahme. Ich stehe jedoch auf dem Standpunkt, dass man die Lorbeeren erst verteilen soll, wenn die Siege errungen sind.«

»Dass Sie uns von Mister Scowfield und seinem Gesindel befreit haben, ist schon ein erster großer Sieg«, erwiderte Barthorp unumwunden. »Und dass aus SOUTHLAND eine prächtige Farm wird, dafür würde nicht nur ich meine Hand ins Feuer legen.«

»Es gibt kein Southland mehr«, sagte Ian und schwang sich in den Sattel. »Southland hat mit dem heutigen Tag aufgehört zu existieren. Die Farm wird einen neuen Namen bekommen, welchen, weiß ich noch nicht. Ich denke, ich habe einige Wochen Zeit, um den richtigen zu finden.«

Ian ritt nicht auf direktem Weg nach Windsor, sondern kehrte zuerst noch einmal auf seine Farm zurück. Dass es mit dem heutigen Tag kein Southland mehr gab, war nicht nur so dahergesagt gewesen. Er hatte sich schon etwas dabei gedacht, und er war auf den deprimierend verwahrlosten Hof zurückgekehrt, um die wahren Voraussetzungen für einen Neubeginn zu schaffen.

Nacheinander steckte er die verwanzte Lehmhütte, die Scheune und die Schuppen in Brand. Mit einem Gefühl grimmiger Erleichterung sah er zu, wie die Flammen Scowfields schäbige Gebäude in Schutt und Asche legten. Nichts mehr sollte von diesem Ort übrig bleiben. Er, Ian McIntosh, würde auch nicht an dieser Stelle mit dem Neuaufbau beginnen. Dafür gab es auf seinem Land viel geeignetere Orte. Diesen Flecken hier durfte sich die Wildnis mit seinem Segen wieder zurückerobern. Je schneller das geschah, desto lieber sollte es ihm sein.

Ian wartete geduldig, bis das Feuer sein Werk der Vernichtung getan und auch den letzten Balken verzehrt hatte. Vom Farmhaus blieb ein Teil der Lehmwände stehen. Er hatte damit gerechnet. Mit einer Langaxt zertrümmerte er sie. Der vom Feuer heiße, ausgetrocknete Lehm zersprang unter seinen wuchtigen Schlägen wie Glas.

Darüber wurde es Abend. Hier und da leuchtete in der

Dunkelheit noch Glut. Zwei Stunden vor Tagesanbruch fiel Regen. Ian schaute zu, wie die letzten Glutherde erloschen.

Als es hell wurde, überzeugte er sich davon, dass ein möglicherweise aufkommender Wind kein neues Feuer entfachen und zu einem unkontrollierten Brand führen konnte. Dann wischte er sich den nassen, grauschwarzen Dreck der Asche von den Stiefeln, schwang sich in den Sattel und ritt gen Osten, ohne sich auch nur einmal umzublicken.

Wozu auch?

SOUTHLAND existierte nicht mehr.

20

Kate machte sich sofort an die Arbeit, einen geeigneten Kandidaten für ihr Vorhaben zu finden, der auch Aussichten hatte, von Lavinia erhört zu werden. Denn selbstverständlich durfte sie nicht erfahren, dass der Mann ihr nur deshalb den Hof und schließlich einen Heiratsantrag machte, weil diese Eheschließung ihm eine Menge Geld einbrachte. Es war aufregend, auch für Rosetta. Das Bewusstsein, die passive Rolle der gedemütigten Ehefrau aufgegeben und nun die Initiative übernommen zu haben, deren Ziel das Ende der Affäre ihres Mannes und damit ein Sieg über ihn war, hatte eine geradezu berauschende Wirkung auf sie. Rosetta lebte förmlich auf, wollte über jeden Schritt und jede Überlegung informiert sein und verspürte kaum noch das Verlangen, sich mit Opium zu betäuben.

Die erste Wahl von Rosetta und Kate fiel auf Rodney Dempsy, da der Zofe rasch zu Ohren kam, dass Lavinia bei ihm nicht nur hoch in der Schuld stand, sondern er auch persönlich ein überaus starkes Interesse an ihr zeigte. Doch von Abigail erfuhr Kate, dass Lavinia diesen Mann verabscheute, und so nahmen sie mit Dempsy keinen Kontakt auf. Auch einige andere Kandidaten, die anfangs recht aussichtsreich schienen, fielen bei näherer Prüfung, die ihnen selbst verborgen blieb, aus den verschiedensten Gründen bald wieder aus dem Rennen.

Und dann erzählte Abigail, als sie sich wieder einmal heimlich mit Kate traf, von Henry Ash, der während der letzten zwei Jahre in Toongabbee gelebt hatte und nun nach Sydney zurückgekehrt war.

»Das ist ein Omen, ein gutes Omen!«, flüsterte Kate aufgeregt, als sie alles über Henry Ash erfahren hatte, und konnte nicht schnell genug zu Rosetta kommen, um ihr die hoffnungsvolle Neuigkeit zu berichten. »Wir haben den gesuchten Mann gefunden. Er heißt Henry Ash!«

»Henry Ash?« Rosetta hatte diesen Namen noch nie gehört. »Wer ist das, und was macht ihn für unsere Zwecke so geeignet?«

»Er ist jetzt Anfang dreißig und der dritte Sohn eines Tuchhändlers aus Liverpool. Seine älteren Zwillingsbrüder haben beim Tod des Vaters vor sechs Jahren das Geschäft übernommen und ihn mit ein paar hundert Pfund abgespeist. Sein Versuch, sich in einem anderen Stadtteil von Liverpool selbstständig zu machen, ist gescheitert«, teilte Kate ihr das Ergebnis ihrer Erkundigungen mit, die sie mit großer Sorgfalt und Umsicht durchgeführt hatte. »Vor vier Jahren kam er nach New South Wales, mit nicht mehr als achtzig Pfund in der Tasche. Damit wollte er sich hier eine neue Existenz aufbauen. Er bekam Kontakt mit der Clique der Rum-Offiziere und durch sie Gelegenheit, sich an einigen recht profitablen Geschäften zu beteiligen. Dann ließ er sich dazu verlocken, den Gewinn in eine Farm bei Camden zu investieren, obwohl er selbst von der Landwirtschaft nichts versteht.«

»Jeder Hergelaufene glaubt, hier über Nacht zum erfolgreichen Großgrundbesitzer zu werden«, sagte Rosetta geringschätzig. »Ich nehme an, dieser Henry Ash hat nicht viel mehr Glück als all die anderen gescheiterten Möchtegernfarmer gehabt.«

Kate bestätigte Rosettas Vermutung. »Er hat wohl geglaubt, die ersten schweren Jahre leicht durch weitere Gewinne aus dem Rum-Geschäft finanzieren zu können. Gouverneur Macquire hat ihm jedoch einen gehörigen Strich durch die Rechnung gemacht, als er gleich nach seiner Ankunft das Rum-Monopol des Corps zerschlug. Henry Ash versuchte zu retten, was noch zu retten war, doch vergebens. Er verlor die Farm und ging dann nach Toongabbee, um dort mit seinem restlichen Geld ein Geschäft zu eröffnen. Er hat es in den zwei Jahren jedoch nicht geschafft, ein florierendes Unternehmen auf die Beine zu stellen. Jetzt hat er aufgegeben, das Geschäft verkauft und ist nach Sydney zurückgekommen, mit kaum mehr Geld in der Tasche als vor drei Jahren. Und es zieht ihn, wie ich erfahren habe, in die Heimat zurück. Er ist übrigens ein recht attraktiver Mann, der sich wie ein Gentleman zu benehmen weiß, wie ich mich persönlich habe überzeugen können.«

»Schön und gut«, sagte Rosetta. »Aber warum glaubst du, dass dieser Henry Ash der Mann ist, den wir suchen?«

Kate lächelte. »Weil wir Lavinia diesem Mann nicht erst ans Herz legen müssen. Denn seit Henry Ash vor vier Jahren auf einem Ball die Bekanntschaft von Lavinia gemacht hat, bewundert er, besser gesagt himmelt er sie an.«

»Ist das wahr?«, stieß Rosetta aufgeregt hervor.

»So wahr, wie ich Kate Mallock heiße«, versicherte die Zofe und fuhr genüsslich fort: »Er hat den Whittakers merkwürdigerweise immer dann einen Besuch abgestattet, wenn der Captain sich in der Garnison oder sonstwo auswärts befand. So hatte er Gelegenheit, wenigstens dann und wann ein paar Minuten mit der Dame des Hauses allein zu verbringen. Wie Abigail mir erzählt hat, empfand Lavinia die Beachtung, die ihr dieser gut aussehende Mann schenkte, als überaus reizvoll. Vielleicht hätte sie mit ihm eine Affäre begonnen, wenn das Schicksal da nicht gerade Ihren Mann...« Kate hielt es für klüger, diesen Gedankengang nicht weiter zu verfolgen. »Sie waren sich also beide sehr gewogen, und raten Sie einmal, wohin der erste Weg Ash nach seiner Rückkehr nach Sydney geführt hat?«

»Zu Lavinia?«, mutmaßte Rosetta erwartungsvoll.

»In der Tat.«

Rosetta lächelte. »Ausgezeichnet, Kate. Das klingt diesmal wirklich viel versprechend. Vergeuden wir also keine Zeit, und nehmen wir die Sache in Angriff. Arrangieren Sie so rasch wie möglich ein diskretes Treffen mit ihm«, sagte sie, begab sich zu ihrem Sekretär, zog ein Blatt Papier hervor, klappte den Messingdeckel des kleinen Tintenfasses auf und griff zur Feder. »Ich gebe dir ein Schreiben für ihn mit.«

Das Treffen fand schon zwei Tage später statt, und zwar am Stadtrand von Sydney auf dem Friedhof hinter der St.-Lawrence-Kirche. Henry Ash wartete bereits, als Rosetta in Begleitung von Kate aus der Kutsche stieg.

Rosetta musste einräumen, dass ihre Zofe nicht übertrieben hatte. Henry Ash mochte die makellose Schönheit ihres Mannes fehlen und auch nicht an dessen maskuline Ausstrahlung heranreichen, doch er war in der Tat ein Mann, der eine gute Figur machte und ansprechende Gesichtszüge sein Eigen nannte. Mittelgroß, schlank, mit dunklem vollen Haar und klaren Augen, gab er in dem maronenfarbenen Flanellanzug und der etwas helleren Weste eine sehr gepflegte Erscheinung ab. Allein die scharfen Linien um seine Mundwinkel verrieten einem guten Beobachter, dass er wohl doch nicht ganz der erfolgreiche und selbstbewusste Mann war, als den er sich ausgab.

Als er sie aus der Kutsche steigen sah, eilte er ihr entgegen, ein galantes Lächeln auf den Lippen, während seine Augen ihren angespannt wachsamen Blick bewahrten. »Missis Forbes, es ist mir Vergnügen und Ehre zugleich, nun auch Ihre Bekanntschaft zu machen«, begrüßte er sie und führte ihre behandschuhte Hand an seine Lippen. »Ihrem reizenden Gatten bin ich früher gelegentlich, doch leider nur zu flüchtig begegnet, als er noch den Rock des Königs trug.«

»Mein reizender Gatte fühlte sich zu Höherem berufen«, gab Rosetta sarkastisch zur Antwort und merkte wohl, mit welcher Bewunderung er sie musterte. Sie hatte sich auf dieses Treffen gewissenhaft vorbereitet, in jeder Hinsicht.

Aus kühler Berechnung trug sie an diesem klaren Vormittag eines ihrer elegantesten und attraktivsten Straßenkostüme, das sowohl ihre körperlichen Vorzüge als auch ihren sozialen Status betonte. Allein ihre Garderobe hatte mehr Geld gekostet, als ihm nach vier Jahren in der Kolonie geblieben war, von ihrem kostbaren Schmuck, der an Händen, Ohren und Hals funkelte, erst gar nicht zu reden.

»Natürlich, verstehe«, sagte er höflich.

Sie bezweifelte das. »Lassen Sie uns ein Stück gehen, Mister Ash.«

»Gern, Missis Forbes.« Er beachtete die schwarz gekleidete Person, bei der es sich um Kate handelte und die ihnen mit zwei Schritten Abstand wie ein Schatten folgte, nur mit einem flüchtigen Blick.

»Sie werden sich über mein Schreiben und meine Bitte, sich mit mir zu treffen, sicherlich gewundert haben«, begann Rosetta das Gespräch.

»Ich muss zugeben, dass ich sehr überrascht war und nun über Gebühr gespannt bin, in welcher geschäftlichen Angelegenheit Sie mich zu sprechen wünschen«, räumte er freimütig ein. »Und die Wahl dieses … nun ja, doch recht ungewöhnlichen Ortes für unser Zusammentreffen tut natürlich ein Übriges, um auf Ihre Erklärung gespannt zu sein.«

»Absolute Diskretion in dieser Angelegenheit liegt in unser beider Interesse, Mister Ash!«

Lächelnd hob er die Augenbrauen. »Unser beider Interesse? Sie sprechen in Rätseln, Verehrteste. Hätten Sie vielleicht die Güte, mich wissen zu lassen, wo sich Ihre Interessen mit den meinen verbinden?«

»Ich werde Sie nicht länger im Dunklen lassen, Mister Ash«, versprach Rosetta und verließ den Hauptweg, um einem schmalen Pfad zu folgen, der ans hintere Ende des Friedhofs zu einer Baumgruppe führte. »Doch bitte erlauben Sie mir, dass ich sehr offen zu Ihnen spreche. Feine Redensarten und verbindliche Artigkeiten werden der Sache, die ich mit Ihnen zu besprechen habe, nicht gerecht.«

Er machte eine einladende Handbewegung. »Bitte, nur zu, Missis Forbes. Ich fühle mich geschmeichelt. Zudem bin auch ich ein Freund des offenen Wortes.«

»Ja? Nun, das wird sich ja gleich zeigen.« Rosetta legte eine kurze Pause ein und kam sofort zur Sache: »Beginnen wir mit der Feststellung, dass sich Ihre Hoffnung, es in New South Wales zu etwas zu bringen, nicht erfüllt hat. Ganz nüchtern betrachtet, kann man sagen, dass Sie gescheitert sind und wieder dort stehen, wo Sie vor vier Jahren bei Ihrer Ankunft in Sydney gestanden haben – nämlich vor der Frage, wie es mit Ihnen weitergehen soll. Angesichts Ihrer sehr kläglichen Barschaft und Ihrer geschäftlichen Fehlschläge in den letzten Jahren muss es Ihnen sehr schwerfallen, darauf eine Antwort zu finden, die Sie nicht in tiefe Depression stürzt.«

Es war, als hätte ihn ein eiskalter Guss getroffen. Abrupt blieb er stehen, riss Mund und Augen auf und brauchte ein, zwei Sekunden, um seine Sprache wiederzufinden. »Bei allem Respekt, Missis Forbes!«, stieß er dann mit gereizter Verstörtheit hervor. »Aber ich habe nicht die Absicht, mich von Ihnen …«

Rosetta gebot ihm mit erhobener Hand Schweigen. »Tun Sie mir und sich selbst den Gefallen, nicht zu vorschnell mit Ihrem Urteil zu sein, Mister Ash! Es ist wirklich in Ihrem Interesse, wenn Sie mich erst einmal zu Ende anhören und sich dann zu dem äußern, was ich Ihnen anzubieten habe. Und sagten Sie nicht, Sie seien ein Freund des offenen Wortes?«

»Es gibt Grenzen, Missis Forbes!«, erwiderte er mühsam beherrscht.

»Ich werde weder Sie noch mich schonen«, fuhr sie ungerührt fort. »Tatsache ist, dass Sie in New South Wales gescheitert und nun fast völlig abgebrannt sind. Tatsache ist aber auch, dass mein reizender Gatte, wie Sie meinen Mann genannt haben, ein Verhältnis mit Lavinia Whittaker hat.«

Verblüfft sah er sie an. Was Rosetta Forbes da tat, war gesellschaftlich einfach *unmöglich*. Erst beleidigte sie ihn mit ihrer Feststellung, dass er pleite sei, und dann krönte sie diese unverzeihliche Taktlosigkeit noch damit, dass sie ihn über das Verhältnis ihres Mannes unterrichtete, und dabei waren sie einander völlig fremd! Das war die größte gesellschaftliche Entgleisung, die er von einer Person ihres Standes je erlebt hatte, und diese Schamlosigkeit machte ihn sprachlos.

Rosetta wusste sehr wohl, was sie mit ihren Worten angerichtet hatte, doch sie war längst darüber hinaus, sich Gedanken um Anstand und Sitte zu machen. Hier ging es um viel bedeutendere Dinge, nämlich um ihre Zukunft in dieser Kolonie. Und was zählte da schon, wie dieser Mann über sie dachte. Sie würde ihm seine Ehre abkaufen, und dann hatte er jedes Recht verloren, ihr gegenüber die Nase hoch zu tragen.

»Ich gehe davon aus, dass Sie über die Affäre meines Mannes längst unterrichtet sind, Mister Ash.«

Er schluckte, noch immer restlos verwirrt, und wusste nicht, was er von der Sache halten sollte. Doch er hütete sich, ihr auf ihre Frage eine Antwort zu geben.

»Natürlich sind Sie das. Es ist Ihnen bestimmt von vielen Seiten zugetragen worden – und die letzte Bestätigung haben Sie gewiss von Lavinia Whittaker persönlich erhalten«, fuhr sie mit einem süffisanten Lächeln fort.

Er versteifte sich. »Ich kann Ihnen weniger denn je folgen, Missis Forbes!«, erwiderte er kühl.

Spöttisch hob sie die Augenbrauen. »So? Meine Informationen sagen aber etwas ganz anderes, nämlich dass Sie Lavinia Whittaker schon immer eine große Verehrung entgegengebracht haben, um es einmal sehr höflich auszudrücken, und sich auch jetzt noch sehr stark zu ihr hingezogen fühlen.«

Die Röte, die ihm jäh ins Gesicht schoss, war eine deutlichere Antwort als jedes verbale Eingeständnis. »Nun gehen Sie aber zu weit, Missis Forbes! Ich muss mir diese Unterstellung nicht bieten lassen. Es ist offensichtlich ein Fehler gewesen, Ihrer Bitte um eine Unterredung nachzukommen. Einen guten Tag, Missis Forbes!«

Rosetta lachte trocken auf. »Bitte, gehen Sie nur, Mister Ash, wenn Ihnen Ihre gekränkte Eitelkeit mehr wert ist als ein Geschäft, das Ihnen ohne viel Arbeit einige tausend Pfund einbringen kann. Ich hatte Sie nur für einiges intelligenter und souveräner eingeschätzt.«

Henry Ash hatte sich schon umgewandt und zwei Schritte von ihr entfernt. Nun hielt er inne und drehte sich wieder zu ihr um. Er rang mit sich selbst. »Wo liegt da der Zusammenhang?«

»Wenn Sie aufhören, sich wie ein zimperlicher Sonntagsschüler aufzuführen, und mir endlich zuhören und mir anständige Antworten geben, werden Sie es erfahren!«, erklärte Rosetta herrisch und nach außen hin die Selbstsicherheit in Person. Wie es in ihr aussah, ging keinen etwas an. Zu viel stand auf dem Spiel.

Er zögerte.

Rosetta hatte das übelkeiterregende Gefühl, als hätten sich ihre Eingeweide zu einem eisenharten Knoten verkrampft. Wenn er ihr jetzt eine Abfuhr erteilte, hatte sie ihre größte Chance verspielt. War es vielleicht doch nicht klug gewesen, ihn gleich so zu schockieren und …

»Also gut«, sagte er knurrig und zuckte mit den Schultern. »Da ich schon mal hier bin und Sie bereits jede Höflichkeit über Bord geworfen haben, kann ich mir auch ebenso gut den Rest anhören.«

»Es wird Ihr Schaden nicht sein«, meinte Rosetta und hatte Mühe, sich ihre unendliche Erleichterung nicht anmerken zu lassen. »Kommen wir also zu dem zurück, was ich Sie gerade gefragt habe, Mister Ash. Ich brauche Ihre Antworten darauf, denn sie sind wichtig für das Geschäft, das ich Ihnen anzubieten habe. Also noch einmal: Sie wissen von der Affäre meines Mannes?«

Er nickte knapp.

Sie lächelte. »Gut. Und gehe ich recht in der Annahme, dass Ihnen Lavinia Whittaker sehr viel bedeutet und Ihr persönliches Interesse an ihr, nun, da sie Witwe ist, stärker ist denn je?«

Er hüstelte. »So … so könnte man es ausdrücken«, antwortete er verlegen und ihrem Blick ausweichend.

»Das freut mich zu hören.«

»Aber was hat das alles mit dem Geschäft zu tun, das Sie mir anzubieten haben?«

»Ich möchte, dass Sie Lavinia Whittaker heiraten und mit ihr nach England zurückkehren«, teilte sie ihm mit ruhiger Stimme mit.

Er sah sie an, als hätte er nicht richtig verstanden. »Wie bitte?«, fragte er verdutzt.

»Sie haben schon richtig gehört, Mister Ash. Ich will, dass Lavinia Ihre Frau wird und mit Ihnen diese Kolonie für immer verlässt.«

Fassungslos schüttelte er den Kopf. Dann lachte er. »Sie sind verrückt! Ich würde nichts lieber als das tun, aber Lavinia und Ihr Mann … ich meine, dagegen komme ich nicht an. Ich habe Lavinia nichts zu bieten. Nein, das ist absolut verrückt!«

»Sie irren, Mister Ash!«, widersprach Rosetta. »Sie haben ihr eine Menge zu bieten. Den gelobten Stand der Ehe, Ihre aufrichtige Zuneigung, einen Neubeginn irgendwo in England, wo niemand ihr Vorleben kennt, ein gesichertes Auskommen und Ansehen in der Gesellschaft, kurzum, Sie bieten Ihr eine

Zukunft, für die es das Strohfeuer einer augenblicklichen Leidenschaft aufzugeben lohnt.«

»Ja, aber das mit der gesicherten Zukunft…«, begann er.

»Ich zahle Ihnen fünftausend Pfund, wenn es Ihnen gelingt, Lavinia zu Ihrer Frau zu machen, und wenn Sie mit ihr nach England gehen«, unterbreitete Rosetta ihm ihr Angebot. »Zehn Prozent bekommen Sie, wenn Sie sich mit Lavinia nach England einschiffen. Den Rest zahlt Ihnen mein Vermögensverwalter bei Ihrer Ankunft in England nach Vorlage der Heiratsurkunde aus.«

»Fünftausend Pfund!«, wiederholte Henry Ash beinahe andächtig und schluckte. Dann straffte sich seine Haltung.

»Nun, es sieht tatsächlich so aus, als hätten wir gemeinsame Interessen, Missis Forbes. Nur bin ich mir nicht so sicher wie Sie, dass Lavinia mich erhören wird.«

»Sie wird, wenn Sie es nur geschickt anstellen und sich die richtige Mühe geben!«, erwiderte Rosetta energisch. »Lavinia ist finanziell am Ende, und sie weiß, dass Kenneth mich niemals verlassen wird. Ihr bleibt also nur das Leben einer Mätresse, und daran wird sie früher oder später zerbrechen, ganz egal, ob Kenneth ihrer schon bald überdrüssig wird oder nicht.«

Henry Ash wiegte den Kopf nachdenklich hin und her.

»Hm, ja, daran mag etwas sein.«

»Dann sind wir uns handelseinig?«

»Geben Sie mir eine Woche Bedenkzeit.«

Sie schüttelte den Kopf. »Einen Tag, mehr nicht! Morgen erwarte ich Ihre Antwort, Mister Ash.«

Rosetta verbrachte einen quälend langen Tag und eine unruhige Nacht, in der Albträume sie plagten. Sie war versucht, zur Opiumpfeife zu greifen, um ihre Nerven zu beruhigen und dem zermürbenden Warten zu entfliehen. Doch Maneka hielt sie davon zurück. Sie rieb ihren verschwitzten Körper mit einem feuchten Lappen ab und verteilte einige Tropfen Jasminöl auf ihrer nackten Haut.

»Deine Hände sind die beste Medizin«, flüsterte Rosetta in der Dunkelheit, als sich ihr Körper unter Manekas sanft massierenden Händen entspannte und sie sinnliche Lust verspürte. Sie begann die Liebkosungen zu erwidern und ließ ihre Hände über die Haut der Inderin gleiten.

Maneka küsste ihre Brüste, dann wanderten Lippen und Zunge ganz langsam abwärts.

Rosetta stöhnte leise auf. »Und dein Mund ist eine Offenbarung«, sagte sie und überließ sich der Leidenschaft, die Maneka in ihr entfachte.

Am nächsten Vormittag nahm Henry Ash das Angebot von Rosetta an. Er verlangte jedoch einen schriftlichen Vertrag sowie eine sofortige Anzahlung von hundert Pfund, da er gewisse Auslagen habe. Rosetta war damit einverstanden, ermahnte ihn jedoch eindringlich, das Vorhaben sehr behutsam anzugehen, was er auch zu tun versprach. Jetzt hieß es hoffen und warten und die Zweifel bekämpfen.

Allein Kate wollte von Zweifeln nichts wissen. »Dass ihr ein Mann wie Henry Ash trotz ihrer schändlichen Verfehlungen die Ehe anträgt und ihr ein ehrbares, gesichertes Leben bietet, wird sich nicht wiederholen, und das wird sie wissen, wenn er ihr den Antrag macht. Es ist jetzt schon vorbei, Rosetta. Ihr Mann weiß es nur noch nicht. Er kann gar nicht mehr gewinnen.«

Rosetta wünschte, sie könnte ihrer Sache so sicher sein wie ihre Zofe. Sie war zuversichtlich, gewiss, doch die Angst, irgendetwas Wichtiges übersehen zu haben und doch noch zu verlieren, verließ sie nicht.

21

Jessica nahm den lang ansteigenden Hang im leichten Galopp und brachte Princess auf der Kuppe der Anhöhe mit einer kaum merklichen Parade zum Stehen. Die Fuchsstute reagierte schneller und empfindsamer als jedes andere Pferd, das sie bisher geritten hatte. Princess machte ihr große Freude, aber das war fast schon das Einzige, was die niederdrückende Stimmung auf der Farm in diesen Tagen und Wochen nach Ians Weggang ein wenig aufhellte.

Die ersten Tage waren die schlimmsten gewesen. Der Schock hatte nicht allein sie getroffen, sondern ganz SEVEN HILLS war wie gelähmt gewesen.

Der Tag lebte noch so frisch in ihrer Erinnerung, als läge das Ereignis erst wenige Stunden und nicht schon mehrere Wochen zurück.

»Der Ire geht!«, hatte es den ganzen Morgen entsetzt geheißen.

Ian hatte sich nur bei einigen wenigen Freunden persönlich verabschiedet, doch die Nachricht, dass er seine Stellung als Verwalter mit sofortiger Wirkung niedergelegt hatte und die Farm verließ, verbreitete sich wie ein Lauffeuer. Fast alle Bewohner kamen auf den Hof und schauten ihm nach, wie er mit seinen beiden Packpferden davonritt.

Er befand sich noch nicht außer Sichtweite, als James Parson und Tim Jenkins zu Jessica auf die hintere Veranda kamen, wo sie sich vor den verstört fragenden Blicken ihrer Leute zurückgezogen hatte.

»Missis Brading?«

»Ja?«, sagte sie, ohne den Kopf zu wenden, und fixierte weiterhin einen imaginären Punkt jenseits des Hawkesbury.

»James und ich und die anderen«, begann Jenkins verlegen, »also wir dachten, wir sollten mal mit Ihnen reden…«

»Worüber?«

»Na, über Mister McIntosh«, warf Parson ein.

»Ich fürchte, da gibt es nicht viel zu reden.«

»Kann schon sein, Missis Brading. Aber wir dachten, dass es doch einen Versuch wert ist«, beharrte Jenkins. »Nicht, dass wir Ihnen Vorwürfe machen oder gar sagen wollen, wie Sie Ihre Farm zu führen haben, aber vielleicht lässt sich die Sache ja doch noch ins Reine bringen.«

»Ja, das hoffen wir alle«, pflichtete Parson ihm bei.

Jessica wandte nun den Kopf und sah sie mit angespannter Miene an. »Ins Reine bringen?«, fragte sie gereizt. »Wovon reden Sie?«

Jenkins, ein Bär von einem Mann, stand wie ein schüchterner kleiner Junge vor ihr, zerknautschte seinen Hut zwischen seinen Pranken und druckste herum. »Nun ja, das… also das… was zwischen Ihnen und Mister McIntosh vorgefallen ist.«

»Und was soll zwischen ihm und mir vorgefallen sein?«, fragte Jessica scharf.

Jenkins und Parson tauschten einen schnellen Blick, und man sah ihren geröteten Gesichtern an, wie unangenehm ihnen die Angelegenheit war.

»Ich weiß es nicht, Missis Brading«, sagte Jenkins und blickte dabei auf seine Stiefelspitzen. »Und eigentlich geht es uns ja auch nichts an, aber wo es sich doch um Mister McIntosh handelt… ja, also da dachten wir, ob es nicht doch irgendeine Möglichkeit gibt, dass Sie und Mister McIntosh sich wieder vertragen und den Streit beilegen, damit alles wieder so ist wie…«

»Wer sagt denn, dass wir uns gestritten haben?«, fiel Jessica ihm mit scharfer Stimme ins Wort.

Die beiden Männer sahen sie verblüfft an, als hätte sie in Zweifel gezogen, dass auf jede Nacht ein neuer Sonnenaufgang folgte. Und dann platzte Parson heraus: »Aber warum hätte er denn SEVEN HILLS sonst verlassen sollen?«

»Weil er lange genug Verwalter gewesen ist und es nun an der Zeit findet, sich eine eigene Farm aufzubauen!«, erwiderte Jessica und wusste doch, dass ihre Antwort der Wahrheit nicht so nahe kam wie die Vermutung, die Jenkins und Parson angestellt hatten.

Jenkins schüttelte seinen blanken Schädel. »Das kann ich nicht glauben! SEVEN HILLS hat ihm mehr als alles auf der Welt bedeutet. Er hat diese Farm mit seiner Hände Arbeit der Wildnis abgerungen und sie in zwanzig Jahren zu dem gemacht, was sie heute ist.«

Jessica fühlte sich in die Defensive gedrängt, und der Gedanke, an Ians Weggang die Hauptschuld zu tragen, gewollt oder ungewollt, setzte ihr zu. Sie flüchtete sich in die Aggressivität. »Vergessen Sie da nicht Mister Brading und einige andere, deren Anteil am Aufbau dieser Farm sich nicht allein aufs Zuschauen und Daumendrehen beschränkte?«, fragte sie zurechtweisend.

Jenkins und Parson entschuldigten sich hastig für ihren Fauxpas und beteuerten, selbstverständlich nicht die überragende Leistung ihres verstorbenen Mannes und Gründers von SEVEN HILLS schmälern zu wollen. Sie hatten nur zum Ausdruck bringen wollen, dass Ian McIntosh alles für diese Farm gegeben und sie eben auch als sein Lebenswerk und seine Heimat betrachtet habe.

»Niemand stellt das in Abrede, aber gewöhnen Sie sich an

die Tatsache, dass Mister McIntosh sich neue Ziele gesetzt hat und es vorzieht, Herr auf seiner eigenen Farm als weiterhin Verwalter auf SEVEN HILLS zu sein, einer Farm, nebenbei bemerkt, die er schon lange *vor* meiner Rückkehr gekauft hat!«, teilte Jessica ihnen mit hartem, bestimmendem Ton mit, den sie nur ganz selten einmal anschlug, wenn sie keine weitere Diskussion wünschte.

Betroffenheit trat auf ihre Gesichter.

»Ich kann Ihnen versichern«, fuhr Jessica dann mit versöhnlicher Stimme fort, »dass ich alles versucht habe, um ihn auf SEVEN HILLS zu halten. Freiwillig habe ich ihn bestimmt nicht gehen lassen, das können Sie mir glauben. Er wird mir sicherlich noch mehr fehlen als Ihnen. Aber ein Streit, den man bloß beizulegen braucht, um ihn zur Rückkehr zu bewegen, war nicht der Grund seines Entschlusses. Einen Streit hat es zwischen uns nie gegeben! Ich denke, damit wäre alles gesagt!«

Jenkins und Parson zogen verstört von dannen, doch gesagt war noch längst nicht alles, und Edward ließ sich nicht so leicht abspeisen wie die beiden Männer. Ian war sein Idol gewesen, solange er denken konnte. An ihm hatte er sich ausgerichtet, und sein Wort hatte noch mehr Gewicht gehabt als das seiner Mutter. Allein das Wort der Bibel stand über dem von Ian, und im Zweifelsfall war auch nicht einmal das so sicher.

Edward machte ihr bittere Vorwürfe, und er gab sich nicht mit dem Hinweis zufrieden, dass Ian sich offensichtlich bereits lange mit dem Vorhaben getragen haben musste, SEVEN HILLS eines Tages zu verlassen und sich etwas Eigenes aufzubauen, da er doch sonst nicht schon Monate vor ihrer Rückkehr nach einer zum Verkauf stehenden Farm Ausschau gehalten und sich dann die Farm im Dreieck zwischen Hawkesbury und Colo River gekauft hätte.

»Doch, du bist schuld, dass er uns verlassen hat!«, beharrte Edward mit Tränen der Verzweiflung in den Augen. »Es hat alles damit zu tun, dass du mit Anne nach England gesegelt und so lange weg gewesen bist! Davon ist es gekommen. Erst in diesen anderthalb Jahren ist er anders geworden.«

»Das ist purer Unsinn, Edward! Rede dir das nicht ein. Es ist doch nur zu verständlich, dass er nicht länger bloß ein Verwalter sein möchte, besitzt er doch die Mittel und Fähigkeiten, Herr einer eigenen großen Farm zu sein«, versuchte sie seine Vorwürfe zu entkräften, die sie tiefer trafen, als sie vor sich selbst eingestehen wollte.

»Nein!« Edward stampfte zornig auf. »Du hast ihn von SEVEN HILLS vertrieben, wenn ich auch nicht weiß, wie du das getan hast und warum. Das werde ich dir nie verzeihen!«

Und damit brachen kaum verheilte Wunden auf. In einem heftigen Wortschwall warf er ihr vor: »Wo warst du denn, als Alisha ihr Fohlen bekam und dabei fast verblutet wäre? Ian hat das Fohlen geholt und auch Alisha gerettet. Und wo warst du beim Hochwasser letztes Jahr und als Dennison das Bein amputiert werden musste? Du hast dich irgendwo in England herumgetrieben, während Ian immer für uns da gewesen ist, für uns und für SEVEN HILLS! Alles, was ich kann und weiß, habe ich von ihm gelernt. Und alle haben ihn respektiert, sogar Kevin und die Kelly-Brüder. Ich kann mich an Vater nicht mehr richtig erinnern, aber ich werde mich immer daran erinnern, dass du uns Ian genommen hast!«

Jedes Wort traf Jessica wie ein Stich ins Herz. »Edward, mein Liebling, bitte glaube mir …«, begann sie mit verzweifelter Eindringlichkeit und fasste ihn an den Schultern, damit er ihr ins Gesicht sah.

Doch sie erreichte ihn nicht mehr. Er entwand sich ihrem Griff. »Kein Wort glaube ich dir!«, rief er aufschluchzend. »Du hast Ian vertrieben! Nur du!« Und damit rannte er davon. Es war schon dunkel, als er sich ins Haus zurückschlich. Am nächsten Morgen und während der folgenden Tage sprach er kein Wort mit ihr. Was immer Jessica auch versuchte, es blieb ergebnislos. Zu sehr litt er darunter, dass Ian nicht mehr am Morgen die Arbeit einteilte und mit ihm über alles redete, so als wäre er schon ein richtig erwachsener Mann. Ian hatte ihn nie wie ein Kind behandelt.

Eines Abends setzte sie sich zu ihm ans Bett. Sofort drehte er ihr den Rücken zu und zog sich die Decke über den Kopf. Sie wollte ihre Hand auf seinen Arm legen, doch sie wagte es nicht aus Angst, eine noch stärkere Trotzreaktion in ihm hervorzurufen.

»Verschließ dich in deinem Schmerz nicht vor mir, mein Sohn«, sagte sie, um eine ruhige Stimme bemüht. »Du weißt, dass ihr, du und Victoria, das Kostbarste in meinem Leben seid und dass ich freiwillig nie etwas tun würde, das euch verletzen könnte. Bei der Bibel und allem, was mir heilig ist, schwöre ich dir, dass ich gegen meinen Willen nach England reisen musste. Es ist die reine Wahrheit, dass ich gezwungen war, diese Reise anzutreten, um Unheil abzuwehren – von mir und ganz besonders von Ian. Den Grund dafür kann ich dir nicht nennen. Niemand darf ihn wissen, soll nicht noch mehr Unglück geschehen. Ich schwöre auch auf die Bibel, Edward, dass ich Ian nicht vertrieben habe. Ich leide nicht weniger als du darunter, dass er gegangen ist. Er fehlt mir schrecklich, und ich wünschte, er würde zurückkehren.«

Von Edward kam keine Reaktion. Noch immer lag er mit dem Rücken zu ihr, und Jessica zerriss es das Herz. Doch dann sagte er mit tränenerstickter Stimme: »Ich möchte, dass er zurückkommt, Mom.«

Tränen liefen ihr übers Gesicht. »Ja, das möchte ich auch, mein Junge. Ohne ihn ist SEVEN HILLS nicht mehr dasselbe, auch für mich nicht. Ich fürchte jedoch, dass Ian von nun an eigene Wege gehen wird. Aber aus der Welt ist er ja nicht.«

»Meinst du … meinst du, er wird uns nicht vergessen und uns auch mal besuchen kommen?«, fragte Edward.

Behutsam legte sie ihre Hand auf seinen Arm. »Natürlich wird er uns nicht vergessen, so wie wir ihn nicht vergessen. Wie könnte er das auch nach all den Jahren? Und ganz bestimmt wird er uns besuchen kommen«, versicherte sie.

»Ich möchte, dass es wieder so wird, wie es früher war«, schluchzte Edward.

»Ja«, sagte Jessica mit schwerem Herzen und blieb noch eine ganze Weile auf der Bettkante sitzen, bis sein Atem ihr verriet, dass er eingeschlafen war.

Als Patrick Rourke mit einer weiteren Schiffsladung Baumaterial auf SEVEN HILLS eintraf und von Ians Weggang erfuhr, reagierte er zu Jessicas Verwunderung weder überrascht noch bestürzt.

»Es tut mir natürlich leid für Sie, denn so einen Mann wie Ian werden Sie wohl in ganz New South Wales nicht wieder finden«, sagte er bedächtig und stopfte sich dabei eine Pfeife. »Aber ich habe es kommen sehen, Jessica. Er hatte ja gar keine andere Wahl gehabt.«

»Wie meinen Sie das?«

»Wollen Sie eine höfliche Antwort oder das, was ich wirklich denke?«

»Patrick!«

»Also gut.« Er räusperte sich. »Das, was man begehrt und

doch nicht bekommen kann, ständig vor Augen zu haben, ist nicht leicht zu ertragen, und wenn man es sehr begehrt, dürfte es sogar zur Qual werden. Ich denke, Sie verstehen, was ich damit sagen will.«

Heiß strömte das Blut in Jessicas Gesicht. »Ian bedeutet mir viel«, erwiderte sie mit belegter Stimme.

»Aber wohl nicht genug, um zu einer klaren Entscheidung zu gelangen«, hielt Patrick ihr bedauernd vor. »Deshalb hat er Ihnen diese Entscheidung abgenommen. Sehen Sie es mir nach, wenn ich mich in Ihre ganz privaten Angelegenheiten einmische, aber einen besseren Ehemann und Vater für Ihre Kinder als Ian hätten Sie nicht finden können.«

Jessica hatte das Gefühl, als stehe ihr Gesicht lichterloh in Flammen. Sie wusste nicht, was sie darauf antworten sollte.

Patrick befreite sie von dieser Verlegenheit, indem er sich erhob und das Thema wechselte, als hätte seine Äußerung keine Antwort ihrerseits verlangt. »Ich muss jetzt zum Schiff und ein Auge auf Talbots Burschen halten, damit sie mir beim Entladen den Schoner nicht zu Kleinholz machen«, sagte er und marschierte den Hang hinunter.

Ihre Freundin Lydia auf New Hope war nicht weniger direkt als Patrick. Sie ging mit Jessica hart ins Gericht. »Nüchtern betrachtet, hat dein Sohn gar nicht mal unrecht. Du hast Ian wirklich von Seven Hills vertrieben. Natürlich nicht mit Absicht, aber das ändert doch nichts daran, dass du der Grund für seinen Weggang bist. Er hat dir lange genug zu verstehen gegeben, dass er dich liebt.«

»Erklärt hat er sich mir nicht!«, verteidigte sich Jessica.

Lydia verdrehte die Augen. »Natürlich nicht, denn dafür ist Ian ein viel zu rücksichtsvoller Mann. Er wollte dich nicht zu einer Entscheidung zwingen, die ihm wiederum keine andere

Wahl gelassen hätte, als seine Sachen zu packen und SEVEN HILLS zu verlassen. Ein kleines Zeichen der Ermunterung von dir hätte schon genügt.«

Ärger wallte in Jessica auf. »Ermunterung! Wozu hätte ich ihn denn ermuntern sollen? Als ich von England zurückgekommen bin, hat Ian mich vom ersten Tag an geschnitten, als hätte ich mich mit meiner Reise eines Verbrechens schuldig gemacht.«

»Nun, aus seiner Sicht...«

Jessica fiel ihrer Freundin erregt ins Wort. »Ach was! Er hat mir nicht geglaubt und sich etwas zurechtgelegt, was gar nicht stimmt. Keiner, auch er nicht, hat auch nur die geringste Ahnung, wie schlimm es mir in dieser Zeit ergangen ist und was ich in England durchgemacht habe.«

Lydia sah sie betroffen an. »Ja, aber warum hast du denn nicht offen mit ihm darüber gesprochen?«

»Ich habe geschworen, mit keinem darüber zu reden, damit nicht noch mehr Unheil geschieht. Nicht einmal dich habe ich eingeweiht, obwohl du meine längste und beste Freundin bist. Und ich darf den Schwur nicht brechen, denn ich habe schon zu viel Schuld auf mich geladen. Du kannst mir jedoch glauben, dass ich mich nicht danach gedrängt habe, meine Kinder, Ian und SEVEN HILLS so lange allein zu lassen und einmal um den Globus zu segeln. Ich habe es tun müssen, um etwas Entsetzliches von mir abzuwenden und zu verhindern, dass Ian sich meinetwegen ins Unglück stürzt. Ich weiß, das klingt schrecklich verworren und geheimnisvoll, doch wenn ich es dir erklären könnte, würdest du es verstehen.«

Lydia spürte die Verzweiflung hinter der mühsam aufrechterhaltenen Beherrschung ihrer Freundin. »Ich werde dich nicht mit Fragen quälen. Ein Schwur ist ein Schwur. Ich glaube dir auch so«, sagte sie schlicht.

»Ian hat mir nicht geglaubt«, flüsterte Jessica und blinzelte, als blende sie die Sonne. »Er hat mir keine Chance gegeben.«

»Warum versuchst du nicht noch einmal, mit ihm zu reden und ihm alles zu erklären, soweit es dir möglich ist?«, schlug Lydia vor.

Jessica schüttelte den Kopf. »Das ist zwecklos«, sagte sie niedergeschlagen, denn nur wenn sie sich für die rückhaltlose Wahrheit entschloss, würde Ian alles begreifen. Aber das hieße, die Büchse der Pandora zu öffnen und ein noch größeres Unglück als Ians Entfremdung heraufzubeschwören, nämlich sein Verderben. Denn sie kannte ihn zu gut, um nicht zu wissen, dass sein Ehrgefühl ihn zum Handeln zwingen würde. Dazu durfte es niemals kommen. Deshalb musste sie das Opfer, dass Ian sie und ihre Motive völlig verkannte und daher zu meiden beschlossen hatte, auf sich nehmen – gerade weil er ihr so viel bedeutete.

»Lass uns von erfreulicheren Dingen reden«, sagte Jessica, denn sie wollte nicht länger über diese ausweglose Situation grübeln. Es reichte, dass sie diesen Gedanken nachts stundenlang nicht entfliehen konnte.

»Geht der Hausbau zügig voran?«

»Talbot gibt sich wirklich alle Mühe, mich auf seine Art aufzumuntern. Ich wünschte nur, ich könnte mich mehr freuen. Aber was ich sagen wollte und warum ich eigentlich gekommen bin: Ich möchte dich, deinen Mann und eure Leute zu einer Hochzeit auf SEVEN HILLS einladen.«

Lydias Augen leuchteten fröhlich auf. »Deine Zofe und Frederick?«

»Ja, Fredericks Begnadigung ist ausgesprochen. Hutchinson

hat die Dokumente per Boten geschickt. Sie sind vorgestern bei mir eingetroffen. Jetzt steht der Hochzeit der beiden nichts mehr im Weg, denn Frederick hatte darauf bestanden, nur als Freier zu heiraten. Er wollte nicht, dass Anne einen Sträfling zum Mann bekommt. Gott sei Dank ist es so schnell gegangen. Ich sage dir, es wird allerhöchste Zeit, dass sie Reverend Turners Segen bekommen!«

Lydia verstand und lachte.

Die Hochzeit fand am Sonntag in der darauf folgenden Woche statt, und Jessica sorgte dafür, dass es für alle auf Seven Hills und für befreundete Nachbarn zu einem großartigen Fest wurde. Sie hoffte, dass die ausgelassene Feier die niedergedrückte Stimmung, die mit Ians Weggang auf der Farm eingekehrt war, brechen würde.

Jessicas Hoffnung erfüllte sich auch. Nach dem feierlichen Gottesdienst und der Vermählung von Anne und Frederick, die Reverend Turner zur Erleichterung aller diesmal nicht zu einer seiner gefürchteten Marathonpredigten nutzte, verlor das Fest rasch die Steifheit und Zurückhaltung der ersten Stunde. Lachen und mitreißende Musik, die von einem bunten Gemisch von Instrumenten stammte, von der Flöte über die Fiedel bis hin zu den Dudelsäcken der schottischen McDonalds von Southern Highlands, erfüllte die Luft und steckte bald auch diejenigen an, die noch am Morgen geglaubt hatten, nicht in Stimmung für ein ausgelassenes Fest zu sein.

Frederick war ein stolzer und glücklicher Bräutigam, wie ihn Seven Hills schon seit Langem nicht mehr erlebt hatte, und Anne eine strahlende Braut, die in ihrem selbst geschneiderten Kleid nicht hübscher hätte aussehen können. Das Glück, nun endlich Missis Clark zu sein und den Ehering am Finger zu tragen, umgab sie mit einer Aura, die man mit Händen fassen zu können meinte.

Jessica hatte ein ganz besonderes Geschenk für das frisch vermählte Ehepaar: Sie überreichte ihnen einen Pachtvertrag, der sehr großzügig abgefasst war, für die Auborn-Farm.

Frederick wusste gar nicht, wie ihm geschah. Er wurde ganz blass vor freudigem Schreck. Dann fielen er und Anne sich jubelnd und mit Tränen in den Augen in die Arme. Einen hoffnungsvolleren Start in das gemeinsame Leben hätten sie sich nicht erträumen können.

»Du hast es dir mehr als verdient«, sagte Jessica in einer ruhigen Minute zu Anne. »Und ich möchte, dass du mit deinem Frederick die Chance bekommst, die das Schicksal vor Jahren auch mir vergönnt hat. Ich wünsche euch alles Glück auf Erden.«

Anne war tief bewegt und kämpfte mit ihrer Rührung. »Ich bin so unsagbar glücklich und dankbar, Ma'am«, sagte sie, und sie beide wussten, dass es nie anders als »Anne« und »Ma'am« sein würde, »und doch auch so traurig. Ich habe das Gefühl, Sie im Stich zu lassen … und das ausgerechnet jetzt, wo Sie es doch nicht so leicht haben.«

»Ja, ich werde dich sicher an allen Ecken und Kanten vermissen«, räumte Jessica mit einem wehmütigen Lächeln ein. »Aber das steht auf einem ganz anderen Blatt und muss dich wirklich nicht betrüben. Wichtig ist nur, dass du und dein Frederick auf der Auborn-Farm das Glück findet, das ihr euch wünscht.«

»O ja, das werden wir!«, versicherte Anne mit leuchtenden Augen, und Jessica zweifelte nicht daran. Frederick war ein Mann, der hart arbeiten konnte und dieses Land liebte, so wie er Anne liebte, und das war die beste Voraussetzung, um als Farmer sein Glück zu machen.

Es wurde bis weit in den nächsten Tag hinein gefeiert, und als dann der Alltag schließlich auf SEVEN HILLS einkehrte, ging allen die Arbeit wieder leichter von der Hand. Es trat eine erhebliche Verbesserung der Stimmung unter den Bewohnern der Farm ein.

Auch Jessica löste sich langsam aus dem tiefen Tal der Depression. Sie konzentrierte sich auf die Arbeit, an der es auf SEVEN HILLS wahrlich nicht mangelte. Sie nahm jetzt auch wieder intensiver an den Baufortschritten des Wohnhauses teil und trug sich zum ersten Mal seit langer Zeit wieder mit Plänen, die sowohl ihre Geschäfte in Sydney und Parramatta als auch den Zukauf von weiterem Land betrafen. Denn Gregg Forster, der am Westufer des Hawkesbury, drei Meilen oberhalb von NEW HOPE, gesiedelt und dem Anbau von Mais und Weizen den Vorzug vor der Schafzucht gegeben hatte, hatte während der extrem langen und heißen Dürreperiode schwere Einbußen hinnehmen müssen. Seine landeinwärts gelegenen Wasserstellen waren ausnahmslos ausgetrocknet, und da der Großteil seiner Felder zu weit vom Fluss entfernt lag, hatte sein sowieso bescheidenes Bewässerungssystem die Katastrophe nicht abwenden können. Mais und Weizen waren ihm auf dem Halm vertrocknet, und was er noch hatte ernten können, taugte gerade mal als Viehfutter.

»Ich habe es ihm gleich gesagt, dass er seinen Schwerpunkt mehr auf die Schafzucht als auf den Anbau von Mais und Weizen legen soll«, meinte Jessica, als bekannt wurde, dass Gregg Forster seine Rechnungen nicht mehr begleichen konnte. »In fünf, sechs Jahren und mit einem bis dahin weit verzweigten Bewässerungssystem hätte er solche Sommer überstehen können. So aber musste er einfach scheitern. Er hat alles auf eine Karte gesetzt und alles verloren.«

»Forster wollte einfach zu schnell zu viel verdienen«, pflichtete Lydia ihr bei. »Ich schätze, er wird sich jetzt nach einem Käufer umsehen, und bei dir wird er bestimmt zuallererst vorsprechen.«

»Anzunehmen.«

»Und? Wirst du sein Land kaufen?«

Jessica lächelte. »Wenn er ein vernünftiges Angebot macht und nicht meint, bei mir nun das wieder holen zu können, was der Sommer und seine Unvernunft ihn gekostet haben, dann werden wir wohl handelseinig werden«, sagte sie und war schon gespannt, wann Gregg Forster sie aufsuchte. Natürlich war sie an seinem Land interessiert. Land konnte man nie genug haben. Es hatte seine Vorteile, wenn SEVEN HILLS sich zu beiden Seiten des Hawkesbury ausdehnen konnte.

Lange brauchte sie auf Gregg Forsters Besuch nicht zu warten. Er tauchte schon am nächsten Tag bei ihr auf, ein gedrungener Mann mit einer schiefen Nase. Seine Erwartungen waren so überzogen, dass Jessica ihn glattweg auslachte, sich aus dem Korbsessel erhob und Lisa Reed, die sich ein gutes Stück entfernt im Gemüsegarten zu schaffen machte, zurief: »Lisa, bitte sagen Sie doch William Bescheid, er soll Mister Forsters Pferd satteln. Er möchte uns schon wieder verlassen.«

Gregg Forster sah bestürzt drein, denn mit dieser brüsken Haltung hatte er nicht gerechnet. »Warten Sie, Missis Brading. Ich lasse natürlich über den Kaufpreis mit mir reden. Das eben ...«

»... war eine glatte Beleidigung, Mister Forster!«, fuhr sie ihm unverblümt in die Parade. »Wen, denken Sie, haben Sie vor sich? Ich weiß im Umkreis von zwanzig Meilen, was jeder Fleck Land wert ist, und wenn Sie einen fairen Preis nennen, können wir ins Geschäft kommen. Doch wenn Sie glauben, mit mir pokern zu können, dann haben Sie sich geschnitten.«

Er wurde ganz klein. »Also gut, machen Sie mir ein Angebot.«

Jessica zahlte schließlich tausend Pfund, was ein wenig über dem Marktpreis lag. Doch für sie war diese Parzelle ein Mehrfaches dieser Summe wert, denn sie dachte nicht in Zeiträumen von zwei, drei Jahren, sondern von Jahrzehnten, ja Generationen.

»Irgendwann wird Brading-Land NEW HOPE von allen Seiten umschließen«, sagte Lydia zu ihr, und obwohl sie darüber wie über einen Scherz lachten, wussten sie doch beide, dass die Wirklichkeit eines Tages wahrscheinlich so aussehen würde. Vielleicht würde auch noch NEW HOPE in SEVEN HILLS aufgehen, denn Lydia und ihr Mann hatten keine Nachkommen, die einmal ihr Erbe antreten konnten.

Jessica dachte darüber nach, als sie mit Princess auf der Anhöhe stand und ihren Blick über das Land vor ihren Augen schweifen ließ. Sie hatte einen großen, ehrgeizigen Traum, für den sie unermüdlich kämpfen wollte: Eines Tages, und diesen Tag hoffte sie noch zu erleben, sollte man auf Brading-Land in jede Himmelsrichtung einen Tag scharf reiten müssen, um an eine Grenze von SEVEN HILLS zu gelangen. Und als sie so nachdenklich im Sattel saß und das weite Land, vom silbernen Band des Hawkesbury durchzogen und von den zerklüfteten Bergzügen der Blue Mountains eingerahmt, wie ein unvergleichliches Gemälde in sich aufnahm, da spürte sie in sich die Kraft und die Gewissheit, dass ihr Traum Wirklichkeit und sie seine Verwirklichung bestimmt noch erleben würde.

Doch wer würde ihr auf diesem langen, mühseligen Weg

mit Treue und Liebe zur Seite stehen und mit ihr eines fernen Tages diesen Triumph teilen?

22

Die Viehauktionen fanden im Westen von Parramatta auf MULGRAVE FIELDS statt, dort, wo die Postkutschenstrecke, von Osten aus Sydney kommend, die Siedlung in nordwestliche Richtung verließ und sich über Toongabbee durch den Busch nach Windsor wand, während eine zweite staubige Landstraße scharf nach Süden abbog und in die südlichen Bezirke der Kolonie führte.

Ein großes freies Feld war an diesem Wegekreuz in zahlreiche und verschieden große Viehgehege unterteilt. Auf der Ostseite bot ein lang gestreckter, primitiv gebauter Unterstand bei Regen oder zu starker Sonne mehreren Dutzend Pferden und Einspännern Schutz. Zum Auktionsgelände gehörten noch das etwas zurückversetzte, recht ansehnliche Haus des Auktionators Jonathan Mulgrave, zwei große Wasserspeicher, eine Scheune mit angeschlossener Hufschmiede und die Taverne DOOLEY's, die der Schwager des Auktionators betrieb. Die Taverne war nur an Auktionstagen geöffnet. Mit Ausnahme des Hochsommers, wo niemand auch nur im Traum daran dachte, von den entlegenen Farmen Vieh in großer Stückzahl nach Parramatta oder sonst wohin zu treiben und der Viehmarkt fast völlig zum Erliegen kam, hielt Mulgrave jeden Monat eine dreitägige Auktion ab. In der Taverne flossen dann Branntwein, Rum und Madeira nur so in Strömen. Es hieß, Terence Dooley könnte von den Einnahmen aus diesen rund zwanzig Auktionstagen im Jahr bedeutend besser leben als jeder Tavernenwirt unten am Hafen, der seine Schenke tagtäglich geöffnet hielt.

An Auktionstagen herrschte auf MULGRAVE FIELDS stets ein reges und buntes Treiben. Die Versteigerungen lockten nicht allein Farmer und Viehhändler an, sondern es fand sich auch jedes Mal eine große Zahl Zuschauer jeden Alters ein, die sich das Spektakel einfach nicht entgehen lassen wollten, sowie Männer, die Arbeit suchten, und Frauen, die das Interesse der Männer zu erregen hofften. Unter Letzteren überwog die Zahl derer, die keine Verbindung fürs Leben suchten, sondern sich mit einer hastigen Vereinigung von ein paar Minuten zufriedengaben, sofern nur das Entgelt stimmte.

Mitchell hatte für das bunte Treiben zwischen dem Gebäudekomplex und den Viehgehegen kein Auge. Er nahm die herumtollenden Kinder, die aufgeputzten Freudenmädchen und die lärmenden Viehtreiber gar nicht wahr, sondern konzentrierte sich ganz auf die Prüfung der eingepferchten Tiere und die anstehende Auktion.

Er nahm nicht zum ersten Mal an einer Versteigerung auf MULGRAVE FIELDS teil und wusste deshalb sehr genau, worauf er zu achten hatte. Während der Auktion blieb einem keine Zeit, das Potenzial einer Herde genau einzuschätzen. Das musste man schon gemacht haben, bevor das erste Gebot ausgerufen wurde und Jonathan Mulgrave in seinen enorm schnellen Auktionssingsang einfiel, dem nur Eingeweihte folgen konnten. Es gab genügend betrügerische Farmer und Viehhändler, die kranke und alte Tiere mit üblen Tricks loszuwerden versuchten. Deshalb war Mitchell, wie viele andere erfahrene Farmer auch, schon am frühen Morgen in Begleitung von Timmy und Dennis, einem seiner neuen Männer, von Gatter zu Gatter gegangen und hatte sich die Pferde, Ochsen, Ziegen und Schafe, die an diesem Tag zum Verkauf standen, kritisch angesehen. Hier und da hatte er sich sogar in die bewachten Viehgehege begeben, um bei Schafen die Qualität der Wolle, den Zustand der Hufe und die Klarheit der Augen zu prüfen. Pferde und Ochsen, an denen er interessiert war, unterzog er einer nicht weniger sorgfältigen Kontrolle.

»Was halten Sie von ihnen, Dennis?«, fragte Mitchell, als sie eine Gruppe von fünf Pferden begutachteten, die ein Farmer aus Campbelltown anbot.

Dennis Coy, ein Schrank von einem Mann, nagte an seiner Unterlippe. Er wusste sehr wohl, dass ihn sein neuer Arbeitgeber testen wollte, was er von Pferden verstand. Und er ließ sich Zeit mit seinem Urteil. Er sah sich jedes Tier in Ruhe an, schaute ihm ins Maul, betastete die Beine und achtete darauf, wie es sich benahm.

»Sie sind reichlich mager auf den Rippen, ihr Fell ist stumpf, und sie haben schon lange keinen Hufschmied mehr zu Gesicht bekommen, der etwas von seinem Handwerk versteht«, sagte er schließlich auf seine bedächtige Art, von der Mitchell schon beim Kennenlernen eingenommen war. »Aber bis auf den Grauen, der eine hässlich eiternde Wunde an der rechten Hinterhand hat, haben sie nichts, was gutes Futter nicht in Ordnung bringen könnte. Bei guter Pflege sind sie in einer Woche nicht wiederzuerkennen.«

»Auch der Graue?«

Dennis nickte. »Zehn Tage Schonung und dreimal täglich ein neuer Verband mit Eukalyptussalbe, und Sie werden Ihre Freude an dem Tier haben.«

Timmy grinste anerkennend, und Mitchell lächelte. »Der

Ansicht bin ich auch, Dennis. Ich denke, ich werde nachher mitbieten.«

»Die Pferde hier werden weit unter Preis weggehen«, prophezeite Dennis.

»Ja, wenn wir Glück haben. Und jetzt lassen Sie uns zu den Hammeln und Einjährigen hinübergehen. Ich habe meiner Frau versprochen, mit einer ansehnlichen Herde nach Burringi zurückzukehren.«

Als die Auktion dann um neun begann, hatte Mitchell, wie auch am Vortag, seine Wahl schon längst getroffen und im Geiste festgelegt, wie hoch er bei den einzelnen Herden gehen wollte.

Jonathan Mulgrave, ein großer Mann in einem schwarzen Gehrock mit blitzenden Messingknöpfen und einem glänzenden Zylinder auf dem Kopf, fuhr von Gatter zu Gatter, gefolgt von der Menge der Bieter und der Schaulustigen, und übertönte mit seiner kräftigen und doch sehr melodischen Stimme mühelos den Lärm, der die Menge von allen Seiten umgab. Da war das Stimmengewirr in den eigenen Reihen der Bieter und Verkäufer, das Kommen und Gehen von Reitern und Wagen, das Geschrei spielender Kinder und die fröhlichen Zurufe von Bekannten und Freunden, die sich hier überraschenderweise trafen, das Blöken von vielen hundert Schafen, das missmutige Meckern von Ziegen, das nervöse Schnauben der Pferde, die Flüche einiger betrunkener Viehtreiber und die Anfeuerungsrufe der Zuschauer einer Prügelei vor der Taverne, das Randalieren zweier Ochsen, die ein Gatter zu zerlegen versuchten, und das Kläffen von Hunden. Und über all dem vielstimmigen Lärm stand Jonathan Mulgrave, sowohl im übertragenen Sinne des Wortes als auch buchstäblich, stand er doch auf einer erhöhten Plattform mit einem kleinen Pult, die auf den offenen Wagen eines Einspänners montiert war. Sein halbwüchsiger Sohn führte, auf sein Zeichen hin, das Pferd am Zügel von Gatter zu Gatter. Wenn der Wallach sich dann ins Geschirr legte und der Wagen anruckte, wankte Jonathan Mulgrave jedes Mal gefährlich auf seiner erhöhten Plattform wie ein Rohr im Wind. Doch bisher hatte noch keiner die Wette, dass Mulgrave diesmal stürzen werde, gewonnen.

Mitchell beteiligte sich an diesem Morgen bei acht Versteigerungen. Fünfmal erhielt er den Zuschlag, womit sein Viehbestand um dreihundertachtzig Schafe, ein Dutzend Ziegen, fünf Milchkühe und zehn Ochsen wuchs. Einmal glaubte er, in der Menge das Gesicht von Ian McIntosh gesehen zu haben. Doch er hatte keine Zeit, sich dessen zu vergewissern. Denn schon im nächsten Moment begann Mulgrave mit der Versteigerung der fünf Pferde, für die er sich interessierte, und er musste seine ungeteilte Aufmerksamkeit auf den Auktionator und die Mitbieter richten.

»Fünfzig sind geboten, Gentlemen!... Höre ich fünfundfünfzig?... Noch haben Sie die Gelegenheit, fünf prächtige Tiere zu einem wahren Spottpreis zu erstehen!... Allein der Braune und die Apfelstute sind ihre dreißig Pfund wert!... Wer ruft mir also fünfundfünfzig zu?... Gentlemen, schauen Sie genau hin!... Mister Ryan?... Nein, Sie steigen aus?... Und Mister McLellan?... Nein, Sie gehen auch nicht weiter?... Gentlemen, fünfzig sind geboten... Fünfzig zum ersten... Fünfzig zum zweiten... und fünfzig zuuuuuum...« Er machte eine Pause, um den Zuruf eines höheren Gebotes noch im letzten Moment zu ermöglichen, doch dieser Zuruf kam nicht. Und so rief er, begleitet vom Krachen des aufs Pultbrett heruntersausenden Auktionshammers: »...dritten!... Verkauft an Mister Hamilton. Meinen Glückwunsch!«

Mitchell nickte lächelnd zurück, und damit war die Auktion für ihn beendet. Gewöhnlich musste bei solchen Versteigerungen sofort nach Zuschlag bar gezahlt werden. Doch Leuten wie ihm, deren Zahlungsfähigkeit und -moral außer Frage standen, räumte Jonathan Mulgrave Kredit ein. Sie brauchten erst nach der Auktion zu zahlen.

»Das war es für heute«, sagte Mitchell zu Timmy und Dennis, während sie die Menge zum nächsten Viehgehege davonziehen ließen. »Ich glaube, wir haben uns einen Drink verdient. Hätte nie gedacht, dass ich bei den Pferden den Zuschlag schon bei fünfzig Pfund erhalten und dem sauertöpfischen Morsley die siebzig Einjährigen vor der Nase wegschnappen würde.«

Timmy verzog das von Wind und Wetter gegerbte Gesicht zu einem schadenfrohen Grinsen. »Das kommt davon, wenn man vor so ’ner Auktion nicht früh genug zum Pinkeln geht. Schätze, er wünscht sich, er hätte besser in die Hose gepisst, als sich die Einjährigen entgehen zu lassen.«

Dennis und Mitchell stimmten in das Gelächter ein, und sie gingen über den staubigen Platz zu DOOLEY's hinüber.

Es war ein schöner klarer Wintertag.

Mitchell war zufrieden, nicht nur mit diesem Tag, sondern mit dem ganzen Verlauf seiner Reise, auch wenn sie nicht ohne gefährliche Momente gewesen war. Nach ihrem Aufbruch von BURRINGI bei strömendem Regen hatten Timmy und er dem Händler zwei Tage lang Gesellschaft geleistet. Dann war Bishop nach Nordwesten abgebogen, um zur Farm der Larkins zu kommen, während sie weiter nach Nordosten geritten waren. Die Wildnis dehnte sich jeden Tag aufs Neue von Horizont zu Horizont. Die Weite und Leere des Landes schreckten jedoch weder ihn noch Timmy, sie gaben ihnen vielmehr die

Kraft, den Strapazen zu trotzen. Schließlich errichteten sie, fünf Meilen vor Sydney, ihr letztes Nachtlager im Busch.

Am nächsten Morgen geschah das Unglück, das beinahe alle Pläne zunichte- und Sarah zur Witwe gemacht hätte. Es war ein kühler Tag, Morgentau überzog Gras und Sträucher, und der Sonne fehlte die Kraft, die Erde zu erwärmen und die Nebelschleier aufzulösen, die in Senken und über dem nahen Bachlauf hingen.

Er sah nicht die Schlange, die nachts die Nähe der vom Feuer erhitzten Steine gesucht hatte, mit denen Timmy am Abend zuvor einen Ring um ihr Lagerfeuer gebaut hatte.

Als er nach einem Stock griff, um damit die Glut zu schüren, schoss der Kopf hervor. Die Zähne der Viper gruben sich in seinen rechten Unterarm und verspritzten ihr Gift in Sekundenschnelle in sein Fleisch. Der Schmerz war nicht groß, nicht mehr als ein Dornenstich, doch mit diesem Stich streckte der Tod seine knochige Hand nach ihm aus.

Mit der Linken riss er das Reptil von seinem Arm und zertrümmerte dessen Schädel am nächsten Feldstein. Der Leib der Viper zuckte noch, als er schon sein Messer in der Hand hielt und die Klinge zum Kreuzschnitt über der Bisswunde ansetzte. Das Blut schoss aus der klaffenden Wunde, die er aussaugte, während er zum nächsten Ledergurt griff und sich damit den Unterarm am Ellbogen abband. Seiner Geistesgegenwärtigkeit verdankte er vermutlich sein Leben.

Er schaffte es noch mit eigener Kraft nach Sydney. Doch sein Arm war schon auf den doppelten Umfang angeschwollen, und Schüttelfrost setzte ein, als er vor dem Haus von Doktor Samuel White aus dem Sattel kippte.

Das Gift zwang ihn drei Wochen lang aufs Krankenbett, und in der ersten Woche sah es mehr als einmal so aus, als würde die Viper über ihren eigenen Tod hinaus den Sieg davontragen und der Sargmacher zwei Straßen weiter Arbeit bekommen. Sein Arm war unförmig angeschwollen und hatte mehr Ähnlichkeit mit dem aufgedunsenen Bauch einer toten Ratte als mit einem menschlichen Gliedmaß.

Doktor White wollte den Arm amputieren, doch trotz seines schweren Fiebers, das ihn immer wieder ins Delirium warf, begriff Mitchell, welches Schicksal ihm drohte.

»Nein, niemals!«, schrie er und schlug um sich. »Wenn Sie mir den Arm abnehmen, bringen Sie mich besser gleich um! Denn wenn ich das überlebe, werde ich Sie dafür töten! ... Weg mit der Säge von meinem Arm! ... Lassen Sie mich sterben, aber machen Sie mich nicht zum Krüppel! ... Timmy, jag ihm eine Kugel in den Schädel, wenn er es dennoch versucht!«

Doktor White überließ die Entscheidung der Natur, und zu seiner großen Verwunderung waren der Überlebenswille und die Kondition seines Patienten stärker als das Gift, das seinen Körper bis an die Grenze des Todes ausgelaugt hatte.

Am Ende der ersten Woche war die erbitterte Schlacht zugunsten des Lebens entschieden, doch es dauerte noch fast zwei Wochen, bis er sich wieder erholt hatte und kräftig genug fühlte, um sich der Dinge anzunehmen, deretwegen er die lange Reise angetreten hatte.

In Sydney kaufte Mitchell den Großteil der Vorräte ein, die auf seiner Liste standen, sowie zwei stabile Fuhrwerke von einem Wagenbauer, der für die Qualität seiner Arbeit in ganz New South Wales bekannt war. Beim Kauf der vier Zugochsen lernte er Dennis Coy kennen, der als Stallknecht arbeitete. Sie kamen ins Gespräch, Mitchell erzählte ihm von BURRINGI und den Eden Plains, und als Dennis sich interessiert zeigte, machte Mitchell ihm ein Angebot, das dieser nach einem Tag Bedenkzeit annahm. Er begleitete sie schon, als sie nach Parramatta aufbrachen, wo die Zahl der Viehtreiber und Farmarbeiter, die Arbeit suchten oder sich verändern wollten, wegen seiner Nähe zum Farmland bedeutend größer war als in Sydney.

Zuerst einmal bemühte er sich um eine Hebamme für Sarah, denn das war ihm von allem das Wichtigste. Seine Bemühungen, Miss Hubbard zu einer Reise nach BURRINGI zu bewegen, blieb leider erfolglos. Sie besaß jedoch die Freundlichkeit, bei Dorothy Reynolds, von der sie als Hebamme eine gute Meinung hatte, ein gutes Wort für ihn und Sarah einzulegen.

»Sie könnte meine Tochter sein, doch sie versteht sich schon jetzt vorzüglich darauf, auch in kritischen Situationen die Ruhe zu bewahren und das Richtige zu tun«, lobte sie Dorothy Reynolds. »Und wenn mich nicht alles täuscht, müsste die Unzufriedenheit ihres Mannes mit seiner derzeitigen Anstellung für Sie nur von Vorteil sein.«

So war es auch. Mitchell bot Dorothy, siebenundzwanzig Jahre alt, von ansprechendem Äußeren und bescheidenem Wesen, eine Anstellung an, die den Beruf der Hebamme mit dem einer Zofe und eines Kindermädchens kombinierte, denn nach einem ersten langen Gespräch war er sicher, dass sie sich gut mit Sarah verstehen würde. Und ihrem Mann Colin, der als Gehilfe im Sägewerk arbeitete, stellte er frei, bei ihm als Schreiner und Zimmermann zu arbeiten oder sich für eine andere Tätigkeit zu entscheiden. Auf einer Farm wie BURRINGI, die sich noch im Aufbau befand, war die Auswahl groß. Und natürlich zahlte er gut. Colin war sofort Feuer und Flamme, denn im Sägewerk gab es für ihn kein Weiterkommen mehr. Seine Frau ließ sich alles, wie es ihrem Wesen entsprach, in

Ruhe durch den Kopf gehen – und kam dann glücklicherweise zum selben Ergebnis wie ihr Mann, nämlich dass es ein zu verlockendes Angebot war, als dass sie es ausschlagen konnten.

Noch acht weitere Männer ließen sich anwerben, von denen drei verheiratet waren. Für ihre Auswahl nahm sich Mitchell viel Zeit, denn dort draußen im Busch konnte eine einzige Person, die nicht ins Team passte, viel Unheil anrichten.

Nachdem er seine Rekrutierung abgeschlossen hatte, hatte er sein Augenmerk auf das Vieh gerichtet, das er erwerben und nach BURRINGI treiben wollte. Und an diesem Tag hatte er endlich seine letzten Käufe getätigt.

Ja, er hatte allen Grund, mit dem, was er in den letzten beiden Monaten durchgestanden und erreicht hatte, zufrieden zu sein. Sarah würde Augen machen und aus dem Häuschen sein, wenn sie sah, was er alles mitbrachte – an Vieh, Waren und tatkräftigen Menschen. Auf BURRINGI würde im wahrsten Sinne des Wortes ein geschäftiges Leben und Treiben einkehren. Statt nur sechs Personen würde die Farm schlagartig das Zuhause von insgesamt zwanzig Männern, Frauen und Kindern sein, ja einundzwanzig, wenn erst ihr zweites Kind geboren war …

Mitchell lächelte in Gedanken, während er mit Timmy und Dennis auf DOOLEY's zusteuerte. Eine kleine Feier auf den Abschluss seiner Geschäfte war ganz angebracht. Und in spätestens zehn Tagen, wenn sie die Pferde und das Vieh mit reichlich Futter und Ruhe für den anstrengenden Trieb nach Süden aufgepäppelt hatten, konnten sie gen BURRINGI aufbrechen.

Die langen Holzbänke vor der Taverne waren schon alle besetzt. »Sehen wir, ob drinnen noch was frei ist«, sagte Mitchell und betrat die Schenke, die im Grunde genommen nur ein langer Schuppen mit einem langen Tresen war, hinter dem auf einem schweren Bord eine Reihe von Fünf- und Zehn-gallonenfässern mit Rum, Branntwein, Madeira und Port standen.

»Da drüben sind Jud, Poodle und Wiseman!«, rief Timmy, der an einem Tisch links vom Eingang die drei Männer ent-deckte, die von nun an zu ihrer Mannschaft gehörten.

Mitchell hatte diese drei Männer sowie Dennis und Timmy zu der Auktion mitgenommen, denn die ersteigerten Tiere mussten nachher zu ihrem Lager getrieben werden, das sie auf der anderen Seite der Siedlung direkt am Ufer des Parramatta aufgeschlagen hatten.

Mitchell wollte sich gerade nach links wenden, um mit Timmy und Dennis dort drüben am Tisch von Jud, Poodle und Wiseman Platz zu nehmen, als sein Blick auf die Gestalt eines Mannes fiel, der ganz allein an einem Tisch saß und ihm sofort vertraut vorkam, obwohl er dessen Gesicht nicht sehen konnte, da er mit hängendem Kopf in seinen Zinn-becher stierte.

»Bestellt schon mal. Ich komme gleich nach«, sagte Mitchell zu Timmy, drückte ihm einige Geldstücke in die Hand und ging auf den Tisch zu, dessen primitive Platte aus einer dicken, unbearbeiteten Baumscheibe bestand.

Als er näher kam und der Mann den Becher an die Lippen führte, wusste Mitchell, dass er sich vorhin nicht getäuscht hatte.

»Ian!«, rief er hocherfreut. »Wenn das nicht ein verrückter Zufall ist! Also waren Sie es doch, den ich da vorhin in der Menge zu erkennen geglaubt habe. Wie schön, Sie nach so langer Zeit mal wiederzusehen.«

Ian hob langsam den Kopf, kniff die leicht glasigen Augen zusammen, die verrieten, dass er nicht vor seinem ersten Becher Port oder Branntwein saß, und musterte ihn einen Moment lang stumm, als wüsste er nicht, wo er ihn zuordnen sollte. »Schau an, der edle Mitchell Hamilton gibt uns die Ehre«, sagte er dann spöttisch und mit schwerer Zunge.

Mitchell stutzte, entschied dann aber, Ians Begrüßung als Scherz aufzufassen. Er zog sich einen der klobigen dreibeinigen Hocker heran. »Wie geht es Ihnen, Ian? Und was macht Seven Hills?«, fragte er gut gelaunt.

»Scheren Sie sich zum Teufel«, murmelte Ian und trank.

Mitchell runzelte die Stirn, und sein Lächeln verlor ein wenig von seiner Natürlichkeit. »Na, Sie scheinen mir heute ja in einer heiklen Stimmung zu sein.«

»Was Sie nicht sagen«, knurrte Ian.

»Ich hatte eigentlich vor, Sie zu einem Kap-Brandy einzuladen, aber das war wohl doch kein so guter Gedanke.«

»Haben Sie nicht verstanden? Sie sollen sich zum Teufel scheren!«, blaffte Ian ihn an.

Mitchell machte ein bestürztes Gesicht, als er begriff, dass es dem Iren damit tatsächlich ernst war. Sie hatten sich früher doch so hervorragend verstanden. Was war jetzt bloß in ihn gefahren? »Ich hatte nicht die Absicht, Sie zu belästigen, Ian. Doch ich wusste nicht, dass Sie mir irgendetwas nachtragen, von dem ich nicht …«

»Nachtragen?«, fuhr Ian ihm grimmig ins Wort und fixierte ihn mit blutunterlaufenen Augen. »Das ist wohl kaum das richtige Wort für das, was Sie angerichtet haben.«

»Was soll ich denn angerichtet haben?«, fragte Mitchell verständnislos.

»Sie haben Jessica verraten!«, stieß Ian voller Verachtung

hervor. »Jessica hat Sie geliebt und an Sie geglaubt und ihr Leben für Sie aufs Spiel gesetzt! Und was tun Sie, Sie gottverfluchter Narr? Sie vergelten es ihr, indem sie dieses junge Ding heiraten, nur weil es Ihnen die Zeit im Versteck auf Van Diemen's Land ein wenig versüßt hat!«

Das Blut schoss Mitchell ins Gesicht. »Ich verbitte mir, dass Sie so abwertend von meiner *Frau* reden, einmal ganz abgesehen davon, dass Ihre Behauptungen nicht den Tatsachen entsprechen«, erwiderte er heftig. »Sarah hat mir die Zeit nicht auf die Art versüßt, die Sie unterstellen.«

»Mein Gott, Sie haben sie geschwängert!«, hielt Ian ihm zornig vor. »Und kommen Sie mir jetzt nicht wieder damit, dass Sie nicht zurechnungsfähig waren, als das geschah, denn das glaube ich Ihnen nicht. Aber Sie waren zurechnungsfähig, als Sie das Mädchen geheiratet haben.«

»Ich musste es tun!«, verteidigte sich Mitchell. »Ich musste zu dem stehen, was ich getan hatte!«

»Ja, ich weiß, Sie sind ein Ehrenmann und immer darauf bedacht, den Anstand zu wahren! Und es hat Sie nicht gekümmert, dass Sie Ihrer Ehre und Ihrem Gewissen, das Sie nicht befleckt wissen wollten, Jessicas Liebe geopfert haben!«, warf Ian ihm erregt vor. »So haben Sie alles kaputt gemacht. Wenn Sie Jessica geheiratet hätten, hätte ich damit leben können, so wie ich auch damit gelebt habe, dass sie die Frau von Steve und somit für mich unantastbar wie auch unerreichbar war.«

Fassungslos hörte Mitchell ihm zu.

»Aber Sie haben sich gegen Jessica entschieden und mir damit Hoffnung gemacht, dass eines Tages doch noch möglich sein könnte, was ich bis dahin nicht zu träumen gewagt hatte«, brach es aus Ian hervor. »Doch die bittere Enttäuschung, die

Sie ihr zugefügt haben, hat sie verändert. Nie wäre sie sonst nach England gereist.«

»Jessica war in England?«

»Ja, fast zwei Jahre war sie fort, um einer irrsinnigen Rachsucht zu frönen, was ihr früher nie in den Sinn gekommen wäre! Sie hat Seven Hills und ihre Kinder im Stich gelassen, und sie hat auch nichts darum gegeben, was ich ihr gesagt habe. Sie ist so anders geworden, und Sie tragen daran die Schuld, denn mit Ihrem Verrat an ihr haben Sie unser aller Leben aus der Bahn gebracht«, warf er ihm vor. »Wenn Sie nicht so ein gottverdammter Narr gewesen wären, wäre all das nicht passiert, und dann hätte ich mich auch nicht gezwungen gesehen, Seven Hills zu verlassen und noch einmal von vorn anzufangen, ohne zu wissen, wofür eigentlich.«

Schock und Ungläubigkeit zeichneten sich auf Mitchells Gesicht ab. Es war ihm unvorstellbar, dass Ian nicht mehr Verwalter von Seven Hills sein sollte, das doch auch sein Lebenswerk war. »Sie sind weggegangen? Das kann doch nicht sein!«

»Ich musste fort, weil ich sonst vor die Hunde gegangen wäre. Aber was verstehen Sie schon davon!« Blanke Wut funkelte in seinen Augen.

Mitchell war bestürzt. Ein Schauer lief ihm über den Rücken. »Mein Gott, Sie lieben Jessica! ... Sie haben sie immer geliebt, nicht wahr?«, flüsterte er, von Schuld und Mitgefühl bewegt. »Jetzt verstehe ich alles.«

»Nichts verstehen Sie!«, zischte Ian – und schlug unvermittelt mit der Faust zu. Dabei fegte er Zinnbecher und Steinkrug mit dem Arm vom Tisch.

Der Schlag traf Mitchell mitten ins Gesicht und schleuderte ihn vom Hocker. Hart stürzte er auf den Bretterboden und kämpfte gegen die Benommenheit an. Ein stechender Schmerz pulsierte durch seine linke Gesichtshälfte.

Das Stimmengewirr im DOOLEY'S verstummte, und alle Augenpaare richteten sich auf Mitchell und Ian, der sich erhoben hatte und wankend vor Mitchell stand.

Dessen Männer sprangen nun vom Tisch auf und stürmten durch den Raum, um die Partei von ihrem Boss zu ergreifen und Ian ihre Fäuste spüren zu lassen. Doch Mitchell, der sich halb aufgerichtet hatte, hob abwehrend den Arm und hielt sie mit den Worten zurück: »Lasst ihn in Ruhe! Keiner fasst ihn an. Es ist nichts passiert.«

Timmy und die anderen zögerten. Ihren Gesichtern war anzusehen, dass ihrer Meinung nach sehr wohl etwas passiert war, das nach einer passenden Antwort verlangte.

»Wer sich mit ihm anlegt, ist gefeuert!«, warnte Mitchell, und seine linke Gesichtshälfte schmerzte bei jeder Bewegung.

Timmy zuckte mit den Schultern. »Okay, Sie sind der Boss, und Sie müssen es ja wissen. Aber wenn Sie es sich doch noch anders überlegen sollten, geben Sie uns Bescheid. Dann stutzen wir den Kerl so zusammen, dass er unter 'ner Fußmatte noch Seil springen kann«, sagte er, warf Ian einen drohenden Blick zu und zog sich mit Dennis und den anderen zurück.

Die Schlägerei, auf die so manch einer gehofft hatte, fiel aus, und damit waren Mitchell und Ian nicht mehr Mittelpunkt des Interesses. Der normale Tavernenlärm setzte wieder ein.

Schwankend hielt sich Ian aufrecht. Verächtlich blickte er auf Mitchell hinunter. »Sie hätten alles haben können, Jessica, SEVEN HILLS, das Glück auf Erden. Doch wofür ich meinen rechten Arm gegeben hätte, haben Sie leichtfertig verspielt und einem falschen Ehrgefühl geopfert. Sie sind ein gottverdammter Narr, Mitchell Hamilton!« Mit diesen Worten wandte er sich um und stakste aus der Taverne.

Am nächsten Morgen kam Ian in den Gasthof SETTLER'S CROWN, um sich zu entschuldigen. Er sah fürchterlich aus. Der ausgewachsene Kater einer durchzechten Nacht stand ihm ins Gesicht geschrieben. Unter den rot angelaufenen Augen hingen dunkle Ringe.

Er entschuldigte sich für sein unbeherrschtes Auftreten vom Vortag und ganz besonders für den Faustschlag. »Ich hatte zu viel getrunken, was keine Entschuldigung ist, sondern nur eine Erklärung. Ich bedaure, die Beherrschung verloren und Sie geschlagen zu haben.«

»Schon vergessen«, versicherte Mitchell und log damit. »Ich habe immer große Achtung vor Ihnen und Ihrer Arbeit gehabt, und an dieser Meinung wird auch der gestrige Ausrutscher nichts ändern.«

Ian sah ihn mit verkniffener Miene an. »Gut, denn auch an meiner Meinung über Sie wird sich nichts ändern, Mitchell. Sie sind ohne Zweifel ein wahrer Gentleman, aber ebenso auch der größte gottverdammte Narr, der mir je begegnet ist!« Und grußlos ließ er ihn stehen.

Aufgewühlt sah Mitchell Ian nach, der sich im Hof auf sein Pferd schwang und davonritt. Die hässliche Szene am gestrigen Tag und der kurze Wortwechsel gerade eben waren nicht ohne Wirkung auf ihn. Sie hatten in ihm ein bewegtes Kapitel seiner Vergangenheit wieder ins Bewusstsein zurückgeholt, als er von Sarahs Existenz noch nichts geahnt hatte und er der unerschütterlichen Überzeugung gewesen war, dass es nie eine andere Person geben würde, die sein Denken und sein Verlangen auch nur annähernd so beherrschen konnte wie sie – wie Jessica.

Er blickte hinaus in den Morgen, ohne jedoch die dahinsegelnden Wattebauschwolken und die kreisenden Vogelschwärme am Himmel bewusst wahrzunehmen. Er sah die sieben Hügel von SEVEN HILLS und Jessica. Und was er an diesem Tag auch versuchte, er wurde ihr Gesicht nicht los.

23

Die Dämmerung warf schon ihre langen Schatten über das Land, als Jessica von ihrem Besuch bei ihrer Freundin Lydia auf NEW HOPE zurückkehrte und am Ufer des Hawkesbury die Bronzeglocke anschlug. Während sie darauf wartete, dass Sean Keaton und Pete Cowley den Hügel herunterkamen und die LADY JANE, den alten Fährkahn, flottmachten, dachte sie über den Sonntagnachmittag nach, den sie mit Lydia und Thomas Marvin verbracht hatte. Es waren sehr schöne Stunden gewesen, und wann immer sie mit ihnen zusammen war, freute sie sich über ihr stilles Glück, das zu einem gut Teil auch in ihrer Bescheidenheit und Anspruchslosigkeit begründet lag. Ihnen genügte es, eine kleine Farm zu bewirtschaften, die gerade genug abwarf, um das Überleben zu sichern. Nur alle paar Jahre geschah es, dass sie einen Überschuss erwirtschafteten, der sie befähigte, sich einen seit Langem gehegten Wunsch zu erfüllen.

Jessica seufzte und bedauerte, dass ihr diese Bescheidenheit nicht gegeben war. Zwar beneidete sie Lydia und Thomas um ihre fröhliche Zufriedenheit und Ausgeglichenheit, doch sie konnte gegen ihre eigene Natur einfach nicht an. Wann immer sie auf NEW HOPE war, spürte sie das heftige Verlangen, die Farm einmal gründlich auf Vordermann zu bringen. Sie begriff einfach nicht, dass Lydia und Thomas dieser großen Herausforderung, die eine Farm nun einmal darstellte, nicht Herr wurden. Nicht, dass sie die Arbeit gescheut hätten! Ganz und gar nicht. Sie plagten sich redlich und gaben ihr Bestes, doch irgendwie fehlte es ihnen an Ehrgeiz, ja auch an der Vision, was NEW HOPE einmal sein könnte.

Der flache Rumpf des Fährkahns schob sich knirschend über den Ufersand, und Sean Keaton sprang mit einem Tau an Land, um die LADY JANE zu sichern.

Jessica nickte ihm freundlich zu, führte Princess auf das Boot und hing weiter ihren Gedanken nach, während die beiden Männer sich in die Taue legten und den Fährkahn mit Hilfe ihrer Muskelkraft über den Fluss brachten.

Warum nur war es für ihr Leben und ihre Zufriedenheit so wichtig, dass eine große Herausforderung auf die andere folgte? Warum nur konnte sie nie mit dem zufrieden sein, was sie erreicht hatte? SEVEN HILLS war das Zentrum ihres Lebens, und doch hatte sie sich nicht darauf beschränkt, sondern sich in geschäftliche Unternehmungen gestürzt, von denen sie anfangs nicht den Schimmer einer Ahnung gehabt hatte. Was hatte dieser unbändige Drang in ihr, stets zu neuen Ufern der Herausforderung aufzubrechen, bloß zu bedeuten? Weshalb fand sie keine Ruhe und glaubte, ihre Tüchtigkeit ständig aufs Neue beweisen zu müssen? Gewiss, sie hatte eine Vision, in der Brading in Australien der allseits bekannte Name einer mächtigen Familiendynastie war, deren Imperium SEVEN HILLS, eine Kette exklusiver Läden und eine Schifffahrtslinie mit einer stolzen Flotte umfasste. Aber war sie deshalb glücklicher als Thomas und Lydia? Nein, das war sie ganz sicher nicht ...

Mit einem Rums landete der Fährkahn am anderen Ufer.

Princess schnaubte nervös bei dem Ruck, der durch das Boot ging und Jessica aus ihren Gedanken holte.

»Ist ja schon gut, Princess«, sagte Jessica und klopfte ihr beruhigend auf den Hals. »Gleich hast du wieder festen Boden unter den Hufen.« Sie rief den beiden Männern, die den Fährkahn vertäuten, einen Dank zu und führte die Stute an Land.

Gemächlich ritt sie den Hügelhang hinauf. Das neue Farmhaus wuchs mit jedem Tag. Die Außenmauern aus massivem Sandstein ragten mittlerweile schon über Manneshöhe auf und ließen die beeindruckenden Maße dieses Hauses allmählich erahnen. SEVEN HILLS würde nicht nur für sich in Anspruch nehmen können, das erste massive Steinhaus am Hawkesbury zu besitzen, sondern zudem auch noch das erste Steinhaus mit einem voll ausgebauten Obergeschoss.

Jessica lenkte Princess an der niedrigen Hecke vorbei, die sich zwischen dem Trampelpfad und der Rückfront des ehemaligen Verwalterhauses erstreckte. Ihre Aufmerksamkeit galt jedoch so ausschließlich ihrem neuen Farmhaus, dass sie den Mann überhaupt nicht bemerkte, der im Schatten der Veranda gesessen und sich bei ihrem Nähern aus dem Korbsessel erhoben hatte.

»Jessica.«

Sie fuhr unter der Stimme wie unter einem heftigen, unerwarteten Schlag zusammen und riss den Kopf herum. Fassungslosigkeit und Verwirrung sprachen aus ihren Zügen, als sie ihn dort stehen sah, keine fünf Schritte von ihr entfernt. »Mitchell?«, stieß sie hervor, als fürchtete sie, unter einer Sinnestäuschung zu leiden.

Er lächelte. »Vielleicht hätte ich dir meinen Besuch besser vorher ankündigen sollen. Aber ich wusste bis heute Morgen

selbst nicht, dass ich den Wunsch haben würde, dich wiederzusehen.«

Jessica sprang aus dem Sattel und überließ Princess sich
selbst. Mit einer unsicheren Geste fuhr sie sich über das
Haar und zupfte dann an ihrer karierten Baumwollbluse. Sie
wünschte plötzlich, sie hätte sich Mitchell in etwas attraktive-
rer Kleidung präsentieren können. Die verrücktesten Gedanken schossen ihr durch den Kopf, und ihre Gefühle gerieten in
einen Aufruhr, dessen Zielrichtung nicht zu erkennen war. Erinnerungen an eine wunschlos glückliche Zeit der Liebe und
Leidenschaft, aber auch an eine Zeit unsäglichen Schmerzes
wurden wach und riefen eine merkwürdige Erregung in ihr
hervor.

»Wir haben uns Jahre nicht mehr gesehen«, sagte Jessica
und blieb mit einem Lächeln vor ihm stehen, das den ganzen
Widerstreit ihrer Gefühle widerspiegelte.

Er nickte. »Ja, über zwei Jahre.«

Sie sahen sich einen Augenblick schweigend an, während
die Sonne in den westlichen Tälern der Blue Mountains ver-
sank und ihren letzten violetten Lichtschein an den Himmel
warf.

Jessicas Herz schlug plötzlich wie verrückt. War es möglich,
dass sich das Rad der Zeit noch einmal zurückdrehen ließ?

»Ich freue mich, dass du mich besuchst.«

Sein Blick ruhte auf ihrem Gesicht. »Ich hatte einfach das
Gefühl, kommen zu müssen«, erwiderte er leise.

Sie ergriff seine Hand und wollte etwas sagen, doch in dem
Moment schepperte in der Küche ein Topf, woraufhin die herrische Stimme von Lisa Reed zu ihnen drang, die ihr Küchen-
mädchen ausschimpfte.

Jessica ließ seine Hand los, als hätte sie jemand bei etwas

Verbotenem ertappt. Irgendwie fühlte sie sich verlegen, und sie sagte das Nächstbeste, was ihr in den Sinn kam. »Bist du schon lange hier?«

»Nur ein paar Stunden.«

»Tut mir leid, dass du so lange auf mich warten musstest.«

»Das macht nichts. Ich hatte mehr als genug Ablenkung. Edward und Victoria haben mir Löcher in den Bauch gefragt. Ich hätte sie kaum wiedererkannt, so sehr sind sie gewachsen. Es sind ganz reizende Kinder. Du kannst stolz auf sie sein, besonders auf Edward. Er ist schon ein richtiger junger Mann.«

Sie lächelte. »Ja, das ist er.« Wieder entstand für einen Augenblick ein befangenes Schweigen, das Jessica mit den Worten brach: »Keaton und Cowley haben mir nichts von dir gesagt, als wir über den Fluss setzten.«

»Ich hatte sie darum gebeten, Jessica. Es sollte eine Überraschung sein.«

»Die ist dir wahrhaftig gelungen, Mitchell«, versicherte sie und war immer noch völlig durcheinander. »Hat Talbot dich schon über die Baustelle geführt?«

»Nein. Er meinte, dass du es sicher selbst tun willst.«

»Richtig. Möchtest du denn, dass ich dir das neue Farmhaus zeige?«

»Ja, gern.«

Dass die Dunkelheit hereinbrach und sie nicht mehr viel sehen konnten, kümmerte keinen von ihnen. Es ging ihnen auch gar nicht um das Haus, und das wussten sie beide. Diese Führung über die Baustelle diente vielmehr dem Zweck, der beidseitigen Beklommenheit entgegenzuwirken und ihnen durch eine äußere Ablenkung Gelegenheit zu geben, sich über ihre Empfindungen klarzuwerden.

Als sie durch einen steinernen Rundbogen auf die rückwärtige Veranda gelangten, die dem Fluss zugewandt war, erlosch am Horizont der letzte Lichtschein. Die Nacht umhüllte sie, und Jessica war, als würden Vergangenheit und Gegenwart eins werden. Ein merkwürdig erregendes Gefühl bemächtigte sich ihrer, und der Gedanke, dass es vielleicht doch möglich war, den Zauberbann vergangener Jahre mit neuer Kraft zu erfüllen, durchzuckte sie wie ein elektrischer Stromschlag. Eine Gänsehaut bildete sich auf ihren Armen, und für einen Moment war vergessen, was hinter ihr lag – England, das Kind, das sie dort gelassen, und alles andere, das ihr Glück lange davor zerstört hatte.

»Warum bist du gekommen, Mitchell?«, fragte sie leise und versuchte die Dunkelheit zu durchdringen, um in seinem Gesicht zu lesen.

Er ließ sich mit seiner Antwort Zeit. »Ich weiß es nicht, Jessica«, sagte er schließlich. »Vermutlich bin ich gekommen, um herauszufinden, warum ich den Drang hatte, dich aufzusuchen.«

Deutlich hörte sie die Verwirrung aus seiner leicht bebenden Stimme heraus, und ebenso deutlich spürte sie seinen Blick auf ihrem Gesicht.

»Mitchell …«

»Ja, Jessica.«

»Wir haben uns einmal geliebt.« Ihre Stimme war nur noch ein Hauch. »Du warst die große Liebe meines Lebens.«

»Und du die meine.«

Jessica legte ihre Arme um seinen Nacken und zog seinen Kopf zu sich herunter. Er widersetzte sich nicht, und seine Lippen öffneten sich leicht, als sie ihn küsste.

Sie schloss die Augen, und sie wartete darauf, dass es so sein würde wie früher, nämlich dass ihr Körper unter der Berührung seiner Lippen mit aufloderndem Verlangen reagieren würde. Doch dieses erregende Kribbeln und diese lustvollen Schauer, die ihr durch und durch gegangen waren und die sie bis in die Brustspitzen gespürt hatte, blieben aus. Der Zauber der Liebe, diese ganz besondere Alchemie zwischen zwei Menschen, funktionierte nicht mehr. Was immer einmal Seele und Körper bei so einem Kuss verbunden und zu leidenschaftlichen Vereinigungen geführt hatte, es existierte nicht mehr.

Ernüchtert und irgendwie doch auch benommen, brach sie den Kuss ab und gab ihn frei. »Entschuldige«, flüsterte sie. »Ich hätte es wissen müssen. Die Zeit lässt sich nicht mehr zurückdrehen.«

Seine Hand strich über ihre Wange, und es war keine Geste der Zärtlichkeit, sondern mehr so etwas wie ein stummer brüderlicher Trost. »Ich glaube, du hast es gewusst, so wie auch ich es gewusst habe. Doch wir waren uns all die Zeit nicht völlig sicher, und jetzt weiß ich auch, weshalb ich kommen musste.«

Sie hörte, wie er erleichtert durchatmete, und verstand, was dieser Besuch zu bedeuten hatte. »Du wolltest endlich sicher sein, dass du mich nicht mehr liebst und dass ich dich nicht mehr in Versuchung bringen kann, nicht einmal in Gedanken, nicht wahr?«

»Ich habe all die Jahre immer wieder von dir geträumt, und diese Träume haben mich tagsüber gequält und mit Schuld erfüllt«, gestand er.

»Weil du Sarah liebst, wie du einmal mich geliebt hast«, sagte Jessica und wunderte sich, wie ruhig sie das aussprechen konnte. Die Erkenntnis, dass von dem Feuer der Liebe für ihn, das einmal in ihr gebrannt hatte, nicht einmal mehr ein

Fünkchen Glut zurückgeblieben war, war nicht mit Bitterkeit und Schmerz verbunden. Sie hatte es wie Mitchell längst gewusst, ohne bisher jedoch die endgültige Bestätigung erhalten zu haben.

»Anders.«

»Sicher, keine Liebe gleicht der anderen. Du wirst nun nicht mehr von mir träumen.«

»Ich nehme es an.«

»Ich wünsche es dir von Herzen, Mitchell. Und es war gut, dass du gekommen bist«, sagte sie und fügte mit einem leisen, leicht wehmütigen Auflachen hinzu: »Jetzt werde ich nicht mehr den Wunsch haben, dich zu küssen und zu sehen, was dabei mit uns passiert. Jetzt wissen wir es beide.«

»Ja«, pflichtete er ihr bei. »Ich hoffe, du verzeihst mir, dass es so gekommen ist.«

»Ich habe einmal geglaubt, dir niemals verzeihen zu können, dass du Sarah geheiratet und mir so viel Schmerz zugefügt hast«, gestand sie nachdenklich. »Aber auch das gehört unwiederbringlich der Vergangenheit an. Wie können wir auch einander für Gefühle verantwortlich machen? Nein, du brauchst mein Verzeihen nicht, weil es längst nichts mehr zu verzeihen gibt. Wir hatten unsere Zeit. Sie hatte auf der Tradewind ihren Beginn und irgendwann auf Van Diemen's Land ihr Ende. Danach hatte dein Leben mit meinem Leben nichts mehr gemein, bis auf die Erinnerung. Aber auch die wird immer mehr verblassen, und ich denke, das hat die Natur mit Bedacht so eingerichtet.«

Mitchell nickte, und damit war alles gesagt. Er war froh. »Ich habe Ian in Parramatta getroffen. Er erzählte mir, dass du in England gewesen bist.«

»Es ließ sich nicht vermeiden.«

Er zögerte, ob er fortfahren sollte, denn ihre knappe und sehr reserviert klingende Antwort ermunterte ihn nicht gerade dazu. Doch er setzte sich darüber hinweg. »Ich konnte es erst nicht glauben, als ich erfuhr, dass er nicht mehr auf Seven Hills ist.«

»Ich habe ihn nicht entlassen, Mitchell. Es war sein ureigener Wille. Ian hat sich eine eigene Farm gekauft. Er will sich etwas Eigenes aufbauen!« Ihre Sätze kamen kurz und knapp und abweisend.

»Ich glaube nicht, dass das der Grund war.«

»Ich wüsste nicht, weshalb du dir darüber Gedanken machen solltest!«

»Vermutlich hätte ich das auch nicht getan, wenn er mir nicht gesagt hätte, dass er dich seit jeher geliebt und es deshalb nicht länger auf Seven Hills ertragen hat.«

Sie schwieg.

»Er liebt dich wirklich, Jessica.«

Jessica hatte einen Kloß im Hals. »Ich weiß, aber er und ich ...« Sie brach ab und gab ihrer Stimme wieder einen festen Klang. »Mit uns beiden wird es niemals etwas werden, weil es da etwas gibt, was ich ihm nie erklären kann, und mir genau das zu verzeihen, schafft er nicht. Und weil dem so ist, wird diese Sache immer einen tiefen, unüberwindlichen Graben zwischen uns ziehen.«

»Jessica ...«

»Nein, kein Wort mehr, Mitchell«, unterbrach sie ihn ruhig, aber bestimmt. »Spar dir alle weiteren gut gemeinten Worte und frag auch nicht, was es ist, denn ich werde es dir niemals sagen. Glaube mir einfach, dass ich weiß, wovon ich spreche.«

Er seufzte resignierend. »Wie du meinst.«

»Lass uns ins Haus zurückgehen«, forderte Jessica ihn auf.

»Lisa, Talbot und die Kinder werden schon auf uns warten, und du musst uns von BURRINGI und den Eden Plains erzählen.«

Jessica hakte sich bei ihm ein, und wie zwei gute Freunde gingen sie über den Hof auf den gelben Lichtschein zu, der aus dem Verwalterhaus zu ihnen in die Nacht drang. Sie wussten instinktiv, dass sie, sollte der Zufall es nicht anders wollen, sich nie wiedersehen würden, und sie empfand darüber kein Bedauern.

24

Zärtlich teilten seine Hände die Flut ihrer Haare, als sie sich über seinen Schoß kniete und sich langsam zu ihm hinabbeugte.

»Du bist wunderschön«, flüsterte Kenneth. »Ich könnte dich immer so ansehen.«

Lavinia lächelte. »Nur ansehen?«, neckte sie ihn und ging tiefer in die Hocke, sodass ihr weiches Fleisch über seine harte Männlichkeit rieb.

Er stöhnte bei der Berührung auf und presste seinen Unterleib zwischen ihre gespreizten Beine. »Ich könnte dich verschlingen«, keuchte er.

Lavinia lachte leise und sinnlich. Sie spürte, wie die intime Berührung sie noch feuchter werden ließ. »Warten wir es ab, wer wen verschlingt, mein tapferer Recke«, sagte sie und verstärkte die Bewegung ihres Beckens.

Er küsste sie auf die Augen und dann auf den Mund. Sie sog seine Zunge zwischen ihre Lippen, während seine gesunde

Hand über ihren nackten Leib strich, über den der warme Schein des Kaminfeuers tanzte. Als sie sich wenig später etwas aufrichtete, küsste er ihre Brüste. Zunge und Lippen spielten mit ihren Brustwarzen, die sich unter seinen Liebkosungen verhärteten.

Schauer der Lust gingen in Wellen durch ihren Körper. Und plötzlich formte sich ein irrwitziger Gedanke in ihr. Ob es mit Henry Ash …

Sie führte den Gedanken nicht einmal zu Ende. Er war nicht mehr als das kurze Aufglimmen eines Glühwürmchens in dunkler Nacht. Nur für einen Sekundenbruchteil verirrte sich der Gedanke an Henry Ash in ihr Bewusstsein. Er war sofort wieder ausgelöscht, erstickt unter dem Ansturm der Leidenschaft, in die sie stürzte, als Kenneth nun in sie drang und sie mit ihm verschmolz.

Der Gedanke an Henry Ash kehrte in dieser Nacht nicht zurück. Doch die Saat war in ihr gelegt. Als Kenneth kurz vor Morgengrauen ihr Haus verließ, nachdem er sie halb im Schlaf noch einmal geliebt hatte, schlich sich Henry Ash über ihre Träume in ihre Gedanken zurück.

Lavinia fühlte sich irgendwie irritiert, als Abigail ihr wie üblich den Morgentee ans Bett brachte und sie aus diesem Traum erwachte, dessen Bilder jedoch sofort verblassten. Was ihr von diesem Traum blieb, war nur ein unbestimmtes Gefühl an etwas Diffuses, das sie beunruhigte, ohne dass sie wusste, was es war.

Später beim Frühstück, als sie ihre Einkaufsliste durchging, kam ihr Henry Ash bewusst in den Sinn. Seit seinem ersten Besuch vor gut zwei Monaten, als er von Toongabbee nach Sydney zurückgekehrt war, hatten sich ihre Wege mehr als ein Dutzend Mal gekreuzt.

Dass er sie damals aufgesucht hatte, hatte Lavinia mehr gefreut, als ihr an jenem Tag bewusst gewesen war. Mit Henry Ash verband sie eine Zeit, in der ihr Leben noch in geregelten Bahnen verlaufen und sie die allseits respektierte Ehefrau von Captain Whittaker gewesen war – und nicht die hörige Geliebte seines Mörders, wie ihr neuerdings sogar Straßenjungen ungeniert nachriefen.

Henry Ashs Besuch hatte die schmerzliche Erinnerung in ihr wachgerufen, welch ein gesichertes und kurzweiliges Leben sie doch einst geführt hatte. Es war ein Leben mit glanzvollen Bällen gewesen, mit harmlosen und doch aufregenden Flirts, mit Picknicks und Besuchen von Veranstaltungen, mit Anproben bei der Schneiderin und mit Verabredungen zum Tee. Damals hatte sie sich auch nicht mit einem einzigen Mädchen als Personal bescheiden müssen. Sie hatte neben Abigail drei weitere Bedienstete gehabt und natürlich ihre eigene Kutsche.

Ach, es war so vieles anders gewesen. Nie wäre ihr damals der Gedanke gekommen, dass sie eines gar nicht so fernen Tages kein Geld mehr für Ausgaben haben würde, die nicht unbedingt nötig waren. Und erst recht hätte sie sich niemals träumen lassen, einmal gezwungen zu sein, das eigene Haus aus Geldnot verkaufen und nun Mietzins zahlen zu müssen. All das, was früher ihr Leben als ehrbare Ehefrau ausgemacht hatte, hatte Henry Ash wieder in ihr Bewusstsein zurückgerufen. Und es wog umso schwerer, als er der einzige Gentleman war, der sie auf der Straße nicht schnitt oder ihr mit wissendlüsternem Blick begegnete.

Seit seinem ersten Besuch hatte sie ihn immer wieder in der Stadt getroffen, und nie hatte er es unterlassen, sie mit Respekt und ebenso großer Freundlichkeit zu begrüßen. Er war der

Einzige, der noch vor ihr den Hut zog. Ja, er beließ es nicht nur bei dem Gruß, sondern er unterhielt sich auch mit ihr. Und wie oft hatte er sie schon vom Markt zurück nach Hause begleitet und darauf bestanden, ihr den Einkaufskorb zu tragen. Zweimal hatte er sie in seiner Kutsche mitgenommen, als sie sich sonntags auf den langen Weg zur Kirche gemacht hatte. Am Besuch des Gottesdienstes hielt sie fest, auch wenn die anderen Kirchgänger sie vor und im Gotteshaus noch mehr schnitten und sie ihr Dasein als von der Gesellschaft Ausgestoßene noch deutlicher spüren ließen als sonst schon.

Deshalb hatte sie das Anerbieten von Henry Ash, sie in seinem Wagen mitzunehmen, erst auch abgelehnt und auf sein Beharren hin mit hochrotem Kopf gesagt: »Ihre Freundlichkeit ehrt Sie, Mister Ash. Aber ich gehe doch besser zu Fuß, damit Ihnen Ihre Freundlichkeit nicht zum Nachteil gereicht.«

»Wieso das?«

Ihre Röte war noch tiefer geworden. »Ich weiß nicht, wie gut Sie über die … Veränderungen unterrichtet sind, die mich zur Witwe und zum Paria der Gesellschaft gemacht haben«, hatte sie mit gesenktem Blick geantwortet. »Auf jeden Fall bin ich nicht mehr die Art von Frau, mit der sich ein Gentleman wie Sie unbeschadet in der Öffentlichkeit sehen lassen kann.«

»Ich bin sehr gut über all das unterrichtet, was Sie da ansprechen, weil ich vom ersten Tag unserer Begegnung an ein sehr persönliches Interesse an Ihrem Leben und Ihrem Wohlbefinden gehabt und es bis heute nicht aufgegeben habe«, hatte er ihr ruhig erwidert. »Doch ich bin sehr wohl der Meinung, dass Sie eine Dame sind, mit der sich ein Gentleman in der Öffentlichkeit sehen lassen kann, Missis Whittaker, ganz besonders beim Gottesdienst. Denn sind nicht Nächstenliebe und die Gnade der Vergebung unserer Sünden die zentrale Botschaft des HERRN? Vor Gott sind wir alle gleich. Und wer ohne Sünde ist, der werfe den ersten Stein.« Er hatte ihr seinen Arm gereicht, sie aufmunternd angelächelt und sie gebeten: »Bitte, steigen Sie ein.«

Zum ersten Mal seit über zwei Jahren war sie wieder in einer Kutsche zum Gottesdienst gefahren und hatte die Kirche an der Seite eines Mannes betreten, dessen Ehrenhaftigkeit außer Frage stand. Kenneth ließ sich nie mit ihr in der Öffentlichkeit sehen. Nicht, dass sie ihm das vorwarf. Aber es tat weh zu wissen, dass dies nie geschehen würde.

Lavinia hatte sich nie Gedanken darüber gemacht, wieso es kam, dass sie Henry Ash immer dann besonders häufig begegnete, wenn Kenneth nicht in Sydney weilte. Nach Parramatta hatte sie ihn seit jener schrecklichen Begegnung mit seiner Frau nicht mehr begleitet. Sie hatte das Haus noch am selben Tag verlassen und war, verstört und von Schuld gequält, nach Sydney zurückgekehrt.

Auch an diesem Junimorgen, als sie sich auf den Weg zu Brading's machte, um Nähgarn und einige andere Kleinigkeiten zum Ausbessern ihrer Kleider zu kaufen, dachte sie sich nichts dabei, als ihr Weg wieder einmal den von Henry Ash kreuzte. Sie verließ gerade das Geschäft, als Henry Ash scheinbar zufällig um die Ecke bog und sich so freudig überrascht zeigte wie sie.

»Das trifft sich, diesmal im doppelten Sinne des Wortes, ganz ausgezeichnet«, sagte er freudestrahlend und war sich seiner attraktiven Erscheinung an diesem Vormittag mehr denn je bewusst. Am Tag zuvor hatte er beim Schneider Timothy Bradford seine neue Garderobe abgeholt und mit einem Teil des Geldes, das er von Rosetta Forbes erhalten hatte, großzügig bezahlt. Er wusste, wie gut ihm der dunkelblaue Anzug aus feinstem Kaschmir stand. Die dezente Seidenweste zum gedeckten Krawattentuch sowie die schwere Goldkette seiner Taschenuhr, die ihren goldenen Bogen über die graue Seide der Weste legte, unterstrichen nicht nur seine ansprechende Erscheinung, sondern vermittelten auch einen Eindruck von Ernsthaftigkeit und Seriosität.

»So?«, fragte sie mit einem erwartungsvollen Lächeln und fühlte sich insgeheim ein wenig schuldig, dass sie sich so sehr über das Treffen mit ihm freute. Aber war das denn nicht nur zu verständlich?

Wer sprach denn außer Abigail sonst noch mit ihr? Nur noch Johnny Rabbit, der Fischhändler, und Rodney Dempsy, doch dem ging es bloß darum, eines Tages die Miete mit Hurendiensten verrechnet zu bekommen. Er ekelte sie an. Wenn Dempsy mit ihr sprach und sie mit dieser unverhohlenen Wollust im Blick taxierte, dann fühlte sie sich wirklich verkommen. Aber das waren die einzigen Menschen, die wussten, wer sie war, und die dennoch ein Wort mit ihr wechselten. Alle früheren Freunde und Bekannten hatten sich nach dem Duell von ihr abgewandt und sie aus ihrer Gesellschaft ausgestoßen, und die Verachtung der Nachbarschaft ging mittlerweile so weit, dass niemand den Jungen Einhalt gebot, die ihr auf der Straße obszöne Gesten machten oder ihr nachriefen, ob sie es auch schon für drei Pennies tue.

»Ja, ich hätte Sie heute sonst noch aufgesucht, denn ich wollte Sie fragen, ob Sie mir das Vergnügen machen, mich zum Fest zu begleiten«, sagte Henry Ash. »Die Feier zu Ehren unseres Königs, der doch übermorgen seinen Geburtstag begeht, verspricht ein ganz besonderes Ereignis zu werden. Wir könnten uns die Parade ansehen und dann unser Wettglück bei den Pferderennen versuchen, die sehr spannend zu werden versprechen.«

Lavinia hätte am liebsten spontan zugesagt, denn alles in ihr schrie danach, wieder einmal unter Menschen zu kommen und an einem Fest teilzunehmen. Aber sie legte sich Zurückhaltung auf und zwang sich, Gründe zu suchen, weshalb sie seine Einladung nicht annehmen konnte.

Henry Ash spürte jedoch, wie versucht sie war, mit ihm zum Fest zu gehen. Er wusste zudem, dass Kenneth sich zurzeit auf MIRRA BOOKA aufhielt und frühestens in einer Woche zurückkehren würde. Diese grauhaarige Zofe, die ihm mit ihrer Flüsterstimme ein wenig unheimlich war, hielt ihn bestens über alles unterrichtet.

Er hatte ein klares Ziel vor Augen, das Missis Lavinia Ash hieß und mit fünftausend Pfund vergoldet sein würde. Deshalb bemühte er nun all seinen Charme und seine Überredungskunst, um Lavinia umzustimmen. Ihr Widerstand schmolz mit jedem Schritt und jedem freundlichen Wort von ihm. Als sie dann vor ihrem Haus standen, gab sie endlich jenen Kräften in ihr nach, die sich danach sehnten, der Einsamkeit ihres selbst gewählten Gefängnisses zumindest für einen Tag zu entfliehen.

Ihr Gewissen plagte sie, und sie schrieb Kenneth einen leidenschaftlichen Brief nach MIRRA BOOKA, doch von Henry Ash und seiner Einladung erwähnte sie kein Wort. Warum hätte sie auch? Kenneth fragte nie, was sie mit der vielen Zeit anfing, die sie nicht zusammen verbringen konnten.

Ganz Sydney war am Geburtstag Seiner Majestät auf den Beinen, um sich nichts von dem großartigen Spektakel auf dem Paradeplatz vor der Kaserne und der Pferderennbahn entgehen zu lassen.

Lavinia trug ihr bestes Kleid, das aus flaschengrüner Seide

gearbeitet und mit reizvollen zartgelben Paspelierungen verse-
hen war, und fühlte sich in der Menge fremder Gesichter zum
ersten Mal seit Jahren nicht auf Schritt und Tritt geschnitten
und mit Verachtung konfrontiert. So gelöst und unbeschwert
war sie seit dem Tod ihres Mannes nicht mehr gewesen. Sie
genoss jede Minute mit Henry Ash, und erst am Abend, als
die letzten Feuerwerkskörper am dunklen Himmel zerplatz-
ten, wurde ihr bewusst, dass sie den ganzen Tag nicht einmal
an Kenneth gedacht hatte.

»Es … es war ein wunderschöner Tag«, sagte sie beklom-
men. »Doch jetzt möchte ich bitte nach Hause, Mister Ash.«

»Natürlich«, erwiderte er, ihre Veränderung spürend, und
ging mit ihr zu seinem Einspänner hinüber. Er drückte dem
barfüßigen Jungen, der auf Pferd und Wagen aufgepasst hatte,
eine Münze in die Hand, half Lavinia in den Wagen und ließ
den Apfelschimmel antraben.

Er nahm nicht den direkten Weg zu ihrem Haus, und sie
ließ es wortlos geschehen, als merkte sie es nicht. Eine ganze
Weile fuhren sie so schweigend dahin. Sie gelangten auf die
Church Street, und dort hielt er den Einspänner im tiefen
Schatten von zwei Eukalyptusbäumen an.

»Sehen Sie nur diesen Himmel«, brach Henry Ash das eigen-
artige Schweigen.

»Ja«, sagte Lavinia und schaute zum nächtlichen Sternen-
himmel empor. »Diese unvorstellbare Endlosigkeit des Kosmos!
Wie klein und unbedeutend wir doch sind.«

Er sah sie von der Seite an. Jetzt war der Augenblick gekommen, es zu wagen. »Sie sagten vorhin, es sei ein wunderschöner Tag gewesen, und ich hatte dieselben Empfindungen.« Er
legte eine gedankenschwere Pause ein. »Es könnte immer so
wunderschön sein … Lavinia.«

Ihr schlug das Herz bis zum Hals. Reglos saß sie neben ihm und nahm den Blick nicht von den einsamen Sternen, die aus der Ewigkeit des Universums zu ihnen herabfunkelten.

»Bitte nicht, Henry!«, raunte sie.

»Nein, ich muss es Ihnen sagen, was Sie vermutlich schon längst wissen«, fuhr er ruhig, aber bestimmt fort. »Ich liebe Sie, Lavinia. Ja, ich liebe Sie, seit ich Ihnen das erste Mal begegnet bin, und ich wünsche mir nichts mehr, als Sie zu meiner Frau zu haben.«

»Sie wissen nicht, was Sie da sagen!«

»Und wie ich das weiß!«

»Ich flehe Sie an, verderben Sie nicht das, was wir hatten, Mister Ash!«, stieß sie erschrocken hervor. »Bitte, kein Wort mehr!«

Er dachte gar nicht daran. »Werden Sie meine Frau, Lavinia. Erhören Sie mich und machen Sie mich zum glücklichsten Menschen der Welt, indem Sie meine Frau werden.«

Heiß und kalt durchlief es sie. »Mein Gott, Ihnen ist gar nicht klar, was Sie da reden! Sie wissen doch ganz genau, was für ein Leben ich führe und dass ich Sie gar nicht heiraten kann!«

»Sie meinen, weil Sie die Geliebte von Kenneth Forbes sind?«, fragte er unverblümt.

»Ja!«, kam es ihr gequält über die Lippen.

»Ich weiß das alles, und ich zweifle auch nicht an Ihren Gefühlen für ihn, Lavinia. Doch diese Liebe ist ohne jede Zukunft. Oder hat er Ihnen in den zweieinhalb Jahren auch nur einmal die Ehe angeboten?«

Sie zuckte zusammen, als hätte er seinen Finger in eine offene Wunde gelegt. »Sie haben nicht das Recht, mich so etwas zu fragen!«, wehrte sie sich.

»Nein, das habe ich nicht«, räumte er ein. »Aber ich habe das Recht, mich Ihnen zu erklären und Sie mit der Wahrheit zu konfrontieren, weil es mir Ernst mit Ihnen ist. Ich hege nicht den Wunsch, Sie zu meiner Geliebten zu machen und mich auf diese Weise bequem um jegliche Verantwortung zu drücken.«

»Hören Sie auf!«, rief sie mit zitternder Stimme. »Kenneth hat mir nie etwas versprochen, und ich habe nie etwas von ihm verlangt!«

»Das mag sein, aber ändert das etwas daran, dass wahre Liebe nicht nur Leidenschaft, sondern auch Fürsorge und Verantwortung beinhaltet?«, fragte er. »Nein, warten Sie, Lavinia! Lassen Sie mich erst ausreden.«

Lavinia presste die Lippen zusammen.

»Kenneth Forbes muss Ihnen viel bedeuten, wenn Sie bereit sind, solch ein … bitteres Leben auf sich zu nehmen, ohne Freunde, ohne Ehre und Achtung und ohne die Hoffnung, eines Tages doch noch die Frau des Mannes zu sein, wegen dem Sie all diese Demütigungen Tag für Tag auf sich nehmen«, sagte er. »Ich bewundere Ihre Stärke, zu Ihren Gefühlen zu stehen. Doch ich weiß, dass Sie dennoch keine Träumerin sind, die vor der Wirklichkeit die Augen verschließt. Und zu dieser Wirklichkeit gehört, dass Sie im Begriff stehen, Ihre Zukunft einer Leidenschaft zu opfern, die selbst keine Zukunft hat, denn dieses Leben als von allen geächtete Geliebte wird Sie und Ihre Gefühle zu ihm mit den Jahren zermalmen wie Mühlsteine das Korn.«

»Niemals«, gab Lavinia tonlos von sich und wusste zugleich, dass es so sein würde, wie er gesagt hatte. Schon jetzt ging sie aus Angst vor den verächtlichen Blicken der Nachbarn und den Obszönitäten der Straßenjungen immer seltener aus dem Haus.

»Es wird so kommen, und Sie wissen es, Lavinia. Doch wenn Sie meine Frau werden, wird all das Vergangenheit sein. Ich habe eine beachtliche Erbschaft gemacht, die mich in die Lage versetzt, Ihnen ein gesichertes Leben zu bieten – natürlich nicht hier in New South Wales, sondern in England. Ich werde mit Ihnen in eine Stadt gehen, wo niemand Ihre Ehre anzweifeln wird und wo Sie als geschätztes Mitglied der Gesellschaft ein respektiertes und kurzweiliges Leben führen können.«

»England!«, wiederholte Lavinia unwillkürlich. Welch ein lockendes Wort!

»Ja, wir werden all dies hier hinter uns lassen und in England ein neues Leben beginnen. Sie mögen mich nicht lieben, aber ich glaube doch sagen zu können, dass Sie mir zumindest Zuneigung und Vertrauen entgegenbringen, und ich denke, dass es für eine glückliche Ehe kaum eine bessere Voraussetzung gibt, zumal ich die berechtigte Hoffnung habe, als Ihr Ehemann eines Tages auch noch Ihre Liebe zu erringen.«

Benommen schüttelte Lavinia den Kopf. »Um Gottes willen, was reden Sie da, Henry?«, stieß sie aufgewühlt hervor. »Ich bin eine gefallene Frau und ...«

»Nein, Sie sind die Frau, die ich liebe und der ich meinen Namen wie auch meinen Schutz geben möchte.«

»Wie können Sie eine Frau achten, geschweige denn lieben, die so viel Schuld auf sich geladen hat ... und die ... die so unfruchtbar ist wie ... wie ein totes Stück Holz!«

»Schauen Sie mich an, dann sehen Sie den Mann vor sich, der Sie so nimmt, wie Sie sind. Schuld haben wir alle auf diese oder jene Art auf uns geladen. Doch wenn ich Ihnen den Ehering an den Finger stecke, wird die Vergangenheit für uns nicht mehr zählen, sondern nur noch das neue Leben, das wir gemeinsam beginnen werden«, versicherte er.

»Bitte bringen Sie mich nach Hause!« Sie hatte ihre Stimme kaum noch unter Kontrolle. Ihr Körper zitterte wie Espenlaub.

»Natürlich«, sagte er sanft und griff zu den Zügeln. »Sie sollten nur wissen, was ich für Sie empfinde und wie ernst es mir ist. Ich erwarte auch nicht, dass Sie schon heute zu einer Entscheidung kommen. Ich werde Sie nicht bedrängen. Sie sollen vielmehr Zeit haben, in Ruhe über meinen Heiratsantrag und das Leben nachzudenken, das ich mit Ihnen in England führen möchte.«

Er brachte sie bis zur Tür ihres Hauses. Dort beugte er sich zu ihr hinunter und gab ihr einen flüchtigen Kuss auf die Wange, die sie ihm auch nicht entzog.

»Heirate mich und beginn mit mir in England ein neues Leben, Lavinia!«, flüsterte er ihr zu.

Diese letzte Aufforderung verfolgte sie nicht nur in dieser Nacht, sondern ließ sie von nun an nicht mehr los. Immer wieder hörte sie seine Stimme. Und sie verstummte auch nicht, als sie zehn Tage später wieder in Kenneth' Armen lag und verzweifelt versuchte, jene Leidenschaft zu beschwören, die ihr Zusammensein bisher bestimmt hatte.

Heirate mich und beginn mit mir in England ein neues Leben, Lavinia!

Sie schrie unter seinen immer heftiger werdenden Stößen auf und klammerte sich weinend an ihn, umschlang ihn mit Armen und Beinen und kam ihm bei jedem Stoß mit ihrem Becken entgegen, als könnte sie ihn nicht tief genug in sich spüren. Sie wimmerte noch, als er sich schon längst in ihr ergossen hatte.

Kenneth hielt ihr Verhalten für den Taumel höchster Lust.

Lavinia jedoch weinte, weil sie in diesem Moment wusste,

dass der Bann höriger Leidenschaft gebrochen war und dass sie ihn verraten würde, ja in diesem Moment der Täuschung schon verraten hatte.

Als er dann ermattet an ihrer Brust lag und schlief, hämmerte nur ein einziger Gedanke in ihrem Schädel: *England! England!*

25

Sarah hielt im Unkrautjäten inne. Das Ziehen in ihrem Kreuz war zu einem scharfen Pochen geworden, das sich nicht länger ignorieren ließ. Am liebsten hätte sie einmal herzhaft aufgestöhnt. Doch Allan stand ganz in der Nähe und besserte den Zaun aus, der ihren Gemüsegarten umschloss, und ihr Stolz verbot es ihr, sich in seiner Gegenwart so gehen zu lassen. Rob und Allan schufteten genau wie sie von Sonnenaufgang bis Sonnenuntergang und beklagten sich auch nie. Da konnte sie sich ja wohl ein Aufstöhnen verkneifen.

Mit zusammengepressten Lippen richtete sich Sarah auf, stützte sich auf ihre Harke und drückte den schmerzenden Rücken durch. Wie gut es tat, aufrecht zu stehen, ruhig durchzuatmen und die Frühlingssonne auf ihrem Gesicht zu spüren. Sie hatte das Verlangen, ins Haus zu gehen, sich einen Tee zu kochen und sich damit vors Haus auf die Bank zu setzen. Aber davon wurde die Arbeit nicht getan, und an Arbeit herrschte wahrlich kein Mangel.

Das Unkraut wuchs in diesem Frühling so schnell, dass Sarah mit dem Harken und Ausrupfen gar nicht mehr nachkam. Wenn sie die letzte Reihe des Gemüsegartens von all den wild wuchernden Gewächsen gesäubert hatte, konnte sie bei der ersten Reihe gleich wieder von Neuem anfangen. So segensreich die Fruchtbarkeit des Frühjahrs war, so brachte sie doch auch so manch eine Plackerei und Mühsal mit sich. Dazu kam, dass sie langsamer geworden war. Wie sehr sie sich auch mühte und die schwere Wölbung ihres Leibes zu ignorieren suchte, sie schaffte doch nie das Tagwerk, das sie vor ihrer Schwangerschaft stets bewältigt hatte. Die Einsicht, dass ihr ganz alltägliche Arbeiten, über die sie früher nie nachgedacht hatte, von Woche zu Woche schwerer fielen, bedrückte sie.

Es tröstete sie nicht, sich daran zu erinnern, dass dies ihr erstes Kind war, das sie auf Burringi erwartete, und dass sie ihre Arbeit in Anbetracht der Tatsache, dass sie sich erst in das Leben einer Farmerin hatte einfinden müssen, recht gut machte, wie Rob und Allan ihr immer wieder versicherten. Sie sah nur, dass zu viele Dinge, die dringend getan werden mussten, unerledigt liegen blieben.

Nicht, dass sie es bereute, Mitchell in die Wildnis gefolgt zu sein und diese unendliche Mühsal auf sich genommen zu haben, dem wilden Land eine Farm abzuringen. Sie würde Mitchell an jeden Ort der Welt folgen, vorbehaltlos und ohne jedes Zögern. Und was die harte Arbeit anging, so kam es ihr nicht im Traum in den Sinn, sich darüber zu beklagen. Nach dem Leben, das sie bei ihrem tyrannischen Vater, dem Einsiedler-Töpfer, auf Van Diemen's Land hatte führen müssen, war das Leben mit Mitchell auf Burringi ein himmlischer Traum. Ihr Glück hätte vollkommen sein können, wenn… ja, wenn nicht diese Zweifel gewesen wären und diese Angst, die in ihr wie eine gefährliche Unterströmung tief unter einer glatten Oberfläche dahinfloss.

Sie liebte Mitchell. Er war das große Glück ihres Lebens,

das sie nie für möglich gehalten hätte. Und weil dem so war, quälte sie die Frage, ob Mitchell mit seiner Flucht in die Wildnis der Eden Plains nicht nur räumlich für immer mit der Vergangenheit gebrochen hatte, sondern ob es ihm auch in Herz und Seele gelungen war. Er hatte Jessica Brading geliebt, sie jedoch aufgegeben und sie, Sarah, geheiratet, weil sein Ehr- und Pflichtgefühl ihm keine andere Wahl gelassen hatte. Ihre Hoffnung, eines Tages seine Liebe zu erringen, aufrichtig von ihm begehrt zu werden und ihn glücklich machen zu können, war in Erfüllung gegangen. Dennoch ließ diese letzte Spur Zweifel und Angst, dass er gelegentlich an diese andere Frau dachte, sich nach ihr sehnte und der Versuchung, wenn er ihr eines Tages wieder begegnen sollte, vielleicht doch erliegen könnte, sie nie ganz los. Es war wie eine heimtückische Krankheit, von der man sich geheilt fühlte und die man lange Zeit vergaß, um dann plötzlich von einem neuen Anfall heimgesucht zu werden.

Im letzten Jahr waren diese Anfälle immer seltener geworden, und es hatte Monate gegeben, da hatte sie nicht einmal daran gedacht. Die Fortschritte, die der Aufbau ihrer Farm machte, und die Freude auf ihr zweites Kind hatten für nichts anderes Raum in ihrem Denken und Fühlen gelassen. Eigentlich waren die Jahre, die sie mit Mitchell auf Burringi war, eine Zeit des ungetrübten Glücks gewesen, in der sie zueinandergefunden hatten.

Doch seit Mitchell sich auf den weiten Weg nach Parramatta gemacht und sie in der Einsamkeit von Burringi zurückgelassen hatte, war urplötzlich in ihr diese Angst, von der sie sich kuriert gewähnt hatte, wie eine kaum vernarbte Wunde wieder aufgebrochen. Und seitdem quälte sie jede Nacht die Frage, was mit ihrem Mitchell war, in mehr als einer Hinsicht.

Er hatte von einigen Wochen gesprochen, die er weg sein würde, und sie hatte gewusst, dass er nicht vor zwei Monaten zurück sein konnte. Doch mittlerweile war der dritte Monat des Wartens verstrichen und der vierte schon zur Hälfte um. Wo blieb er? Was war geschehen? Hatte er Jessica Brading wiedergesehen? *Würde er überhaupt zu ihr zurückkommen?*

Dieser Gedanke versetzte sie fast in Panik. Die Angst war wie der Gluthauch einer Esse, der ihr den Atem nahm, und der Schweiß brach ihr aus.

»Ist Ihnen nicht gut, Ma'am? Sie sehen plötzlich so blass aus.«

Sarah schreckte aus ihren angsterfüllten Gedanken auf. Sie hatte gar nicht bemerkt, dass Allan schon drei Pfosten näher gerückt war und sie besorgt ansah.

»Nein, ich... ich bin schon in Ordnung«, versicherte sie hastig und fuhr sich mit dem Handrücken über die Stirn.

Auf ihrer Haut lag kalter Schweiß. »Ich musste mich nur einmal richtig strecken.«

»Sie sollten sich in Ihrem Zustand viel öfter 'ne Pause gönnen und es überhaupt 'n bisschen langsamer angehen lassen, Ma'am.«

»Leichter gesagt als getan, Allan. Wenn ich mit dem Unkraut nicht Schritt halte, ist der Gemüsegarten im Handumdrehen verwildert.«

»Damit lässt sich sicher leichter leben, als wenn Sie sich zu viel abverlangen und vor Ihrer Zeit mit dem Kind niederkommen.«

Sie schenkte ihm ein dankbares Lächeln für seine Besorgnis und dachte, dass Mitchell schon gewusst hatte, wie gut sie für die Dauer seiner Abwesenheit bei Rob und Allan aufgehoben war.

Sie hatten bereits auf MIRRA BOOKA für ihn gearbeitet und

die Treue, die ihm galt, auch auf sie übertragen. »Ich bin nicht in Seidenkissen zur Welt gekommen und besitze gottlob eine anständige Konstitution. Machen Sie sich also keine Sorgen.«

Er runzelte die Stirn und legte den Kopf leicht schief. »Haben Sie das gehört?«

»Nein, was?«

»Ich könnte schwören, ich hätte den jungen Master nach Ihnen schreien gehört.«

Sie schüttelte den Kopf. »Nein, nein, Alexander hat einen festen Schlaf, das wissen Sie doch. Es wird noch etwas dauern, bis er aufwacht.«

»Sind Sie sich dessen so sicher? Also mir war so, als hätte ich ihn ganz deutlich gehört.«

»Ich höre nur Rob hämmern.«

»Sie sollten dennoch nachschauen, Ma'am!«, drängte er sie.

»Also gut, wie Sie meinen, Allan«, sagte Sarah, wusste sie doch, dass er ihr sonst keine Ruhe geben würde. Alexander schlief mit Sicherheit noch. Wenn er wirklich geschrien hätte, wäre ihr das niemals entgangen. Aber Allan wollte nun mal, dass sie sich eine Pause gönnte, und da er wusste, dass er sie anders nicht dazu bewegen konnte, hatte er das mit ihrem Sohn vorgeschoben.

Sarah lehnte die Harke gegen den Zaun und ging den schmalen Weg hinauf, der vom Gemüsegarten zum Haus führte. Nach dem langen Bücken tat ihr das Gehen gut. Die Haustür, die in Lederriemen hing, stand offen, und Alexander lag, wie nicht anders erwartet, friedlich und selig schlafend in seinem Bettchen.

Lächelnd ging sie wieder in den großen Raum, der Küche und Wohnraum in einem war, und trat zum Herd. Wenn sie schon mal im Haus war, konnte sie auch Tee aufbrühen.

Rob und Allan würden einen Becher Tee bestimmt genauso willkommen heißen wie sie.

Sie nahm den leeren Wassereimer, trat vors Haus und wollte zum Brunnen hinüber, um frisches Wasser zu schöpfen. Dabei ging ihr Blick unwillkürlich über den vor ihr liegenden Wolondilly und das Hügelland am jenseitigen Ufer. Und da sah sie in der Ferne etwas, das sie abrupt stehen bleiben ließ.

Im ersten Moment glaubte sie, einer optischen Täuschung erlegen zu sein, denn was sie da ausmachen konnte, hatte Ähnlichkeit mit einer grauen Welle, die über den Hügelkamm schwappte und sich über den sanft abfallenden Hang ergoss. Doch Augenblicke später bemerkte sie die heranjagenden Reiter an den Flanken dieser grauen Welle, und sie begriff, dass es sich dabei um eine große Schafherde handelte.

Die Freude durchfuhr sie wie ein Schauer, der alle feinen Härchen auf ihrer Haut dazu brachte, sich aufzurichten.

Überwältigt von dem Gefühl der Erlösung und Dankbarkeit, dass die lange Zeit des Wartens endlich ihr Ende gefunden hatte und er zu ihr zurückgekommen war, stand sie einige Sekunden wie erstarrt auf dem Hof, schaute zu den Hügeln hinüber und konnte ihren Blick nicht von jenem Reiter nehmen, der sich von den anderen abgesetzt hatte und nun im gestreckten Galopp in Richtung Furt heranjagte. Und dieser Reiter schwenkte einen Hut.

Das konnte kein anderer als ihr Mitchell sein!

Sarah merkte gar nicht, dass sie den Holzeimer fallen ließ. Ihr Gesicht verklärte sich, und ihre Stimme war ein einziger Jubelschrei. »Mitchell! Mitchell! Er ist zurück!... Mitchell und Timmy!... Sie kommen mit einer ganzen Mannschaft zurück! Und sie bringen eine riesige Schafherde!«

Und nicht nur das. Hinter den Schafen folgten vier schwer

beladene Fuhrwerke, jeweils von zwei Ochsen gezogen. In ihrer Mitte hielten sie eine kleinere Herde, die aus Ziegen, Rindern und Milchkühen bestand.

Rob und Allan kamen herbeigelaufen. Mit vor Fassungslosigkeit offenem Mund starrten sie auf das andere Ufer hinüber.

Das Bild, das sich ihnen bot, war einmalig. Noch nie zuvor hatten sie in dieser abgeschiedenen Region der Kolonie mehr als drei Reiter auf einmal gesehen, und nun tauchten vor ihren Augen fast zwei Dutzend Reiter auf, was für sie einer kleinen Armee gleichkam, von der bestimmt gut tausendköpfigen Herde und den Fuhrwerken ganz zu schweigen.

»Heiliges Emu!«, stieß Rob fasziniert hervor. »Wenn ich es nicht besser wüsste, würde ich sagen, da kommt eine Armee Gesetzloser auf Beutezug durch den Busch!«

»Der Boss hat von 'n paar Mann gesprochen, die er mitbringen wollte«, sagte Allan nicht weniger überwältigt. »Aber wie das so aussieht, hat er halb Parramatta auf seine Lohnliste gesetzt und nach Burringi geholt!«

»Damit dürften hier die Zeiten beschaulicher Stille vorbei sein«, meinte Rob.

»Auf die wir auch so verdammt scharf waren«, fügte Allan spöttisch hinzu.

»Du sagst es. Es stimmt mich so traurig, dass mir gleich die Tränen kommen«, pflichtete Rob ihm mit einem breiten, wissenden Grinsen bei. Und dann schleuderten sie fast gleichzeitig ihre Hüte vor Freude in die Luft und brachen in wildes Jubelgeschrei aus. Endlich kam Abwechslung in das hinterwäldlerische Leben von Burringi!

Sarah lief zum Fluss hinunter und konnte es nicht erwarten, dass Mitchell die Furt durchquert hatte. Sie winkte ihm zu und lachte unter Tränen, als er sein Pferd durch die Fluten jagte, dass das Wasser unter den trommelnden Hufen nach allen Seiten wegspritzte.

»Sarah! ... Mein Liebling!«, rief Mitchell und sprang aus dem Sattel.

Sie flog ihm in die Arme. »O Mitchell! ... O Mitchell! Halt mich ganz fest und sag, dass du mich nie wieder so lange allein lassen wirst!«

»Das werde ich auch nicht, geliebte Sarah«, versprach er und drückte sie an sich. »Es wird nie wieder passieren. Wie sehr habe ich mich nach dir gesehnt.«

»Mitchell, ich ...«

Sein Kuss erstickte, was sie noch hatte sagen wollen, und ließ sie es auch sofort vergessen. Und dieser von so viel Sehnsucht und Leidenschaft erfüllte Kuss sagte ihr, dass ihre Ängste grundlos gewesen waren, dass sie seiner ganzen Liebe nun endgültig gewiss sein konnte und nichts mehr zu fürchten brauchte.

Das Salz ihrer Tränen, das sie schmeckte, war das Salz ihres Glücks.

26

Zuerst glaubte Kenneth an eine frappierende Ähnlichkeit. Die Frau, die da auf der anderen Seite des Hafens aus dem Ruderboot stieg und dabei die Hilfe eines Seeoffiziers in Anspruch nahm, hätte als Doppelgängerin von Lavinia durchgehen können. Diese herrlich vollen rotblonden Haare, die Körperhaltung und sogar die Art, wie sie mit ihrem Parasol spielte – also wenn er es nicht besser gewusst hätte, hätte er nicht eine Sekunde lang daran gezweifelt, dass es sich bei dieser Frau dort drüben um Lavinia handelte. Was natürlich völlig unmöglich war. Lavinia war für eine Woche nach Camden gereist. Er war gestern in Parramatta zugegen gewesen, als sie die Kutsche bestiegen hatte. Und was hätte sie auch hier im Hafen von Sydney und dann auch noch in einem Ruderboot zu suchen gehabt, das offenbar zur Argonaut gehörte, einem stolzen Dreimaster, der in der Sydney Cove vor Anker lag.

Ein vergnügtes Lächeln huschte über sein Gesicht, als er unwillkürlich daran dachte, wie leidenschaftlich Lavinia noch am Morgen ihrer Abreise von ihm Abschied genommen hatte, so als würden sie sich viele Monate und nicht nur eine Woche nicht wiedersehen.

Die Frau auf der Pier ging in Begleitung des Offiziers auf eine Kutsche zu. Kenneth wollte sich schon abwenden und das Kontor von Blake Wesson betreten, den zu besuchen und mit einer Order zu erfreuen er sich am Vortag spontan entschieden hatte. Er erstarrte mitten in der Bewegung. Denn die Frau auf der anderen Seite des Hafenbeckens hatte ihren Parasol geschlossen und sich herumgedreht, sodass er nun ganz deutlich ihr Gesicht sehen konnte.

Es war doch Lavinia!

Sie musste es einfach sein, denn eine solche Ähnlichkeit gab es nur bei Zwillingen, und Lavinia hatte keine Zwillingsschwester.

Fassungslos und wie gelähmt starrte er hinüber. Als sie sich auf den Arm des Offiziers stützte und in die Kutsche stieg, schüttelte er die Erstarrung ab. »Lavinia!«, rief er.

Doch bei dem Lärm, der im Hafen herrschte, hörte sie ihn

nicht. Der Schlag fiel hinter ihr zu, und die Kutsche setzte sich in Bewegung.

Kenneth überlegte nicht lange. Mit drei schnellen Schritten war er bei seinem offenen Einspänner. Hastig wickelte er die Zügel vom schmiedeeisernen Pfosten, sprang auf den Sitz, löste die Handbremse und trieb Caesar, den schwarzen Wallach, zur Eile an, denn er wollte die Kutsche, in der Lavinia saß, so schnell wie möglich einholen. Doch immer wieder versperrten ihm klobige Fuhrwerke und Hafenarbeiter sowie Reiter und andere Kutschen den Weg. Rücksichtslos versuchte er, sich vorzudrängen, und so manch deftiger Fluch wurde ihm nachgerufen, doch er registrierte es kaum, denn hinter seiner Stirn jagten sich die Gedanken. Die Fragen stürmten nur so auf ihn ein.

Warum war Lavinia nicht bei ihrer Freundin in Camden? Was wollte sie hier im Hafen? Wen hatte sie auf der Argonaut besucht? Warum wusste er von alldem nichts? Hatte sie ein Geheimnis vor ihm?

Er trieb Caesar noch mehr zur Eile an, um den Anschluss nicht zu verlieren, und lenkte den Einspänner mit hohem Tempo um die Ecke High und Hampton Street. Räder und Pferdehufe wirbelten eine dichte Staubwolke auf, die eine Gruppe von Fußgängern einhüllte. Fäuste reckten sich in die Höhe, und wütende Stimmen drohten ihm Prügel an.

Von alldem bekam Kenneth nichts mit. Er war viel zu verstört, und seine Verstörung nahm immer mehr zu, denn ihm ging durch den Kopf, dass Lavinia ihn über Ziel und Zweck ihrer Reise angelogen haben musste. Als sie gestern die Kutsche in Parramatta bestiegen hatte, musste sie schon gewusst haben, dass sie nicht nach Camden, sondern nach Sydney fahren würde. Ihr unerwartetes Auftauchen hier in der Stadt konnte unmöglich das Ergebnis einer kurzfristigen Änderung ihrer Pläne sein. Denn von Camden, das im Südwesten von Parramatta lag, nach Sydney brauchte man weit mehr als einen Tag.

Aber warum hatte sie ihn angelogen? Und was wollte sie bloß vor ihm verbergen? Und was, zum Teufel, hatte sie hier in der Fitzroy Street zu suchen?

Kenneth sah, wie Lavinia aus der Kutsche stieg und in einem alleinstehenden Haus von ansprechendem Äußeren, aber doch recht bescheidenen Ausmaßen verschwand. Und ihm entging dabei nicht, dass sie einen Schlüssel für die Haustür besaß und sich damit selbst Einlass gewährte.

Seine Verstörung verwandelte sich jäh in wilde Eifersucht. Sein Herz raste, und er sah Bilder vor seinem geistigen Auge, die ihn wie tiefe Messerstiche schmerzten, Bilder, die Lavinia mit einem anderen Mann zeigten. Betrog sie ihn? Hatte sie ihm all die Zeit nur etwas vorgemacht? War ihre Liebe nichts weiter als eine schmutzige Lüge?

Nein, niemals! Lavinia liebt mich so sehr, wie ich sie liebe! Ihm war, als schrie eine Stimme in ihm auf, um sich gegen das Undenkbare, das nun plötzlich doch möglich schien, zu erwehren.

In einem Zustand erregter Benommenheit sprang er aus dem Einspänner, stürzte, ohne Caesar vorher anzubinden, auf das Haus zu und hämmerte gegen die Tür, hinter der Lavinia vor wenigen Augenblicken verschwunden war.

Die Tür ging auf. »Henry, bist du …« Lavinia brach jäh ab und stieß einen Schrei des Entsetzens aus, als sie nicht Henry Ash, sondern Kenneth vor sich stehen sah.

»Wer ist Henry?«, stieß er hervor, in seinem schrecklichen Verdacht bestätigt.

»Bitte geh!«, keuchte sie. »Geh!«

»Wer ist Henry?«, schrie er sie an.

Lavinia wankte wie unter einem plötzlichen Schwächean-fall und wich zurück, die Augen weit aufgerissen und voller Entsetzen. In ihrem Gesicht, das so weiß wie eine frisch ge-kalkte Wand war, schien es nicht mehr einen Tropfen Blut zu geben.

»Wer ist Henry?«, wiederholte Kenneth und folgte ihr ins Haus. Mit einem derben Stiefeltritt warf er die Tür hinter sich ins Schloss. »Ist das der Name deiner Freundin in Camden?«, höhnte er.

»Ich kann es dir nicht erklären, Kenneth. Du wirst alles verstehen, wenn du meinen Brief liest. Und jetzt geh, ich flehe dich an. Henry wird gleich hier sein!«

Ohne eine Antwort von ihm abzuwarten, wandte sich Lavinia um und rannte in den Salon des Hauses. Sie wollte die Tür verriegeln, um nicht mit ihm sprechen zu müssen.

Doch Kenneth durchschaute ihre Absicht und warf sich mit der Schulter dagegen, bevor sie noch den Schlüssel umdrehen konnte. Die Tür traf sie voll. Sie schrie auf und taumelte zu-rück.

»Du betrügst mich!«, schleuderte er ihr entgegen. »Gib zu, dass du mich mit diesem Hurensohn namens Henry betrügst! Du hast nie vorgehabt, zu dieser Freundin nach Camden zu fahren! Vermutlich gibt es sie gar nicht!«

»Nein, du hast recht. Es gibt sie nicht«, gestand Lavinia und sank kraftlos in einen Sessel. Sie schlug die Hände vors Gesicht. »Verzeih mir, aber ich … ich konnte einfach nicht an-ders. Ich wollte dir nicht weh tun, das musst du mir glauben.«

Mit wachsender Wut zerrte er ihre Hände weg. »Sieh mich wenigstens an, wenn du mich schon betrügst und anlügst, verdammt noch mal!«, herrschte er sie an. »Ich weiß nicht mehr, was ich dir glauben soll. Und ich weiß auch nicht, was du mit ›Ich konnte nicht anders‹ meinst. Also erkläre es mir. Und vor allem will ich wissen, wer dieser verdammte Henry ist und was du in seinem Haus zu suchen hast!«

Mit einem gequälten Blick, den Kenneth bis ans Ende seines Lebens nicht vergessen sollte, sah sie ihn an und sagte dann: »Henry Ash ist mein Mann, Kenneth.«

Ein eisiger Dorn schien sich in seine Brust zu bohren. Er schüttelte den Kopf. »Nein!«, keuchte er, obwohl ihre Augen ihm sagten, dass es die grausame Wahrheit war. »Nein, das ist eine Lüge. Du … du gehörst zu mir!«

Tränen liefen ihr übers Gesicht. »Nein, seit neun Stunden bin ich Missis Henry Ash. Wir sind heute früh in aller Stille getraut worden und werden morgen mit der Argonaut nach England reisen. Ich wollte es uns beiden so leicht wie eben möglich machen, deshalb …«

»Hör auf damit!«, schrie er unbeherrscht. »Du liebst mich! Nur mich! Ich weiß es. Wie kannst du da die Frau eines anderen Mannes sein? Was kann er dir bieten, was ich dir nicht geben kann?«

»Ich flehe dich an, zerstöre nicht das, was wir gehabt haben, Kenneth!«, beschwor sie ihn. »Ich habe dich mit Henry nicht betrogen, und lieben werde ich immer nur dich. Aber ich konnte so nicht weiterleben.«

»Was willst du damit sagen?«

»Hättest du deine Frau verlassen und mich geheiratet?«

Er machte eine wilde Handbewegung. »Was soll diese Frage? Das hat doch nie zur Debatte gestanden, schon weil es rechtliche Verpflichtungen gibt, die das nicht zulassen. Ich hätte es getan, wenn ich es hätte verantworten können.«

»Ja, ich weiß«, sagte sie mit einem schmerzlichen Lächeln. »Aber du konntest es nicht verantworten, und *ich* konnte es nicht verantworten, ein Leben als Mätresse zu führen. Ich bin finanziell am Ende gewesen und vermochte dieses Leben auch sonst nicht länger zu ertragen. Weißt du überhaupt, was es heißt, alle Freunde und Bekannte zu verlieren, von allen geschnitten und verachtet und von Straßenjungen tagtäglich beleidigt zu werden, ohne etwas dagegen unternehmen zu können?«

»Was redest du da?« Er wollte von alldem nichts hören. Er wollte nur hören, dass sie ihn nicht verließ. »Wir sind für einander bestimmt, Lavinia. Wir lieben uns, und wir brauchen uns. Und für alles andere finden wir schon eine Lösung.«

»Nein, es ist vorbei, Kenneth. Durch Henry habe ich die Chance, in England noch einmal neu anzufangen, und wenn du mich wirklich liebst, gibst du mir deinen Segen und wünschst mir alles Glück der Welt.«

»Nein, niemals! Ich lasse dich nicht gehen!«, stieß er mit verzerrtem Gesicht hervor. »Du gehörst mir! Mir allein! Ich lasse nicht zu, dass mir ein anderer dich wegnimmt!«

»Kenneth, um Gottes willen, du tust mir weh!« Angst mischte sich in ihre schmerzerfüllte Stimme.

»Sag, dass du ihm den Ring vor die Füße wirfst und bei mir bleibst!«

Sie stürzte zu Boden, als sie sich von seinem stählernen Griff zu befreien versuchte. Er warf sich auf sie und presste ihr seine trainierte linke Hand auf die Kehle.

»Kenneth! Du … bringst … mich um!«, stieß sie hervor, und nun stand Todesangst in ihren Augen.

»Sag es! Sag es! Sag es!«

Ein Rausch der Gewalt erfasste ihn, und alle Kraft floss in

seine linke Hand. Lavinia gehörte ihm. Niemand durfte sie ihm nehmen. Und Verrat an ihrer Liebe konnte nur durch den Tod gesühnt werden.

Als der blutrote Schleier von seinen Augen wich, hatte Lavinia aufgehört, um sich zu schlagen und zu treten. Scheinbar ruhig und gefügig lag sie unter ihm.

»Du bleibst bei mir, nicht wahr?«, krächzte Kenneth und berührte mit zitternder Hand ihre bleiche Wange.

Lavinia antwortete nicht. Mit leblosen Augen starrte sie an ihm vorbei.

27

Die Monate des Grübelns und der Selbstvorwürfe, in denen sie sich immer und immer wieder mit der Frage gequält hatte, was sie denn hätte anders machen können, mussten ein Ende haben! Die Selbstzerfleischung führte zu nichts. An dem, was geschehen war, ließ sich nichts mehr ändern. Und mit den Konsequenzen musste sie zu leben lernen, wie bitter sie auch sein mochten.

Jessica hatte deshalb beschlossen, sich in das Unabänderliche zu schicken und nicht ständig der Zeit nachzuhängen, als niemand auch nur daran gedacht hatte, dass Ian McIntosh einmal nicht mehr auf SEVEN HILLS sein würde.

Ihre geschäftlichen Unternehmungen wie auch die Leitung der Farm hielt sie in festen und erfolgreichen Händen. Nun musste sie auch in ihrem Gefühlsleben wieder Ruhe finden.

Ein Entschluss, der jedoch leider sehr viel leichter gefasst als ausgeführt war. Denn auf SEVEN HILLS hatte sie tagtäglich das

Gefühl, Ian ständig zu begegnen, wohin sie sich auch immer wenden mochte. Jeder Ort, ob es nun eine Koppel war, eine Feuerschneise oder eine Scheune, trug eine ganz besondere Erinnerung an Ian in sich. Auf jener Koppel hatte Ian ihr beispielsweise beigebracht, wie man ein Schaf packte und auf den Rücken warf, um ihm die Hufe zu beschneiden. Bei den Rodungsarbeiten für die Feuerschneise hatte Ian sich eine tiefe Schnittwunde zugezogen, die sie verbunden hatte. Und als sie nach dem verheerenden Feuer zuerst die Scheune wieder aufgebaut hatten, hatte Ian am Tag des Richtfestes mit Sean Keaton und Leslie Drummond hoch oben auf dem Dachfirst gesessen und irische Lieder gesungen.

Ob sie sich auf dem Hof aufhielt oder zu den Feldern und Weiden ritt, alles trug die Handschrift von Ian McIntosh; die Bewässerungsgräben mit dem von ihm ausgeklügelten Pumpensystem, die Markierungspflöcke auf den Weiden oder die Glocke, in jedem Detail steckten Erinnerungen, die unauslöschlich mit ihm verbunden waren. Er hatte mit einem ganz eigenen Rhythmus die Glocke angeschlagen, sodass man immer gewusst hatte, dass er es war, der dieses oder jenes Zeichen gab. Und er hatte so seine eigene Art gehabt, die Gatter zuzubinden, die sich nach und nach auch alle anderen angeeignet hatten, und jedes Mal, wenn sie nun ein Gatter wieder sicherte, dann war ihr, als sähe sie seine Hände, wie sie den Strick banden.

Ian begegnete ihr auf SEVEN HILLS bei allem, was sie tat und wohin sie blickte. Unsichtbar begleitete er sie auf Schritt und Tritt, und das Erschreckende daran war, dass die Deutlichkeit dieser gedanklichen Begegnungen mit jedem Monat intensiver statt schwächer wurde. Sie begann sich sogar an Ereignisse, ganz kleine Begebenheiten, zu erinnern, die viele

Jahre zurücklagen und von denen sie nie gemeint hätte, dass sie überhaupt einen Eindruck in ihrem Gedächtnis hinterlassen würden.

Und natürlich wurde sie auch auf andere Art an Ian erinnert, nämlich von ihren Kindern und ihren Arbeitern. Edward führte seinen Namen besonders häufig im Mund, aber auch die anderen auf der Farm ließen in ihre Gespräche immer wieder einfließen, dass Ian McIntosh dieses und jenes gesagt und getan habe. Es hatten sich in den zwanzig Jahren, die er auf SEVEN HILLS gearbeitet und das Farmleben entscheidend mitgestaltet hatte, sogar regelrechte Redewendungen gebildet, die von seiner Art zu sprechen, zu scherzen und zu arbeiten eindeutig geprägt waren.

Zu alldem kam das Interesse Tim Jenkins', Jeremy Bakers, Jonas Charlocks und all der anderen, die ihm besonders nahegestanden hatten und verständlicherweise wissen wollten, wie es ihm denn auf seiner eigenen Farm ging und was er so trieb.

Jenkins und Keaton statteten ihm im Juni sogar einen Besuch ab, weil von Ian noch immer keine Nachricht auf SEVEN HILLS eingetroffen war.

»Ihr werdet es nicht glauben, aber SOUTHLAND gibt es nicht mehr!«, hörte Jessica Jenkins bei ihrer Rückkehr fünf Tage später den Männern und Frauen berichten, die sich um die beiden geschart hatten. »Seine Farm heißt jetzt CONNEMARA, so wie die westirische Gegend, wo er aufgewachsen ist.«

»Er hat die vergammelten Gebäude der alten Scowfield-Farm niedergebrannt und dem Erdboden gleichgemacht und zwei Meilen weiter im Südwesten alles ganz neu aus dem Boden gestampft!«, warf Keaton ein. »Und auf CONNEMARA gibt es nicht einen einzigen Frauenrock.«

Einerseits dürstete Jessica förmlich nach Informationen

darüber, wie es Ian ging und wie er mit seiner Farm vorankam, doch andererseits war jedes Wort auch ein neuer Schmerz.

Deshalb wandte sie sich schnell ab und entfernte sich, um nicht noch mehr Details zu hören. Denn je mehr sie über sein neues Leben wusste, desto deutlicher und bedrängender würden die Bilder sein, die sie sich dann machte.

Ihre Fahrten nach Parramatta und Sydney konnte man daher sehr wohl als Flucht bezeichnen, denn merkwürdigerweise gelang es ihr dort sehr leicht, seinen Schatten abzuschütteln. Dann gab sie sich einige Tage dem trügerischen Gefühl hin, doch auf dem richtigen Weg zu sein und das Schlimmste endlich überstanden zu haben. Sie schaute in ihren Läden nach dem Rechten, begann mit Glenn Pickwick Pläne für ein drittes Geschäft auszuarbeiten, das sie auf Van Diemen's Land eröffnen wollte, und expandierte die BRADING RIVER LINE. Über Strohmänner, die Hutchinson besorgte, erstanden sie zwei solide Flussboote, die Patrick und sie im Pendelverkehr zwischen Parramatta und Sydney einsetzten. Das Geld für diese Investitionen war reichlich vorhanden, denn im Juni war der Walfänger PACIFIC, an dem sie eine zwanzigprozentige Beteiligung hielt, von einer weiteren erfolgreichen Fangfahrt zurückgekehrt und hatte sie um einige tausend Pfund reicher gemacht.

Nach Annes Hochzeit hatte sich Jessica, als sie sich wieder einmal für einige Tage in Sydney aufhielt, um eine neue Zofe bemüht. Die Vorauswahl unter den Bewerberinnen hatte sie in die einfühlsamen Hände Constance Pickwicks gelegt.

»Meine Wahl würde wohl auf die junge Bridget McKay fallen. Sie scheint mir trotz ihrer Mängel von allen die Vielversprechendste zu sein, Missis Brading.«

Constance behielt recht. Die siebzehnjährige Bridget, ein

hageres Mädchen mit einem von Sommersprossen nur so übersäten Gesicht, machte das Rennen. Von den Aufgaben einer Zofe hatte sie, die bisher als Kindermädchen gearbeitet hatte, so gut wie keine Ahnung, Jessica musste mit ihr ganz bei null anfangen und sie so anlernen, wie sie vor Jahren Anne angelernt hatte.

Bridget zeigte sich willig, und es machte ihr auch nichts aus, Sydney zu verlassen und auf einer Farm zu leben. Doch es erwies sich als reichlich mühselig und manchmal auch frustrierend, dieses unbedarfte Mädchen mit seinen neuen Pflichten vertraut zu machen. In einem ihrer Briefe an Glenn Pickwick bat sie ihn, seiner Frau doch auszurichten, dass sie mit Bridget sicher keinen schlechten Griff getan habe, dass aber bestimmt noch ein gutes Jahr verstreichen werde, bis ihre neue Zofe in der Lage sei, so selbstständig arbeiten, wie Anne es schon nach wenigen Monaten gekonnt hatte.

Im Grunde genommen kam es Jessica jedoch gar nicht mal so ungelegen, dass sie so viel Arbeit mit Bridget hatte, denn es zwang sie, ihr viel Zeit und Aufmerksamkeit zu schenken, die sie andernfalls für weitere sinnlose Grübeleien verwendet hätte.

Jessica begrüßte jede Art der Ablenkung und konnte das Ende des Winters, der traditionsgemäß eine Zeit relativer Ruhe auf den Farmen war, und den Frühling und Sommer mit seinem großen Arbeitspensum nicht erwarten. Ihr Versuch, eine etwas intensivere Beziehung zu Andrew Farlow aufzubauen, scheiterte kläglich. Nicht, weil sie beide sich nicht bemüht hätten. Ihm war die Enttäuschung, die sie nach ihrem ersten Besuch bei ihm auf REGULUS mit nach Hause zurückbrachte, wahrhaftig nicht anzulasten. Er hatte alles getan, um ihr den Aufenthalt so angenehm wie möglich zu gestalten und ihr zu zeigen, wie viel ihm an ihrem Respekt und vor allem ihrer Zuneigung lag. Und sie hatte ihrerseits versucht, ihn nicht nur als einen charmanten, attraktiven Nachbarn, sondern als möglichen Ehemann zu sehen, wie Lydia es ihr geraten hatte. Sie hatte sich wirklich Mühe gegeben und sich gewünscht, dass es eine gemeinsame Zukunft geben könnte. Es war ihr nicht gelungen, und dieses erregende Kribbeln hatte sich auch nicht eingestellt, wenn er sie scheinbar zufällig berührt hatte. Und sie hatte ihn ständig mit Ian verglichen, merkwürdigerweise nie mit Mitchell, und bei diesen Vergleichen hatte er nie aus dem Schatten dieses Mannes treten können, zumindest in ihren Augen nicht. Sie wusste, wie subjektiv ihr Urteil war, konnte aber dennoch nicht dagegen an. Sie mochte ihn und empfand seine Gegenwart als angenehm und unterhaltsam, doch darüber hinaus würde es mit ihnen nichts geben, diese Erkenntnis nahm sie von ihrem Besuch bei ihm mit zurück nach SEVEN HILLS. Andrew spürte, dass er seine Chance nicht zu seinen Gunsten hatte nutzen können, trug die Enttäuschung jedoch mit ehrenwerter Mannhaftigkeit.

»Freunde?«, fragte er zum Abschied.

Sie nickte. »Sehr liebe und kostbare Freunde, Andrew«, beteuerte sie.

Ende September, kurz vor der Schafschur, wurde auf SEVEN HILLS das Richtfest des neuen Farmhauses mit einem großen Fest begangen, zu dem alle Nachbarn eingeladen waren.

Die Stuarts und Kirbys, McDonalds und Parkers, Bartons, Fairfields und Grays trafen mit ihren kleinen wie großen Kindern auf SEVEN HILLS ein. Aus Sydney reisten die Pickwicks, ihr Anwalt und zwei befreundete Ehepaare an. Auch Patrick, Lew Kinley und einige andere von der BRADING RIVER LINE ließen sich das Fest nicht entgehen, an dem natürlich Lydia und Thomas, Andrew Farlow mit seinen Kindern sowie Frederick Clark und Anne teilnahmen.

Nur Ian zeigte sich nicht, obwohl sie auch ihm geschrieben und ihn gebeten hatte, ihr die Freude zu machen und zum Richtfest zu kommen. Sein Fernbleiben war ein bitterer Wermutstropfen.

Dass Ian McIntosh nicht nach SEVEN HILLS zum Richtfest gekommen sei, wollte Lucas Patterson, der Gehilfe des Schmieds, jedoch nicht gelten lassen. Er ging in der Nacht des Festes zu Jessica, um ihr mitzuteilen, dass er vor wenigen Minuten, als er sich zwischen die Büsche verdrückt hatte, um einem drängenden menschlichen Bedürfnis nachzugeben, Ian McIntosh gesehen habe.

»Er kam drüben aus dem Durchgang zwischen Stallungen und erster Scheune!«, beteuerte er, die Zunge schon schwer vom Branntwein. »Es war der Ire, der da den Hang hinuntergeeilt und dann zwischen den Sträuchern unten an der Koppel verschwunden ist, ich gebe Ihnen mein Wort drauf.«

»Dummes Zeug! Wenn Mister McIntosh den weiten Weg vom Colo River zu uns auf sich genommen hätte, hätte er sich nicht irgendwo zwischen den Gebäuden versteckt und sich dann wieder wie ein Dieb davongeschlichen!«, tat Jessica seine Beobachtung als Hirngespinst ab.

Lucas Patterson ließ sich jedoch nicht davon abbringen. Er war felsenfest davon überzeugt, sich nicht geirrt zu haben. »Ich mag schon was getrunken haben, Missis Brading, aber deshalb sehe ich doch noch keine Gespenster, weder am Tag noch bei Nacht«, entgegnete er lallend. »Und wenn ich mir mal was einbilde, dann sind das bestimmt keine Personen, die Hosen tragen, wenn Sie mir die Bemerkung erlauben!« Und kichernd kehrte er zu seinen Freunden zurück.

Jessica konnte und wollte nicht glauben, dass Ian zu solch einem Verhalten fähig sein sollte. Sie vermochte es jedoch nicht zu verhindern, dass sie während der nächsten Tage noch öfter an Ian denken musste. Sie vermisste ihn mehr denn je.

Neun Tage nach dem Richtfest traf ein berittener Bote aus Sydney auf der Farm ein. Hutchinson hatte ihn mit einem Brief zu Jessica geschickt. Die Nachricht, die er als so dringend empfand, war so kurz, wie sie schockierend war. Ihr Anwalt unterrichtete sie in knappen Sätzen davon, dass ihr Halbbruder Kenneth Forbes seine Geliebte Lavinia, die am Tage ihres Todes einen gewissen Henry Ash geehelicht habe und somit als Missis Lavinia Ash zu bezeichnen sei, dass er diese Frau umgebracht und sich schon bald vor einem Gericht wegen Mordes zu verantworten habe.

28

Der Prozess gegen Kenneth Forbes fand an dem ersten heißen Tag des Sommers statt. Sydney hatte seinen großen Skandal, der die Zeitungen füllte und die Gespräche in den feinen Salons genauso beherrschte wie in den primitivsten Schankstuben in den *Rocks*. Dass ein Mann unter Mordanklage stand, der es in der Kolonie zu einem großen Vermögen gebracht und zur Zeit der Herrschaft der Rum-Rebellen den Offiziersrock des Königs getragen hatte, hätte allein schon ausgereicht, um bei allen Bevölkerungsschichten ein starkes Interesse an dem Fall zu wecken. Dass sein Opfer seine Geliebte gewesen war, wegen der er sich mit ihrem Ehemann ein Duell mit tödlichem Ausgang geliefert hatte, machte aus dem Mord jedoch eine regelrechte Sensation und beflügelte nicht allein die Fantasie jener, die von jeher schon die schändlichsten und abgründigsten menschlichen Verfehlungen mit nie erlahmender Lust auszumalen und breitzutreten pflegten.

Jessica hielt sich bereits zwei Tage vor Prozessbeginn in Sydney auf. Sie rang die ganze Zeit mit sich, ob sie ihrem Bruder im Gefängnis einen Besuch abstatten sollte. Dieses Ansinnen hatte sie jedoch jedes Mal wieder verworfen wie auch die Überlegung, Rosetta Forbes aufzusuchen oder ihr doch zumindest eine Nachricht zukommen zu lassen. Was hätten sie sich auch, in beiden Fällen, zu sagen gehabt? Was Kenneth ihr angetan hatte, war ungleich größer als alles, was sie ihm je an Gefühlen der Verbundenheit entgegengebracht hatte. Auch mit dem größten menschlichen Verzeihen ließ es sich, ihrer Überzeugung nach, niemals zwischen ihnen aus der Welt schaffen.

Und was Rosetta anging, so hatte sie dieser Frau zwar zu verdanken, dass sie in den Besitz von Briefen und anderen Aufzeichnungen gekommen war, die es ihr ermöglicht hatten, Rache für das an ihr in England begangene Unrecht zu üben und sich für immer aus der erpresserischen Gewalt der Familie Forbes zu befreien. Doch das Einzige, was sie mit dieser unglücklichen Frau darüber hinaus verband, waren das Leid und die entsetzlichen sexuellen Erniedrigungen gewesen, die sie beide durch Kenneth hatten erdulden müssen. Welches Wort des Trostes, sofern es überhaupt angebracht und erwünscht war, hätte sie ihr da anbieten können?

Am Tag der Verhandlung saß Jessica jedoch im Gerichtssaal, in dem wenige Minuten nachdem der Gerichtsdiener die Tür geöffnet hatte, schon kein freier Platz mehr zu finden war. Die Beklommenheit, mit der sie das Gericht betreten hatte, ließ sie während der ganzen Dauer des Prozesses nicht mehr los. Es war das Gefühl, nicht zu wissen, ob sie sich ihrer unversöhnlichen Haltung angesichts der Todesstrafe, die Kenneth drohte, der doch trotz allem ihr Halbbruder war, schämen musste oder nicht. Außerdem beschäftigte sie die Frage, wie viel von der Schuld, die sie vor vielen Jahren als Mädchen auf sich geladen hatte, zu den Ereignissen beigetragen hatte, die Kenneth nun als Mörder vor dieses Gericht geführt hatten.

Sie nahm an dem Prozess teil, weil sie es für ihre Pflicht hielt. Sie konnte es nicht in Worte fassen, doch sie spürte, dass diese Verhandlung etwas war, was sie ertragen musste. Und was immer auch geschehen mochte, zwischen ihr und Kenneth gab es ein geheimes Band, das sie vielleicht vor anderen verleugnen konnte, nicht jedoch vor sich selbst: ihr Kind, das sie in England zur Welt gebracht hatte.

Ein Raunen ging durch die Reihen, als Rosetta Forbes den Saal betrat, in Begleitung einer wunderschönen jungen Frau, die zweifellos indischer Herkunft war, und einer grauhaarigen Person mit verhärmten Gesichtszügen, bei der es sich um ihre Zofe handelte. Alle Augen waren auf sie gerichtet und suchten in ihrem Gesicht nach Gefühlsregungen. Doch ob Rosetta nun Schmerz und Wut empfand oder bittere Genugtuung und Erleichterung, ließ sich nicht sagen, denn sie hatte sich perfekt unter Kontrolle und zeigte eine völlig ausdruckslose Miene. Auch ihre Körperhaltung und ihre Hände gaben nicht den geringsten Hinweis auf ihren Gemütszustand, und daran sollte sich während der gesamten Dauer der Gerichtsverhandlung nichts ändern.

Dagegen machte Kenneth einen erbärmlichen Eindruck. Er war ein gebrochener Mann, und es schien, als interessierte er sich gar nicht für das, was Anklage und Verteidigung vorbrachten. Selten einmal hob er den Kopf. Was um ihn herum geschah, nahm er kaum wahr. Mit grauem, eingefallenem Gesicht und hängenden Schultern saß er da und schien sich mit seinen Gedanken an einem völlig anderen Ort und in einer völlig anderen Zeit aufzuhalten.

Die Anklage beschuldigte ihn des kaltblütigen und vorsätzlichen Mordes, doch die Verteidigung verstand es, den Tod von Lavinia Ash als einen entsetzlichen Unfall darzustellen, was die Anklage dazu brachte, sich ob dieser doch wohl offenkundigen Verspottung aller Prozessbeteiligten zu empören, denn den Tod durch Erwürgen als Unfall bezeichnen zu wollen, sei eine so dreiste Unverschämtheit, als hätte die Verteidigung die geistige Zurechnungsfähigkeit des Gerichts in Frage gestellt.

Die Verteidigung ließ sich jedoch nicht beirren. »Ein tragischer Unfall, der zu einem Totschlag in einem Moment geistiger Umnachtung geführt hat!« Von diesem Konzept rückte sie nicht ab, und ihr bester Zeuge war, gewollt oder ungewollt, der Angeklagte selbst.

»Ich habe Lavinia geliebt. Ja, geliebt habe ich sie wie keinen zuvor. Ich wollte ihr nichts antun«, erklärte er mit einer Stimme, der deutlich anzuhören war, dass er Lavinias Tod selbst am wenigsten begreifen konnte. »Ich wollte sie doch nur wachrütteln, damit sie begriff, dass sie mich nicht verlassen konnte. Lavinia... ich liebte sie... Sie durfte mich nicht verlassen... wir gehörten zusammen... Ich wusste, dass sie mich so liebte wie ich sie...« Seine Stimme erstarb.

Jessica beobachtete Rosetta, und sie war nicht die Einzige, die sehen wollte, wie sie auf die Demütigung in aller Öffentlichkeit reagierte.

Kenneth' Frau hielt sich wirklich bewundernswert. Sie

zuckte nicht einmal mit der Wimper. Sie saß so aufrecht und unbeweglich zwischen den sie begleitenden Frauen wie zu Beginn des Prozesses. Die lüsternen Blicke des Publikums, die intimen Details der Affäre und das öffentliche Eingeständnis ihres Mannes, nur diese andere Frau geliebt zu haben – all das perlte an ihr ab wie Wasser von einer Ölhaut.

Zum Bedauern vieler war der Prozess kurz. Die Anklage forderte die Todesstrafe, doch nur wenige zeigten sich überrascht, als das Gericht das Urteil verkündete: »Zwölf Jahre Kerker auf Norfolk Island!«

»Ich habe doch gleich gesagt, dass er dafür nicht an den Galgen muss!«, hörte Jessica hinter sich einen Mann grimmig sagen, als sich der Saal zu leeren begann. »Jemand, der über so viel Geld und einflussreiche Freunde verfügt, wird doch nicht aufgeknüpft!«

»Ja, so 'nen feinen Herrn am Strick baumeln zu lassen, macht sich nun mal nicht so gut, als wenn unsereins die Schlinge um den Hals gelegt bekommt«, grollte ein anderer.

»Das schreckt ab, während 'n Gentleman am Galgen ja zu 'nem Volksfest führen könnte.«

»Auf Norfolk Island wird der Kerl 'ne feine Extrawurst gebraten kriegen!«, pflichtete ihm eine Frauenstimme bei. »Der wird sein ordentliches Quartier und Auskommen haben, dank seinem Geld mit den Aufsehern auf bestem Fuße stehen und mit den hohen Tieren abends beim Kartenspiel und gutem Port sitzen.«

»Und in fünf, sechs Jahren wird man ihn begnadigen!«

Ja, so in etwa wird es sein, dachte Jessica. Recht war nun mal nicht Gerechtigkeit. Es war abzusehen gewesen, dass das Gericht Kenneth mildernde Umstände zugestehen und den Grundsatz *Im Zweifel für den Angeklagten!* sehr zu seinen

Gunsten strapazieren würde. Aber es war nun mal die Wirklichkeit, dass ein armer Landarbeiter für das Wildern von ein paar Forellen aus dem Bach des Grafen für vierzehn Jahre in die Verbannung geschickt wurde, während ein Mitglied der herrschenden Klasse für einen Mord eine weit mildere Strafe erwarten durfte – und natürlich eine ganz andere Art der Strafverbüßung.

Als Kenneth abgeführt wurde, ging sein Blick in ihre Richtung – und blieb für einen Moment an ihr hängen. Es konnte keinen Zweifel daran geben, dass er sie erkannte. Sein Gesicht verzog sich zu einem gequälten Ausdruck, als wollte er sie stumm um Verzeihung bitten.

In diesem Moment regte sich in ihr Mitleid mit ihm. Sie mochte ihm nicht verzeihen können, was er ihr angetan hatte, doch sie erkannte, dass er selbst ein gequälter Mensch war, Sklave seiner Triebe und Obsessionen, die den Täter zugleich zu seinem eigenen Opfer machten.

Kenneth senkte den Blick, als er das Mitleid in ihren Augen sah.

Unendlich erleichtert über die Erkenntnis, dass sie ihren verzehrenden Hass auf ihren Halbbruder überwunden hatte, verließ Jessica das Gerichtsgebäude. Sie trat auf die Straße hinaus, spürte die heiße Sonne auf ihrem Gesicht und begriff erst jetzt richtig, dass sie endlich frei war. Frei von den schmerzlichen Fesseln der Vergangenheit, vor allem aber befreit von ihrer Schweigepflicht über den Grund ihrer Englandreise.

Jetzt konnte sie Ian gegenübertreten und ihm die Wahrheit erzählen, ohne fürchten zu müssen, damit noch mehr Unheil heraufzubeschwören.

Noch am selben Abend befand sich Jessica auf dem Weg nach CONNEMARA.

29

Erschöpft, verschwitzt und eingestaubt traf Jessica auf CONNE-
MARA ein, doch ohne die Strapazen bewusst zu spüren. Sie
hatte auf die Kutsche verzichtet, weil sie damit mindestens
einen halben Tag länger unterwegs gewesen wäre, und die weite
Strecke im Sattel eines Pferdes zurückgelegt. Wie im Fieber war
sie gen Westen geritten, und wohl tausendmal hatte sie sich im
Geiste das Wiedersehen mit Ian vorgestellt und was sie ihm
sagen wollte, wenn sie vor ihm stand. Doch dann kam alles
ganz anders, als sie es sich in Gedanken zurechtgelegt hatte.

Sie traf Ian auf dem Hof an. Die große Blockhütte und die
soliden Nebengebäude registrierte sie nur mit dem Unter-
bewusstsein. Ihr ganzes Fühlen und Denken galt allein dem
Mann, der im Schatten einer Schuppenwand die Deichsel
eines Fuhrwerks reparierte.

Als Ian den Kopf hob und sah, wer da angeritten kam, war
er einen Augenblick wie erstarrt. Dann legte er das Werkzeug
aus der Hand, ging ihr drei Schritte entgegen und blieb stehen.

Jessica parierte ihr Pferd, glitt aus dem Sattel und ging auf
ihn zu. Wild schlug ihr das Herz in der Brust, und ihr Mund
war nicht allein wegen des anstrengenden Ritts ausgetrocknet.

»Du musst scharf geritten sein«, sagte Ian mit merkwürdig
belegter Stimme und deutete mit dem Kopf auf das Pferd,
dessen Flanken vor Schweiß glänzten.

»Ich komme aus Sydney. Ich bin durchgeritten.«

Er wagte nicht zu fragen, was sie zu ihm geführt hatte. So
hob er nur die Augenbrauen.

»Hast du nicht von dem Mord gehört, den Kenneth an
seiner Geliebten begangen hat?«

»Schon.«

»Er ist gestern verurteilt worden, zu zwölf Jahren Kerker auf Norfolk Island.«

»Das sind dreißig Jahre zu wenig!«, stieß er mit demselben unversöhnlichen Hass hervor, den auch sie einmal empfunden hatte. »Aber um mir das mitzuteilen, bist du doch wohl kaum gekommen.«

»Nein, das ist nicht der Grund, doch seine Verurteilung und Verbannung nach Norfolk Island hat es erst möglich gemacht, dass ich dir alles erklären kann.«

»Bitte weck in mir keine Hoffnung, die du nicht erfüllen kannst und willst!«, beschwor er sie.

»Du warst zum Richtfest auf SEVEN HILLS, nicht wahr?«

Er zögerte und nickte dann. »Es war Lucas Patterson, der mich gesehen hat, richtig?«

»Ja«, bestätigte sie. »Und warum hast du dich wieder davongeschlichen?«

»Du hast mit Andrew Farlow getanzt.«

Lächelnd schüttelte sie den Kopf. »Mein Gott, Ian! Zwischen uns ist nichts, absolut gar nichts. Andrew Farlow wird nie etwas anderes als ein befreundeter Nachbar sein.«

»Warum bist du wirklich gekommen?«

»Weil ... weil du mir so entsetzlich fehlst, Ian«, antwortete sie mit stockender, leiser Stimme. »Ich habe lange gebraucht, um zu erkennen, wie viel du mir bedeutest und dass ich dich brauche ... nicht als Verwalter, sondern als den Mann, der in meinem Leben den wichtigsten Platz einnimmt ... Wir gehören zusammen, das ist mir bewusst geworden ... Und nicht erst seit ein paar Tagen. Doch seit ich weiß, dass Kenneth uns nicht mehr schaden kann und für viele Jahre auf Norfolk Island deinem Zugriff entzogen ist, kann ich dir all das, was dich so verbittert und zwischen uns gestanden hat, erklären und aus der Welt schaffen, wie ich hoffe.«

Auf seinem Gesicht zeigte sich eine Mischung aus Glück und Verständnislosigkeit. »Meinem Zugriff entzogen? Wieso ist das so wichtig? Das verstehe ich nicht.«

»Du wirst schon alles verstehen, wenn ich dir erzählt habe, warum ich nach England reisen *musste*, nämlich um sowohl mich als auch dich zu schützen«, sagte Jessica. »Und dann, wenn du mein Geheimnis kennst und mich noch immer zur Frau willst, frage mich, ob ich deinen Ring am Finger tragen und mein Leben von nun an mit dir teilen möchte.«

»Daran wird sich nie etwas ändern, Jessica«, versicherte er mit bewegter Stimme.

»Ich wünsche es mir sehr, Ian.«

Er reichte ihr seine Hand. »Lass uns zum Fluss hinuntergehen und über alles reden.«

»Ja«, sagte Jessica, und als sich ihre Hände ebenso zärtlich wie vertrauensvoll umeinander schlossen, da löste diese Berührung ein erregendes Gefühl in Jessica aus und gab ihr die Gewissheit, dass sie einander das Glück schenken würden, nach dem sie sich all die Jahre gesehnt hatten. Die Zukunft mochte ungewiss sein und noch viele Prüfungen für sie bereithalten, doch von nun an würde es ihre *gemeinsame* Zukunft sein.

Hand in Hand gingen sie zum Fluss hinunter.